En 2018, Harlequin fête ses 40 ans !

Chère lectrice,

Comme vous le savez peut-être, 2018 est une année très importante pour les éditions Harlequin qui célèbrent leur quarantième anniversaire. Quarante années placées sous le signe de l'amour, de l'évasion et du rêve… Mais surtout quarante années extraordinaires passées à vos côtés ! Azur, Blanche, Passions, Black Rose, Les Historiques, Victoria mais aussi HQN, &H et bien d'autres encore : autant de collections que vous avez vues naître, grandir et évoluer, avec un seul objectif pour toutes – vous offrir chaque mois le meilleur de la romance. Alors merci à vous, chère lectrice, pour votre fidélité. Merci de vivre cette formidable aventure avec nous. Les plus belles histoires d'amour sont éternelles, et la nôtre ne fait que commencer…

40 ANS

La nuit de l'interdit

À PROPOS DE L'AUTEUR

Michelle Willingham, l'une des auteurs phares de la collection, a réussi le pari de réunir ses deux passions d'enfance, l'Histoire et l'écriture. Depuis 2009, elle a publié plus d'une vingtaine de romans dans « Les Historiques », et ce, pour notre plus grand plaisir !

MICHELLE WILLINGHAM

La nuit de l'interdit

Traduction française de
JULIETTE FUHS

LES HISTORIQUES

HARLEQUIN

Collection : LES HISTORIQUES

Titre original :
FORBIDEN NIGHT WITH THE WARRIOR

HARPERCOLLINS FRANCE
83-85, boulevard Vincent-Auriol, 75646 PARIS CEDEX 13
Service Lectrices — Tél. : 01 45 82 47 47

www.harlequin.fr

ISBN 978-2-2803-8182-6 — ISSN 1159-5981

À Barb Massabrook, esprit libre au sourire charmeur, grande amatrice d'Écosse et d'hommes en kilt. Tu es la femme la plus adorable que je connaisse, et je suis heureuse d'être ton amie. Sache que tu ne seras jamais seule pour mener le combat qui est le tien.

Chapitre 1

Angleterre — 1174

— Vous ne pouvez pas exiger une telle chose de moi ! C'est un péché !

Rosamund de Courcy fixait sur son époux un regard incrédule.

Alan de Courcy, Lord Pevensham, se renfonça dans les oreillers du lit conjugal. Ses cheveux bruns pendaient mollement autour de son visage blême, et ses yeux gris étaient voilés d'une douleur sans fin. Depuis de longs mois, il ne cessait de s'affaiblir et l'ombre de la mort planait désormais sur lui en dépit des prières incessantes que Rosamund adressait nuit et jour au ciel. Elle était terrifiée à l'idée de voir partir cet homme qui avait été un ami véritable et un soutien de chaque instant quand elle avait dû traverser les plus sombres épreuves. Elle aurait été prête à tout pour apaiser ses tourments.

Mais ce qu'il lui demandait aujourd'hui, non, c'était impossible. Pour l'amour du ciel, il voulait qu'elle couche avec un autre homme pour concevoir l'enfant dont il avait si désespérément besoin ! Cette seule idée était inconcevable.

— Il nous faut un héritier, ma petite, répondit-il calmement. Et je suis incapable de t'en donner un. Je ne laisserai pas mon frère hériter de tout ce que j'ai construit. Owen ruinerait Pevensham en moins d'un an.

Alan parlait de son plan démentiel comme s'il s'agissait d'un simple arrangement d'affaires. Rosamund allait et venait devant le foyer de la cheminée, le cœur affolé à la seule pensée de ce qu'il lui demandait. Comment pouvait-il imaginer qu'elle le trahirait de la sorte ? Elle était une femme honorable, pas une épouse infidèle !

Des murmures de culpabilité émergèrent aussitôt de sa conscience troublée, lui rappelant les erreurs du passé. Alan ne savait rien de ses égarements de jeune femme, et elle s'était toujours montrée honnête et fidèle au cours de leur mariage. Elle avait payé pour ses péchés de jeunesse. Pourtant, son cœur autrefois brisé continuait de la hanter.

— J'ai toujours été loyale envers vous, insista-t-elle. Pendant trois ans, je vous ai obéi en tout. Pourquoi me demandez-vous cela ?

— Parce que tu ne veux pas plus que moi voir Owen hériter du domaine. Tu sais ce qu'il te fera dès que je serai mort.

Sa voix était si glaciale que Rosamund comprit sans qu'il ait besoin de préciser davantage le sens de ses paroles. Si Owen prenait possession de Pevensham, il en ferait de même avec elle, qu'elle le veuille ou non. Elle réprima un frisson de dégoût.

— Mais… coucher avec un autre homme alors que nous sommes mariés ? Vous m'en demandez trop ! J'en serai incapable !

Elle ferma les yeux et serra violemment entre ses doigts les plis de sa robe. L'union conjugale ne lui était plus douloureuse depuis longtemps ; pour autant, elle n'avait jamais apprécié les attentions de son époux. Il s'était montré doux et prévenant, la traitant toujours avec une gentillesse exemplaire. Hélas, elle n'avait jamais ressenti la passion entre ses bras ; rien d'autre que l'ennui et un vague dégoût lors de leurs instants d'intimité conjugale.

Alan avait tout fait pour lui faire éprouver du plaisir, mais il avait senti la distance qui s'instaurait entre eux lorsqu'il prenait son corps. C'est sans doute pour cette raison qu'il ne lui avait pas souvent demandé de partager sa couche au cours de leur mariage. De toute façon, depuis le début de sa maladie, quelques mois plus tôt, elle ne s'était pas allongée à ses côtés une seule fois.

— J'ai demandé à Warrick de Laurent de venir à Pevensham. Il sera ici dans moins d'une semaine, déclara Alan.

Rosamund sentit un frisson glacé envahir son corps, et un vertige la saisit, lui brouillant quelques instants la vue. *Warrick.* L'homme qu'elle avait aimé à en perdre la raison. Elle revit en pensée sa silhouette imposante, ses cheveux sombres et ses yeux bleus perçants. Elle l'avait éperdument désiré. Depuis lors, elle n'avait jamais pu oublier ce guerrier qui avait hanté ses rêves. Ni la façon dont son baiser avait éveillé une force inconnue en elle, enflammant son corps et faisant bouillir son sang.

— Je ne peux pas coucher avec lui, articula-t-elle, à bout de souffle.

Parce que, si elle s'abandonnait entre les bras de Warrick, cela menacerait les fondements mêmes de son mariage. Sa gorge se serra violemment sous l'afflux de souvenirs qu'elle ne pouvait pas affronter. C'était impossible ! Elle avait fermé son cœur et son esprit à ce passé qui ne serait jamais, elle avait accepté Alan pour époux et avait fait en sorte de devenir une bonne épouse.

Ce qu'il lui demandait la mettait dans un tel état de fureur qu'elle avait toutes les peines du monde à parler. Alan *savait* ce que cela représentait pour elle. Il le savait, et cependant il l'obligeait à affronter ce passé.

Si elle laissait Warrick la toucher, elle perdrait tout contrôle sur elle-même. Elle ne pourrait plus garder ses sentiments sous une chape de plomb et se comporter comme si leur union d'autrefois ne signifiait rien. Dieu du ciel ! Le simple souvenir de ses caresses faisait frémir tout son corps et accélérer les battements de son cœur.

Alan resta silencieux un moment. À travers ses paupières fermées, Rosamund n'entendit que son souffle rauque et les froissements des draps sous ses mains nerveuses.

— Je sais que tu ne voulais pas m'épouser, ma petite. Je n'ai jamais été celui que tu désirais.

Non, il n'avait jamais été cet homme, admit-elle en son for intérieur. Ce n'était d'ailleurs un secret pour personne. Contrainte et forcée, elle avait obéi aux ordres de son père et avait épousé l'homme qu'il lui avait imposé.

Le chagrin qui perçait dans la voix d'Alan refroidit quelque peu sa colère. Elle reprit sa marche devant l'âtre avant de s'immobiliser, choisissant ses mots avec soin.

— Vous avez toujours été bon pour moi, mon époux. Je n'aurais pu espérer meilleur mari.

Seulement, ce mariage arrangé l'avait obligée à abandonner ses rêves et à recommencer une nouvelle vie. Warrick avait rejoint l'armée du roi qui combattait en Normandie, et elle ne l'avait plus jamais revu. Depuis, Rosamund avait appris à accepter son existence auprès d'un époux qui se souciait sincèrement d'elle et cela aurait dû être suffisant pour Alan.

Il exhala un profond soupir.

— Le dire tout haut ne le rendra pas plus vrai, Rosamund. Je sais que tu voulais te marier avec Warrick de Laurent.

Se marier avec lui ? Elle avait voulu bien plus que cela, en vérité. Ses sentiments pour Warrick allaient bien au-delà d'un simple désir de mariage. Cependant, elle n'en dit rien.

— C'était il y a bien longtemps, répondit-elle à la place, d'un ton étrangement calme. Lorsque vous m'avez épousée, j'ai fait de mon mieux pour être celle que vous vouliez.

— Et tu y as parfaitement réussi, ma petite. Simplement, je n'ai jamais été celui que, toi, tu voulais.

Sa voix était à la fois douce et emplie d'une tristesse qui lui serra le cœur. Elle détestait entendre son chagrin, parce que cet homme était devenu son ami aussi bien que son mari. Jamais il n'avait levé la main sur elle, jamais il n'avait élevé la voix contre elle. Au lieu de cela, il lui avait laissé les rênes du château.

— Vous avez toujours été bon pour moi, répéta-t-elle, au désespoir.

— Je ne t'ai pas donné d'enfant. Et maintenant, il est trop tard pour moi ; aussi, nous devons trouver un autre moyen. Seul un héritier peut empêcher Owen de mettre la main sur Pevensham… et sur toi.

Rosamund ne chercha plus à retenir les larmes qui brûlaient ses paupières. Trois ans après, les souvenirs du petit enfant sans vie auquel elle avait donné naissance étaient toujours aussi douloureux. Le temps n'était pas parvenu à combler le vide que la perte de sa petite fille avait creusé dans son cœur. Peut-être que son chagrin se serait apaisé si elle avait eu un nouvel enfant à chérir, mais elle n'était plus parvenue à concevoir après cela. Au fond de son cœur, elle savait que c'était la punition que Dieu lui infligeait pour ses erreurs du passé.

Étrangement, une part d'elle-même était… soulagée de n'avoir plus attendu d'enfant. Depuis lors, elle était terrifiée à l'idée de donner à nouveau naissance à un enfant sans vie. Tout ce sang et cette douleur qui n'avaient rien engendré d'autre que la mort… Elle retint à grand-peine un frisson d'horreur.

— Regarde-moi, Rosamund.

Lorsqu'elle trouva le courage d'affronter son regard, son expression était navrée.

— Tout est de ma faute, pas de la tienne, tu m'entends ? Je n'étais pas un homme vertueux avant notre mariage. J'ai eu mon lot de femmes, et pas une seule n'a porté l'un de mes bâtards. Crois-moi, Rosamund, il y a eu bien des opportunités avant que je ne te rencontre, pourtant aucun enfant n'en a jamais résulté.

Elle secoua la tête avec force. Elle refusait qu'il prenne toute la faute sur lui.

— Nous portons tous les deux la responsabilité de cet échec.

— Tu as réussi à concevoir un enfant et tu y arriveras à nouveau. Or, je sais que le seul homme que tu serais capable d'accepter dans ton lit est Warrick de Laurent.

Rosamund se détourna brutalement tandis que son sang grondait à ses oreilles. Un tourbillon d'émotions contradictoires la submergeait à l'idée de laisser Warrick poser les mains sur elle.

— Je ne peux pas, supplia-t-elle. De toute façon, jamais il n'acceptera.

Elle se raccrocha à cette idée avec l'énergie du désespoir. Jamais un homme aussi fier et orgueilleux n'accepterait d'être utilisé de la sorte.

— Laisse-moi d'abord le lui demander. Il pourrait accepter si je lui offre une compensation adéquate, reprit doucement Alan. En fait, je veux qu'il t'épouse quand je serai parti. Il saura défendre Pevensham de nos ennemis et il pourra te protéger d'Owen.

Rosamund serra ses mains tremblantes l'une contre l'autre. Que Dieu lui vienne en aide ! Alan avait tout planifié. Une nuit de péchés, un homme pour prendre sa place et un enfant illégitime qui hériterait de tous ses biens sous les apparences d'une naissance légitime.

Des larmes de rage et de frustration lui montèrent aux yeux.

— Alan, non !

— Rosamund, je vais mourir. Nous le savons tous les deux.

En effet, elle craignait le pire, mais elle n'avait pas le courage d'affronter la possibilité de sa mort. Il était bien plus facile de s'imaginer que le pire n'arriverait pas. Elle avait appris depuis longtemps à s'aveugler pour éviter la dure réalité.

— J'ai prié pour vous… Je prie sans cesse…

— Tes prières n'y changeront rien, ma petite. En revanche, avant de partir, je peux faire en sorte qu'Owen n'hérite de rien. Je peux m'assurer de te trouver un protecteur, quelqu'un qui donnerait sa vie pour toi.

Désespérée, Rosamund s'approcha pour venir s'asseoir à son chevet. La peur raidissait ses membres quand elle saisit sa main affaiblie dans la sienne.

— Ne me demandez pas de vous trahir, Alan. Je ne le ferai pas. Vous méritez mieux que cela.

— Toi aussi, tu méritais mieux, souffla-t-il d'une voix vibrante de compassion et de tendresse. Je voulais t'épouser, Rosamund, et, Dieu m'en est témoin, j'ai fait tout ce que j'ai pu pour que tu m'aimes aussi.

— Je vous aime, murmura-t-elle.

— Pas de la façon dont tu l'aimais, lui.

Elle se mordit la lèvre si fort que le goût du sang emplit sa bouche. Elle aurait tant voulu le contredire, hélas ! Elle avait aimé Alan comme un frère, et leur mariage était fondé sur une solide amitié et une affection sincère, pas sur l'amour. Au cours des trois dernières années, elle avait pourtant fait de son mieux pour tenter d'oublier Warrick et apprendre à vivre heureuse au sein de son mariage.

Alan lui serra gentiment la main, puis, avant qu'elle ait pu protester de sa tendresse pour lui, il porta ses doigts à ses lèvres.

— Je sais que je compte à tes yeux, Rosamund, et j'emporterai ton affection avec moi dans la tombe. Cependant, avant que je ne quitte cette terre, je veux que tu te plies à mes ordres une fois encore. Jure-moi que tu feras tout ce qui est en ton pouvoir pour concevoir cet enfant. Jure-moi que tu iras avec lui.

Rosamund refusa de répondre. Elle ne voulait pas se plier à ce marché diabolique. C'était impensable.

— Jure-le, la pressa Alan d'une voix dure. Si tu ressens la moindre loyauté à mon égard, tu dois le faire !

Elle posa sur lui un regard égaré. Derrière sa voix sévère, elle entendait trembler une note de regret. Soudain, elle comprit pourquoi son mari agissait ainsi. Cela allait bien au-delà de la nécessité d'un héritier. Il essayait de rectifier les erreurs du passé, il voulait lui rendre l'homme qu'elle avait aimé. Cet arrangement avait pour but de la lier irrémédiablement et pour toujours à Warrick.

De tout son cœur, elle aurait voulu refuser pour préserver son âme et son cœur mis à mal trois ans plus tôt. Seulement, quand elle contempla ses yeux emplis de douleur, elle prit conscience que seules ses paroles avaient le pouvoir d'apporter un peu de paix à son agonie. Si elle mentait et lui donnait son accord, cela apaiserait ses inquiétudes et ses remords. Quel mal y avait-il à prononcer un petit mensonge si ses intentions étaient pures ? Alan ne saurait jamais si oui ou non elle s'était pliée au vœu qu'elle s'apprêtait à jurer.

Rosamund tenta de maîtriser l'appréhension qui l'envahissait. Si ses mots pouvaient apporter du réconfort à son époux, elle devait se soumettre, du moins en apparence.

— Très bien. J'accepterai de me donner à lui.

— Et pourquoi voudrais-je tuer cet homme pour vous ?

Warrick de Laurent serrait la garde de son épée en fixant un regard perçant sur Owen de Courcy. L'homme l'avait fait appeler dans sa résidence de Northleigh, une forteresse en ruines qui empestait l'humidité des vieilles pierres et la négligence. Owen était un jeune homme au regard gris glacé et aux cheveux bruns coupés court au-dessus de ses oreilles. Sa barbe semblait n'avoir pas fini de pousser, et il arborait constamment une moue boudeuse comme un enfant capricieux.

— Parce que je vous donnerai des terres en échange, déclara-t-il. Et parce que vous pourrez obtenir Rosamund de Courcy pour prix de votre loyauté.

Warrick prit grand soin de ne pas trahir la moindre réaction à la mention de ce nom. Voilà trois ans qu'il essayait d'oublier cette femme, néanmoins, le souvenir de son beau visage continuait de le hanter nuit après nuit. Il tenta de se raisonner comme à chaque fois qu'il était question de Rosamund — elle avait fait son choix, et elle ne l'avait pas choisi, lui.

— Je n'ai nul besoin d'une épouse, coupa-t-il d'une voix froide comme si elle n'était rien à ses yeux.

Owen ne masqua pas son impatience.

— Comme il vous plaira. Je suis certain que je pourrais la proposer à l'un de mes hommes. Nul doute que beaucoup seraient d'accord pour… s'occuper d'elle.

La pique atteignit son but, et Warrick sentit ses poils se hérisser. Certes, il ne voulait plus jamais revoir Rosamund ; toutefois, cela ne signifiait pas qu'il acceptait qu'un autre lui fasse du mal. Il allait dire sa façon de penser à ce jeune coq, mais Owen reprenait déjà la parole.

— Tuez mon frère, et vous aurez tout ce que vous avez toujours désiré. Vous avez déjà tué bien des hommes au combat. Qu'est-ce qu'un de plus ?

Warrick n'avait pas été surpris d'apprendre qu'Owen voulait voir son frère mort, puisque cela lui permettrait d'hériter de Pevensham et de nombreuses autres possessions. Pour l'heure, Owen ne possédait que ce petit domaine de Northleigh, dont il était évident qu'il ne serait bientôt plus que ruines. Partout, il y avait des signes du manque d'argent dont souffrait la forteresse.

— Votre frère est mourant. Tout le monde le sait. Vous n'avez qu'à patienter pour obtenir ce que vous convoitez.

— J'ai des dettes qui ne peuvent plus attendre, tempêta Owen. Et je ne supporte plus de vivre comme un pourceau dans ce trou à rats ! Si la femme d'Alan porte un enfant, je n'hériterai de rien. Je ne peux pas courir ce risque plus longtemps.

Une soudaine flambée de possessivité lui enflamma les

entrailles à la mention de Rosamund. Il ne supportait pas l'idée de l'imaginer mettre au monde l'enfant d'un autre. Ses poings se serrèrent instinctivement et son sang se rua dans ses veines avec rage lorsqu'il songea qu'un autre homme touchait sa peau chaque nuit. Apparemment, ces trois années n'avaient nullement apaisé sa fureur.

— Et si elle était déjà enceinte ? demanda-t-il en s'efforçant de conserver un ton détaché.

Au moment où il posait la question, Warrick sut qu'Owen serait prêt à tout pour éliminer cet enfant. Cet homme était déterminé à mettre la main sur l'héritage, quoi qu'il en coûtât. En effet, un sourire mauvais étira les traits juvéniles.

— Elle ne mettra pas au monde d'enfant. J'y veillerai.

Heureusement, il fit signe à un serviteur à ce moment-là et ne vit pas le regard de Warrick s'assombrir. Le serviteur approcha et lui tendit une lettre. Owen s'en saisit et fit signe à Warrick de se servir une coupe d'ale.

— Mes gens ont intercepté cette missive voilà quelques jours. Mon frère vous convie à Pevensham en qualité d'invité. Pendant que vous séjournerez là-bas, vous aurez tout loisir de lui ôter la vie.

Les mâchoires serrées, Warrick s'empara du parchemin qu'on lui tendait et nota que le sceau brisé était bien celui d'Alan de Courcy. Dans sa lettre, ce dernier mentionnait une mission spéciale qu'il souhaitait lui confier, promettant en échange une généreuse somme d'argent.

Warrick dut admettre que sa curiosité était piquée ; néanmoins il n'avait aucune intention d'accomplir une quelconque mission pour cet homme. Depuis que Rosamund l'avait épousé, il n'avait plus adressé la parole ni à l'un ni à l'autre.

— Je compte sur vous pour veiller à ce qu'Alan ne passe pas les prochaines semaines. Faites en sorte de maintenir Rosamund loin de lui, afin que je sois certain qu'elle n'attende pas d'enfant.

— Pourquoi maintenant ? insista Warrick en restant de marbre.

Décidément, la précipitation d'Owen lui paraissait suspecte. Peut-être était-il lui-même sous le coup d'une menace imminente.

— Le roi Henry rentrera bientôt de Normandie. Je dois être prêt à officialiser mes alliances.

Warrick leva un sourcil, intrigué par le choix de ses mots. Peu à peu, les motifs de la tapisserie commençaient à s'agencer. Si Owen était à la tête de deux domaines importants, il deviendrait un allié de prix aux yeux du roi. À moins qu'il n'ait l'intention de s'allier aux fils rebelles de Henry, dans l'espoir d'obtenir un poste plus important pour lui-même.

— J'imagine que vous voulez éviter toute responsabilité dans cet assassinat, fit-il froidement remarquer. Si je suis pris, je serai exécuté pour meurtre, et vous resterez bien à l'abri.

Owen sembla parfaitement indifférent.

— Alors je vous suggère de ne pas vous faire prendre. Faites croire que sa mort est naturelle. Vous pourriez le tuer dans son sommeil, ainsi personne ne saurait jamais la vérité.

Warrick réprima un frisson de dégoût. La lâcheté de cet homme l'écœurait.

— Je ne tue pas les innocents.

Owen le contempla d'un air narquois.

— Vous l'avez pourtant fait de nombreuses fois au service de notre roi. Combien d'hommes avez-vous massacrés au cours des batailles ? On ne vous appelle pas le Lord sanglant sans raison.

— Je ne suis pas lord, rétorqua Warrick en masquant la tension qui l'habitait.

— En effet. C'est d'ailleurs la raison pour laquelle vous allez m'aider. Vous ne possédez rien du tout pour l'heure. Je vous donnerai une terre en Irlande où votre pauvreté n'aura plus aucune importance. Vous pourrez recommencer votre vie en tant que lord, comme vous l'avez toujours voulu.

C'était vrai. Il voulait des terres depuis toujours. Le désir de posséder son propre domaine bouillait dans son sang. En tant que fils cadet, il ne possédait rien au monde. Or, il n'avait nulle envie de vivre avec son père ou même son frère Rhys. Cependant, il ne comptait pas révéler ses aspirations profondes à Owen. Sa main retourna se poser sur le pommeau de son épée.

— Si je voulais des terres, je pourrais m'en emparer moi-même.

— Vous n'avez pas assez d'hommes pour assiéger une forteresse. Et je sais fort bien que la terre n'est pas le seul bien que vous convoitez. Vous voulez vous venger de Rosamund et de l'homme qui vous l'a prise. Je vous donne l'occasion de la récupérer. Vous pourrez la punir selon votre bon plaisir.

Warrick sentit un froid glacial l'envahir. Cet homme sans scrupules était une menace sérieuse pour la jeune femme. Bien sûr, il ressentait toujours une violente colère à son égard depuis cette nuit où elle l'avait trahi. Mais aujourd'hui, la curiosité le disputait à la rage. Pourquoi Alan de Courcy l'avait-il fait appeler auprès de lui ? Que voulait-il ? Il ne faisait aucun doute que cela devait avoir un lien avec Rosamund.

Il ferait mieux de rester à l'écart. Il savait que la revoir ne ferait que raviver d'anciennes blessures. Il avait bien essayé de passer du bon temps auprès d'autres femmes, tentant désespérément de se construire une vie sans elle. Pourtant, jamais il n'avait pu oublier son sourire empli d'amour, ses mains douces pressées sur son cœur qui battait plus vite à chaque fois qu'elle était près de lui. Il avait caressé tant de fois la soie sombre de ses cheveux, il l'avait embrassée à en perdre le souffle, jusqu'à ce qu'elle gémisse sourdement sous la pointe du désir. Ses yeux verts magnifiques l'avaient contemplé comme s'il était le seul homme sur terre.

Puis elle en avait choisi un autre. Et sa rage n'avait pas cessé depuis. Le père de Rosamund leur avait interdit de se revoir, puisque Warrick n'avait rien à lui offrir. Néanmoins, il avait cru que Rosamund l'aimait assez pour défier sa famille et rester auprès de lui. Après que son père les avait surpris sur le point de s'enfuir ensemble, il avait pris une sévère raclée pour elle. Il aurait supporté bien plus en vérité. Mais, au lieu de tenir la promesse qu'ils avaient échangée sur une terre sacrée, elle avait renié son vœu et choisi Alan de Courcy.

Malgré sa fureur, Warrick savait qu'il devait regarder au fond de ses yeux traîtres afin de comprendre pourquoi elle avait agi de la sorte. Aujourd'hui, elle était certes mariée à un homme riche ; toutefois, elle n'avait pas eu d'enfants et son époux était à l'agonie. Regrettait-elle son choix après toutes ces années ?

— Allez découvrir ce que mon frère veut de vous, déclara Owen en lui lançant un lourd sac. Et prenez ça comme une preuve de ma bonne foi.

Warrick l'ouvrit et découvrit qu'il était plein de pièces d'argent. Il le reposa sur la table en secouant la tête.

— Je n'assassinerai personne pour vous.

— Pas même pour elle ? Pas même si vous pouviez la posséder une fois son mari mort ?

Warrick s'efforça de garder son calme. Il avait pris sa décision. Il irait découvrir ce qu'Alan de Courcy voulait lui demander, même s'il n'avait aucune intention de devenir le tueur à gages d'Owen.

— J'irai à Pevensham. Simplement pour satisfaire ma propre curiosité. Si vous voulez faire assassiner votre frère, ce ne sera pas de ma main.

L'expression d'Owen se fit pensive.

— Nous verrons, de Laurent, nous verrons.

*
* *

Rosamund n'avait jamais été aussi mal à l'aise de sa vie, à l'exception peut-être de sa nuit de noces. Au cours des jours qui venaient de s'écouler, elle avait prié des heures durant pour qu'Alan change d'avis ; malheureusement, il s'était entêté dans son plan déraisonnable. Elle aurait aimé avoir le courage de lui faire front et de refuser ce qu'il exigeait d'elle car son mensonge pesait sur sa conscience. Seulement le silence était plus facile que la confrontation. Après tout, l'adultère était un péché bien plus grave que rompre une promesse et, puisque son mari l'avait placée dans une position intenable, elle n'avait d'autre choix que de prendre l'option la moins catastrophique.

Ces derniers jours, elle avait passé des heures à sa fenêtre, guettant l'arrivée de Warrick, à la fois terrifiée et impatiente. Et voilà qu'il venait d'apparaître, à cheval, précédant deux hommes en armes. Depuis la tour, elle ne pouvait distinguer les traits de son visage ; toutefois, sa silhouette imposante et sa posture fière étaient bien celles de l'homme qu'elle avait aimé. Une fois passé les portes, il fit halte dans la cour. Il observa un moment les murailles intérieures avant de lever les yeux vers la tour. Rosamund se figea, parfaitement consciente de l'instant où ses yeux se posèrent sur sa silhouette à travers la croisée ouverte. Il l'avait reconnue, elle en était sûre. Malgré la distance, sa robe d'un bleu profond devait être aussi visible qu'une bannière.

Chance ou destin, elle avait revêtu ce jour-là ses plus beaux atours, le bleu de sa robe ajustée mettant en valeur le noir de ses cheveux. Sa cotte-hardie était agrémentée de longues manches brodées et d'une ceinture d'argent ornée de saphirs. Autour de sa gorge, elle portait une chaîne d'argent d'où pendait un lourd saphir qui reposait sur son décolleté. Sa servante Berta avait fait merveille avec ses cheveux en les remontant en un lourd chignon tressé qui dessinait une couronne sur sa tête.

Warrick savait-il pourquoi il avait été appelé ? Que lui avait dit Alan exactement ? Sa peau se hérissa de peur et d'appréhension. Elle se rappelait parfaitement le regard de haine qu'il avait posé sur elle le jour de son mariage. Elle savait pourquoi il était venu y assister. Il était venu lui demander de fuir ce mariage, d'abandonner sa famille et la vie qu'elle avait connue, pour lui. Aussi avait-elle pris grand soin de ne pas croiser son regard une seule fois.

Résister à la tentation qu'il représentait avait été l'une des plus grandes épreuves de son existence. Parfois, elle se réveillait en sueur dans son lit, paniquée, brûlant de l'envie de revenir vers lui. Cependant, il était trop tard pour changer le passé.

Ses doigts s'enfoncèrent dans le bois de la fenêtre. La méprisait-il toujours après tout ce temps ? Elle tenta de maîtriser les battements effrénés de son cœur. Que craignait-elle ? Warrick refuserait la proposition d'Alan, elle en était certaine. Tout ce qu'elle avait à faire, c'était demeurer calme et sereine le temps qu'il s'en aille.

Si seulement elle parvenait à faire taire les doutes et les peurs qui l'étouffaient… Warrick était un fier guerrier, un homme qui n'oubliait pas les torts qu'on lui avait faits. Peu importait qu'elle n'ait accepté ce mariage que pour sauver sa vie. Peu importait qu'elle n'ait pas eu le choix. Il se rappellerait seulement qu'elle avait rompu les promesses qu'elle lui avait faites. Il n'était pas homme à lui pardonner une telle trahison.

Un coup frappé à la porte la fit brusquement relever la tête. Sa femme de chambre ouvrit sur un valet qui fit la révérence.

— Ma lady, Lord Pevensham souhaite que vous alliez saluer son invité dans la grande salle, car il n'est pas en mesure de quitter son lit.

— Bien sûr, murmura-t-elle.

Intérieurement, elle maudissait Alan. Il l'avait fait exprès pour la forcer à affronter l'homme qui la terrifiait.

À chacun de ses pas dans l'escalier, l'exigence immorale de son époux étreignait un peu plus sa poitrine. Sa colère et sa frustration refirent surface avec une vigueur nouvelle. Elle n'obéirait pas aux vœux d'Alan. Elle ne pouvait pas le trahir, pas même si c'était lui que l'exigeait. La vérité, c'est qu'elle ne pouvait pas se fier à elle-même. Le moindre contact avec Warrick risquait d'éveiller le désir étouffé au fond d'elle pendant toutes ces années.

En dépit de l'atmosphère chargée de tensions, elle marcha d'un pas dégagé en direction du dais, en prenant grand soin de ne pas tourner le visage vers les nouveaux venus. Son cœur battait si vite qu'elle sentait ses genoux s'entrechoquer sous les jupes amples.

Du calme. Il n'était qu'un homme après tout. Un homme qu'elle avait réussi à reléguer loin de son quotidien et de sa conscience pendant trois ans.

Elle concentra son attention sur les motifs du sol, prenant le temps de retrouver sa contenance avant d'oser lever les yeux. Si elle gardait les épaules droites et un visage serein, Warrick ne pourrait pas soupçonner l'étendue de son trouble. Elle trouva enfin le courage de relever le visage.

Il se tenait devant elle, à la fois semblable à l'homme qu'elle avait connu et terriblement différent. Ses yeux bleus étaient toujours emplis de la même fierté. Ses cheveux, aussi sombres que les siens, étaient coupés court. Il avait gardé son heaume sous le bras, comme s'il s'apprêtait à mener une bataille.

— Ma lady, la salua-t-il en s'inclinant.

Rosamund réprima un frisson. Sous la courtoisie, elle avait senti la colère rentrée qui l'animait. Il n'avait rien oublié, rien pardonné, comprit-elle aussitôt. Les lignes fermes de ses muscles étaient rigides, tout comme les traits tendus de son visage.

Une vague de désespoir fondit sur elle. Croyait-il

réellement qu'elle avait eu d'autre choix que de décliner sa proposition de mariage ?

— Cela fait bien longtemps, milord, répondit-elle d'une voix légèrement voilée par l'émotion.

Elle tenta d'esquisser un sourire sans réellement y parvenir. Elle aurait voulu parler librement pour lui ouvrir son cœur. Elle brûlait de lui dire qu'elle n'avait jamais voulu que leur histoire s'achève dans la haine et la rancœur. Au plus profond de son âme, elle crut l'entendre lui répondre que cela n'aurait jamais dû prendre fin.

Ses yeux bleus si troublants la détaillaient comme s'il tentait de discerner les émotions qui la traversaient. Elle-même aurait été bien en peine de déterminer la nature des sentiments qui transparaissaient dans les profondeurs d'azur. Ou plutôt, si, elle devinait parfaitement la colère, et quelque chose d'autre aussi, une violence indéfinissable qui la faisait trembler.

— J'ai reçu la missive de Lord Pevensham me demandant de venir. Il ne m'a rien expliqué, déclara-t-il avec une désapprobation évidente en attendant une réponse de sa part.

— Je vais vous conduire auprès de mon époux, et il vous l'expliquera lui-même, répondit-elle en se mettant en marche.

Tandis qu'il lui emboîtait le pas, ses hommes les suivirent.

— Vos hommes devraient rester ici, conseilla-t-elle. Ce que mon mari souhaite vous dire ne doit pas être entendu par quiconque.

Il leva un sourcil mais donna l'ordre à ses soldats de rester en arrière. Rosamund marcha vers l'escalier. Dans son dos, chacun de ses pas semblait résonner en elle avec une force inquiétante. Elle agrippa nerveusement ses jupes et commença à monter les marches de l'escalier en colimaçon. Elle avait parcouru la moitié du chemin lorsqu'il saisit sa main pour la forcer à s'arrêter.

— Pourquoi suis-je là, Rosamund ? exigea-t-il de savoir d'une voix dure.

— Comme je vous l'ai dit, mon mari…

— Je me moque de de Courcy. Je suis venu pour toi.

À présent qu'ils étaient seuls, il ne se souciait plus de sauvegarder les apparences de la courtoisie. Un frisson de peur et de plaisir la secoua tout entière à ces mots vibrants de possessivité. Hélas, ces paroles menaçaient de redonner vie à la sensualité qui avait un jour existé entre eux. Voilà bien longtemps, il avait caressé son corps comme un homme qui venait de trouver son unique raison de vivre.

En cet instant, elle était terriblement consciente de sa proximité. Il desserra légèrement son étreinte, et son pouce suivit doucement le tracé de ses veines sur son poignet. Cette soudaine tendresse sembla faire voler en éclats le contrôle qu'elle exerçait sur ses sens, et Rosamund eut la délicieuse sensation qu'il caressait sa peau nue partout. Dans l'ombre de l'escalier, les souvenirs de leurs baisers l'assaillaient de toutes parts. Haletante, elle s'adossa contre la muraille froide pour apaiser la brûlure de son toucher.

Elle avait le pressentiment atroce que la proposition d'Alan ne se terminerait pas bien pour l'un comme pour l'autre. Que Dieu lui vienne en aide. Le temps n'avait pas amoindri les sentiments qu'elle avait eus pour lui.

— Pourquoi t'es-tu détournée de moi ? gronda-t-il à voix basse en plaçant ses deux bras de part et d'autre de sa tête, de sorte qu'elle ne puisse lui échapper. Toutes ces années, je n'ai voulu que toi.

Rosamund parvint à se redresser pour lui faire face malgré la lave qui avait remplacé le sang dans ses veines.

— Mon père m'a forcée à renier toutes mes promesses en échange de ta vie sauve.

Elle n'avait jamais douté que Harold de Beaufort aurait été prêt à tuer Warrick pour avoir pris son innocence. Son cœur saignait encore au souvenir de ce jour maudit où elle avait dû le quitter pour toujours. Depuis ce jour funeste, elle avait dû garder tant de secrets dans son cœur et, avec l'aide de Dieu, il ne les apprendrait jamais.

Évidemment, il n'abandonna pas si facilement son interrogatoire.

— Ton père ne m'aurait pas tué et tu le sais. Simplement, Alan avait beaucoup à t'offrir tandis que je n'avais rien.

Il retira ses bras pour embrasser d'un geste tout le château,

— Un château et des terres qui peuvent rivaliser avec les possessions du roi. Est-ce que cela en valait la peine ? demanda-t-il avec une froideur cruelle.

Rosamund se raidit sous l'insulte, il faisait comme si elle avait épousé Alan par appât du gain. Hélas, elle ne pourrait jamais lui apprendre toute la vérité. Aussi ne pouvait-il comprendre qu'elle n'avait pas eu le choix. Alors, elle se contenta de murmurer :

— Ce qui est fait est fait.

— Vraiment ?

Il leva la main pour prendre son visage en coupe. Son pouls s'emballa. Elle pouvait presque sentir la caresse de ses lèvres sur sa gorge, ses mains qui remontaient lentement le long de ses jambes. Brusquement, une vague de culpabilité lui coupa le souffle.

— Laisse-moi, ordonna-t-elle en s'écartant de lui autant que possible, les épaules raidies.

Elle avait beau garder ses distances, elle ne pouvait nier la force de l'attraction qui la poussait irrémédiablement vers lui. Même en cet instant, s'éloigner de lui exigeait d'elle un effort surhumain.

Heureusement, il la laissa aller et la suivit jusqu'en haut des marches. Elle le conduisit jusqu'à la chambre d'Alan, avec l'impression de marcher droit à l'échafaud. Avant d'ouvrir la porte, elle s'arrêta et se tourna vers lui.

— Mon époux est mourant, souffla-t-elle. C'est un homme bon. Ce qu'il va te demander… Je veux que tu saches que je n'ai rien à voir dans tout cela. Tu dois refuser, pour… pour mon bien.

Cette fois, son regard était teinté d'une indéniable curiosité.

— Vraiment ?

Elle acquiesça, la gorge serrée.

— Je suis désolée que tu aies perdu votre temps en venant jusqu'ici. Toi et tes hommes recevrez une juste compensation pour cette perte.

Et, sans lui laisser le temps de répondre, elle ouvrit la porte en lui faisant signe d'attendre.

Alan était assis dans son lit, soutenu par plusieurs coussins. Il semblait épuisé. Il avait laissé un plateau de nourriture presque intact et une coupe de vin qu'il n'avait de toute évidence pas même goûtée. Rosamund détestait le voir souffrir au point de ne plus pouvoir manger. Le cœur serré, elle s'avança vers lui et déposa un baiser sur sa joue.

— Mon époux, Warrick de Laurent est ici.

Elle se tourna vers la porte et fit signe à ce dernier d'entrer dans la pièce. Le visage de Warrick était sombre et dur, comme s'il détestait être ici. Rosamund décida qu'il était temps de s'éclipser car elle ne voulait pas assister à sa réaction lorsqu'il entendrait la proposition d'Alan. Elle avait presque atteint la porte lorsque la voix de son mari l'arrêta.

— Reste, Rosamund.

Il fit signe à son serviteur de les laisser et, bientôt, ils furent seuls tous les trois. Rosamund était tellement nerveuse que sa peau la piquait. Elle aurait voulu être n'importe où plutôt qu'ici. Pourquoi Alan ne lui avait-il pas permis de partir ?

— Sers un peu de vin à notre invité, s'il te plaît, la pria Alan. De Laurent, voulez-vous venir vous asseoir près de moi ? Je suis désolé de n'avoir plus la force de vous accueillir comme il se doit.

Tout en parlant, il désignait à Warrick un siège installé près du lit.

Rosamund servit en tremblant deux coupes avant d'en

proposer une à Warrick, l'autre à son époux. Puis elle recula dans le coin le plus éloigné de la pièce, espérant contre toute raison qu'elle pourrait disparaître par magie. Elle s'empara de son tambour de broderie qui était sur une petite table dans l'espoir de distraire son esprit. Malheureusement, ses mains tremblaient tant qu'elle n'arrivait pas à enfiler le fil dans le chas de l'aiguille.

Son mari entama la conversation avec quelques plaisanteries et des politesses. Face à la réserve de Warrick, il en vint rapidement au cœur de la discussion.

— Je suppose que vous désirez savoir pourquoi je vous ai fait venir à Pevensham.

Warrick se contenta de le regarder pour lui signifier son assentiment.

— Je l'ai fait pour ma femme, continua Alan. Viens t'asseoir près de moi, Rosamund.

Malgré sa nausée et ses membres glacés, elle s'approcha. Alan prit sa main dans la sienne dans un geste d'apaisement. En vain. Elle mourait d'envie de se ruer hors de la pièce pour les laisser comploter ensemble.

— Je me meurs, de Laurent. Je ne sais pas exactement combien de temps il me reste à vivre, mais je sens que la fin est proche. Or, je veux que quelqu'un prenne soin de ma femme après mon départ.

Le silence de Warrick s'étendit sur la pièce, et elle n'osa pas lever les yeux sur lui. Alan ne sembla pas se formaliser de son absence de réaction, puisqu'il reprit comme si de rien n'était :

— En l'état actuel des choses, mon frère héritera de Pevensham et du reste. Owen est impatient de me voir mort et je n'ai aucun doute sur le fait qu'il se débarrasserait sans remords de l'enfant de Rosamund si cela pouvait servir ses intérêts.

Enfin, il obtint une réponse.

— Ainsi, elle attend un enfant ?

Sa voix était indifférente, comme si la réponse ne

l'intéressait nullement. Rosamund en fut blessée et se maudit pour sa faiblesse. Bien entendu, Alan évita de lui répondre de façon claire.

— J'espère de tout cœur qu'elle portera bientôt un fils. Cependant, je ne pense pas que Rosamund sera en sécurité ici, même au milieu des hommes qui ont juré de la protéger. J'ai besoin de quelqu'un de confiance pour la conduire en lieu sûr, elle et l'enfant qu'elle mettra au monde. Je veux que ce soit vous, de Laurent, qui l'escortiez loin de Pevensham avant qu'Owen n'arrive.

Alan saisit la main de Warrick pour la placer sur celle de Rosamund.

— Et je veux que vous l'épousiez après ma mort.

À ces paroles, sa main trembla violemment sous les doigts forts et chauds de Warrick. Un tourbillon d'émotions la submergea. Pendant un moment, Warrick sembla considérer sa proposition. Elle n'était que trop consciente de la pression légère de son pouce sur le dos de sa main. Ce simple contact entre leurs peaux suffisait à envoyer des ondes de volupté dans tout son corps. Elle avait l'impression que sa chair la picotait sous le tissu de sa robe en dépit de ses efforts pour refréner ces sensations honteuses.

Ses yeux bleus plongèrent dans les siens et, l'espace d'un instant, elle crut revoir le jeune homme passionné qui l'avait aimée. Elle tenta de conserver son impassibilité. Le poids de sa main rappelait trop de souvenirs à sa mémoire.

Soudain, son visage s'assombrit et il retira brusquement sa main.

— Il n'y a plus rien entre elle et moi.

Sa voix claqua sèchement et Rosamund sentit ses joues s'embraser. Alan tenta de se redresser et elle se hâta de l'aider en replaçant les oreillers dans son dos, trop heureuse d'échapper à son embarras.

— Je me doutais que vous diriez cela. Pourtant, vous savez parfaitement que je ne suis pas celui qu'elle voulait.

Rosamund ferma les yeux sous l'afflux du chagrin et

de la culpabilité. Soudain, une pensée s'imposa à elle et elle chercha le regard de son mari. Avait-il deviné qu'elle n'était plus vierge lors de leur nuit de noces ? Son regard n'exprimait rien d'autre qu'une immense lassitude.

— Nous trouverons un autre moyen, murmura-t-elle à Alan. Warrick a une vie bien à lui désormais. Il fallait nous attendre à cette réponse.

Alan l'ignora.

— Vous la vouliez au point de fuir avec elle, de Laurent. Elle ne sera pas en sécurité avec mon frère et vous le savez.

— Je ne suis pas responsable d'elle, répliqua-t-il d'un ton froid où perçait néanmoins une note d'amertume.

— Certes. Toutefois, si vous la protégez, je vous offrirai les terres dont vous avez toujours rêvé.

Un sourire ironique apparut sur le beau visage de Warrick.

— En Irlande, je suppose ?

Alan étrécit les yeux et elle-même fronça les sourcils, sans comprendre son soudain amusement.

— Comment le savez-vous ?

Warrick croisa les bras et regarda son époux avec une tranquille assurance.

— Parce que votre frère m'a proposé ces mêmes terres, ainsi que la main de votre femme, si j'acceptais de vous tuer.

Chapitre 2

La réaction de Rosamund à cette annonce ne le surprit nullement. Elle se leva d'un bond en fixant sur lui un regard furibond.

— Sortez ! Je ne vous laisserai pas faire du mal à mon époux !

Elle se dressait devant lui telle une amazone vengeresse, les joues rosies par la rage. Elle était réellement prête à lui sauter dessus s'il osait lever la main sur son précieux mari. Sa détermination décuplait sa beauté. Ses yeux verts brillaient sous l'effet de la colère, et elle avait posé la main sur un couteau laissé sur le plateau, prête à en découdre.

— Calme-toi, ma chérie, intervint Alan. Si de Laurent avait l'intention de me tuer, il ne m'aurait pas avoué l'existence de ce marché. Sans compter qu'il aurait pu me tuer depuis longtemps sans que ni toi ni moi ne puissions l'en empêcher.

— En effet, admit calmement Warrick sans la quitter des yeux. Avez-vous l'intention de me frapper avec cette lame ? demanda-t-il poliment en la vouvoyant pour ne pas trahir la moindre intimité devant son époux.

— Je n'ai pas encore décidé, grinça-t-elle, les dents serrées.

Il admira un instant encore la fureur qui émanait d'elle.

Rosamund pouvait sembler douce et complaisante, mais elle avait toujours eu une volonté de fer.

— Je présume que vous n'avez pas l'intention de m'assassiner dans mon lit, de Laurent ?

— Non. Je souhaitais seulement vous prévenir des intentions de votre frère afin que vous soyez sur vos gardes. Il ne vous porte pas dans son cœur.

— J'en suis parfaitement conscient. Bien qu'il possède le domaine de Northleigh, Owen est criblé de dettes. Je suppose que ses créanciers le poussent dans ses retranchements. Il convoite mes terres depuis la mort de notre père, voilà quatre ans. Je ferai tout ce qui est en mon pouvoir pour l'empêcher d'hériter des terres familiales.

Il s'interrompit et inspira profondément. Aussitôt, Rosamund s'écarta de lui, comme si elle réprouvait ce qu'il s'apprêtait à dire. Comme de Courcy gardait le silence, Warrick l'invita à poursuivre.

— Vous m'avez fait venir ici pour me demander autre chose, n'est-ce pas ?

Même si sa question s'adressait à Alan, il garda les yeux fixés sur Rosamund. Elle connaissait la réponse à cette question et elle aurait préféré disparaître à travers les murs plutôt que de l'affronter.

Son mari acquiesça.

— Il s'agit d'une requête… inhabituelle. Elle est cependant nécessaire pour sauver ma femme et mes terres. Si vous acceptez, tout ceci sera à vous, déclara-t-il en englobant de la main les murs de la pièce.

Warrick fronça les sourcils, perplexe. Cette offre n'avait pas de sens. Les deux hommes n'avaient aucun lien familial, et il n'y avait aucun moyen légal pour qu'il hérite de Pevensham et des terres qui s'y rattachaient.

— C'est impossible, conclut-il.

Son regard passa de Rosamund à son mari tandis qu'il se demandait ce qu'ils avaient bien pu comploter.

— Vous devez comprendre pourquoi mon frère ne doit

pas hériter, reprit Alan. C'est un homme cruel qui maltraiterait mes serfs, conduirait mes domaines à la faillite et violenterait ma femme. J'ai passé ma vie à travailler au côté de mon père, puis seul, pour que Pevensham prospère.

La sincérité de de Courcy était évidente. Il tenait à protéger les gens qui dépendaient de lui, même par-delà sa mort.

— Lorsque je mourrai, je peux m'arranger pour que Pevensham soit à vous, ainsi que mon épouse.

— Même si je l'épousais, Pevensham ne m'appartiendrait pas, contra-t-il. Elle pourrait certes obtenir une rente, mais…

— Vous pourriez gouverner Pevensham jusqu'à ce que son fils soit en âge d'hériter, expliqua calmement de Courcy. Et vous vivriez ici, en tant que son gardien et protecteur.

— Elle pourrait aussi bien mettre au monde une fille. Que se passerait-il alors ?

L'expression du lord se ferma aussitôt.

— Je laisse cela entre les mains de Dieu. Pour l'heure, Rosamund n'attend pas d'enfant, et c'est là notre priorité.

La révélation le stupéfia.

— Je ne comprends pas. Vous disiez espérer qu'elle porte un garçon… N'est-elle pas… ?

— Pas encore, le coupa de Courcy.

Warrick ne comprenait plus rien à cette conversation insensée. Lord Pevensham espérait-il lui confier la direction de ses soldats pour protéger le domaine jusqu'à ce que Rosamund attende un enfant ?

L'homme sembla hésiter quelques secondes. À son côté, Rosamund avait blêmi et gardait les yeux obstinément baissés.

— Je veux que *vous* lui donniez cet enfant.

Son cerveau ne comprit pas immédiatement l'information. Puis l'implication de ces mots l'ébranla comme un coup de tonnerre. Warrick fut incapable de masquer parfaitement sa réaction de surprise. Comment cet homme pouvait-il en arriver à considérer sérieusement une telle chose ?

Étrangement, la voix de Lord Pevensham était parfaitement calme.

— Si vous acceptez, Rosamund partagera votre couche jusqu'à ce qu'elle conçoive un enfant. Votre fils pourra ainsi hériter de Pevensham tout en conservant la protection et la légitimité de mon nom.

Rosamund attendait que Warrick refuse la proposition insensée d'Alan. Au lieu de quoi, le silence s'éternisait dans la pièce. Elle sentit une terreur sans nom l'envahir. Seigneur, était-il réellement en train de considérer la question ? Non, il ne pouvait pas ! Pas après tout ce qui avait existé entre eux !

Elle fixait ses mains sans les voir, incapable de lever les yeux sur lui, priant avec ferveur pour qu'il refuse. Pourtant, elle sentait peser sur elle l'intensité de son regard et la question silencieuse qu'il lui adressait.

Quand elle trouva enfin le courage de le regarder, ses yeux bleus étaient enflammés d'un désir sans fard. Son regard descendit lentement le long de sa gorge pour se poser plus bas, sur sa poitrine haletante et son ventre serré.

— Tu savais ce dont il s'agissait, Rosamund ? demanda-t-il doucement en revenant à l'intimité de son prénom et du tutoiement devant Alan.

Que pouvait-elle répondre ? En dépit de la folie de cette requête, elle comprenait le besoin d'Alan qui le poussait à tout sacrifier pour la sauvegarde de Pevensham. Comme elle était incapable de prononcer la moindre parole, elle se contenta d'opiner.

Elle avait été contrainte de donner son accord à son époux et, malgré la situation intenable, elle ne le regrettait pas. Après qu'elle lui avait promis d'agir selon ses désirs, Alan avait semblé infiniment soulagé et les ravages de la maladie avaient légèrement reculé. Il semblait désormais convaincu que tout irait pour le mieux. Peut-être avait-il besoin de cette conviction, de l'assurance qu'après sa mort un autre prendrait soin d'elle.

Warrick continuait de la contempler avec une expression impénétrable.

— Je souhaiterais parler seul à seule avec votre femme, finit-il par déclarer.

Aussitôt, la panique étreignit son cœur. Non ! Elle ne voulait pas se retrouver seule avec lui. Elle préférait encore marcher pieds nus sur du verre brisé que d'avoir à répondre à ses questions.

Hélas, Alan ne sembla pas prêter attention à elle.

— Bien entendu.

En fait, il semblait même heureux et impatient de leur accorder cette conversation privée, comme si le fait que Warrick ne lui ait pas immédiatement opposé son refus était une excellente nouvelle.

Rosamund adressa un regard suppliant à son mari qu'il ignora purement et simplement. D'un signe de tête ferme, il lui enjoignit de suivre Warrick à l'extérieur de la pièce.

Les dents serrées, elle obéit. L'espace d'un instant, elle envisagea la possibilité de se montrer parfaitement sincère avec Warrick, de lui expliquer pourquoi elle avait promis de se soumettre à l'exigence folle de son époux en se parjurant sciemment. De la sorte, il saurait qu'il ne devait pas s'attendre à quoi que ce soit… Si tant est qu'il attendait quoi que ce soit.

Il continua à avancer jusqu'à ce qu'elle lui fasse signe d'entrer dans le logis seigneurial, une large pièce ensoleillée dans laquelle elle aimait venir broder. Son pas puissant révélait son impatience à peine contenue, et elle comprit qu'il avait une chose importante à lui dire.

Rosamund fit signe à sa servante Berta, qui se trouvait à l'intérieur de la pièce, de quitter les lieux, et Warrick ferma la porte sur elle. Pendant un moment, il se contenta de l'étudier sans dire un mot, accroissant davantage la tension qui lui nouait les muscles.

— Était-ce ton idée ? Désires-tu un enfant à ce point-là ?

Sous le coup de la stupéfaction, Rosamund sentit sa colère enfler brutalement.

— Non, absolument pas ! s'exclama-t-elle avant de s'efforcer au calme. Je comprends pourquoi Alan le veut, en revanche. Pevensham est tout pour lui. Plus encore que moi. Il pense qu'un enfant sauvera le domaine des mains d'Owen. Mais cela n'arrivera pas.

Warrick l'étudia un moment, puis son regard s'arrêta plus attentivement sur son corps.

— N'as-tu jamais conçu d'enfant ?

Sa question directe la prit au dépourvu. Elle serra nerveusement ses mains l'une contre l'autre pour cacher leurs tremblements. Elle n'avait aucune envie de discuter d'une telle question, moins encore avec lui. L'ombre du chagrin n'avait jamais quitté son cœur, et mieux valait garder ses souvenirs bien enfouis au fond de son cœur.

De toute façon, elle n'avait rien envie de lui dire du tout. Si elle prononçait un seul mot, elle craignait que le faible contrôle qu'elle exerçait encore sur ses nerfs ne s'effondre. Hélas, il ne cesserait pas ses questions tant qu'il n'aurait pas obtenu de réponse. Alors elle durcit son cœur contre la vague de douleur et tenta de masquer ses yeux brillants de larmes.

— J'ai… j'ai mis au monde un bébé qui n'a jamais respiré.

Elle fut soulagée qu'il n'insiste pas pour en savoir plus. Au lieu de cela, il posa une main compatissante sur son bras.

— Je suis tellement désolé, Rosamund.

Sa gentillesse eut pour effet de faire voler en éclats ses défenses. Elle laissa ses larmes couler en silence sur ses joues. Warrick retira maladroitement sa main de son épaule, et elle fut prise de l'envie folle de se blottir dans ses bras pour apaiser son cœur douloureux. Seulement, elle ne pouvait se permettre d'exposer sa fragilité devant lui.

Voilà pourquoi elle ravala ses larmes et leva son regard vers lui.

— Je ne veux plus avoir d'enfant, admit-elle avec simplicité. Une partie de mon cœur a été emportée par cette histoire. Je sais qu'Alan veut plus que tout un héritier ; néanmoins, je ne suis pas sûre d'être capable de supporter à nouveau une telle épreuve.

Il la regarda sans rien traduire de ses pensées, ses yeux bleus aussi impénétrables que des saphirs. Qu'attendait-il d'elle ? Soudain, il fit un pas vers elle avant de déclarer d'une voix tendue :

— Si tu étais ma femme, je ne te donnerais jamais à un autre homme. En fait, j'abattrais tout homme qui voudrait te faire sienne.

Son regard pénétrant lui fit l'effet d'une caresse. Alors, dans le reflet de ses yeux implacables, elle vit qu'il la voulait encore, avec une intensité sur laquelle les années n'avaient pas de prise. Qu'il parle ainsi sous l'effet de la colère d'avoir été rejeté ou sous l'effet de la jalousie n'y changeait rien.

— Alan essaie simplement de protéger Pevensham. Et moi. Il se sait incapable de me donner un enfant, murmura-t-elle en resserrant ses bras autour de son corps soudain glacé. Je comprends pourquoi il exige cela de moi ; cependant, c'est une erreur.

Son expression se ferma brutalement, et elle fut à nouveau incapable de deviner ses pensées.

— Que veux-tu, *toi* ?

— Je… J'ai juré à mon mari de me plier à ses vœux, mais j'ai menti.

Ses joues s'enflammèrent sous l'effet de l'humiliation, pourtant elle se força à continuer.

— Je ne peux pas trahir mes vœux de mariage, murmura-t-elle. Pas même avec toi.

Il ne sembla pas le moins du monde surpris par sa confession.

— Et si ton époux mourait ? Où irais-tu ?

En dépit de toute raison, Rosamund refusait d'envisager d'aussi sombres perspectives.

— Je resterai auprès de lui jusqu'au dernier moment. Ensuite… J'aurais aimé rester ici ; toutefois, avec Owen, je ne suis pas sûre.

Sa voix se brisa, et elle s'interrompit.

— Je ne veux pas qu'il meure, Warrick. Je lui dois ma loyauté. Il s'est toujours montré bon envers moi.

Il s'approcha un peu plus, si près qu'elle pouvait sentir la chaleur qui émanait de son grand corps.

— Tu veux que je m'en aille et que je te laisse seule, alors ?

Sa voix était chargée d'une sensualité qui la fit vaciller. Son pouls s'accéléra, comme si son corps anticipait avant son esprit ce qu'il allait faire. Elle avala difficilement et fit un pas en arrière. Aussitôt, les mains de Warrick se posèrent sur sa taille pour l'empêcher de s'écarter. La chaleur de sa peau la brûlait délicieusement à travers le tissu de sa robe, et elle ferma les yeux, se rappelant les sensations de ses doigts sur sa peau nue.

— Je ne suis plus l'homme que j'étais, Rosamund. Je t'ai vue en épouser un autre, et cela m'a changé.

Sa main droite remonta lentement le long de sa colonne vertébrale en une douce caresse, et elle retint un gémissement, les yeux toujours clos.

— Te rappelles-tu ce qu'il y avait entre nous ? reprit-il dans un murmure. Tu aimais te serrer contre moi, m'embrasser jusqu'à en perdre le souffle… Tu me disais des mots d'amour, et je les ai crus.

Ses mains entourèrent fermement ses hanches.

— As-tu oublié ta promesse ? Celle de devenir *ma* femme et non celle d'un autre homme.

Rosamund ouvrit brutalement les yeux sous la violence

voilée de ces paroles. Les mots d'explication se pressèrent sur ses lèvres, mais elle était trop effrayée pour lui confesser la vérité.

Lorsque son père avait appris qu'elle avait donné sa virginité à Warrick, il était entré dans une telle fureur qu'elle n'avait plus douté que Harold était prêt à le tuer. Jamais elle ne l'avait vu aussi enragé et, pour l'heure, elle voyait le reflet de cette même colère dans les yeux de Warrick.

— J'étais là le jour où tu as épousé de Courcy. J'ai regardé lorsqu'il t'a prise pour femme devant tous. J'étais parmi les invités lors du festin de noces, et chaque bouchée avait un goût de cendres. Quand ils t'ont emmenée vers la chambre nuptiale…

Sa rage et sa frustration étaient telles qu'il s'interrompit. Malgré sa peur, Rosamund était incapable de détourner le regard de son visage. Peu à peu, la colère s'effaça dans ses yeux bleus, pour laisser la place à un désir sans fard.

— Je sais parfaitement que tu ne veux pas de moi dans ton lit, Rosamund, souffla-t-il en l'attirant d'un geste possessif contre lui. Je ne crois pas que cela ait quoi que ce soit à voir avec l'honneur ou la loyauté. Tu es simplement terrifiée à l'idée de te souvenir de ce qu'il y avait entre nous.

Le souffle coupé, Rosamund savoura avec un plaisir coupable la sensation de son corps dur pressé contre ses hanches. Ces paroles pécheresses rappelèrent à sa mémoire les vagues de plaisir que leurs étreintes avaient autrefois déclenchées. D'instinct, les pointes de ses seins se dressèrent, appelant les caresses.

Warrick suivit du doigt le tracé de sa joue avant de descendre le long de son cou.

— J'ai découvert que, bien malgré moi, j'étais tenté de dire oui à la proposition de ton mari. Après tout, tu es tenue de lui obéir, n'est-ce pas ? En particulier si l'enjeu est de sauver son château. Tu lui dois ta loyauté…

— Non, s'exclama-t-elle. Je ne te veux pas. Pas comme ça.

Hélas, ses mots mêmes étaient un pieux mensonge. Son sang courait dans ses veines en une lave brûlante, éveillant chaque parcelle de son corps à la vie. Autrefois, ses baisers avaient le pouvoir de la faire vibrer au point qu'elle criait de volupté sous ses lèvres. Il savait parfaitement comment obliger son corps à réagir, en dépit de ses tentatives pour rester parfaitement froide et indifférente.

En cet instant, il plongea ses doigts dans sa chevelure, l'obligeant à renverser la tête, exposant la peau fine et sensible de son cou. Elle sentait chacun de ses muscles durs pressés contre ses membres.

— Peu importe. J'obtiendrai la permission de ton époux. Et il ne saura jamais ce qu'il se passe réellement entre nous.

Ses doigts quittèrent ses cheveux pour courir le long de son dos. Lorsqu'il reprit la parole, sa voix était dure et pleine de rancœur.

— Je veux que tu saches ce que tu as manqué pendant toutes ces années. Tu as choisi le mauvais époux, Rosamund. Et, lorsque je te toucherai, tu ne pourras pas t'empêcher de demander pardon à Dieu de ne pas être restée avec moi.

— Ne fais pas ça, supplia-t-elle dans un sanglot.

Le désespoir lui donna finalement la force de réagir. En un clin d'œil, elle sortit la dague qu'elle portait à sa ceinture et la pointa sur son cœur.

— Je suis peut-être la propriété d'Alan, mais je ne suis pas la tienne !

— Pas encore, répondit-il d'une voix atrocement douce.

Lorsqu'il s'écarta et quitta la pièce un instant plus tard, la lame tomba avec un bruit sourd sur le sol de pierre.

Elle tremblait tellement qu'elle avait du mal à ne pas s'effondrer. Que Dieu lui vienne en aide !

Warrick retourna vers la chambre de de Courcy d'une humeur massacrante. Un homme d'honneur refuserait ce marché diabolique et quitterait cette demeure sur-le-champ — il en était parfaitement conscient. Seulement, en trois ans, il n'avait rien oublié de la fureur qui l'envahissait lorsqu'il regardait la femme qu'il avait aimée se tenir aux côtés d'un autre époux. Il avait enduré tant de coups pour elle, persuadé qu'elle resterait auprès de lui. Après qu'il avait été mis en pièces, son propre père s'était contenté de le regarder saigner avec indifférence avant de prendre la parole.

Cette fille n'était pas faite pour toi et tu n'es qu'un imbécile. Rosamund de Beaufort est trop bien née pour un parasite dans ton genre. J'aurais dû leur ordonner de te tuer.

Warrick souffrait tellement qu'il n'avait pas eu la force de répondre. Cependant, ces mots l'avaient bien plus blessé que les coups.

Après toutes ces années, il s'était finalement habitué à la haine de son père. Edward de Laurent avait refusé de croire en la vérité, préférant les mensonges de sa seconde épouse. Warrick avait abandonné depuis longtemps l'idée que son père puisse le voir comme un homme de valeur.

En revanche, il avait cru que Rosamund était différente, il avait cru qu'elle l'estimait sincèrement et il s'était trompé. Elle avait prétendu avoir épousé de Courcy pour sauver sa vie et il y avait sans doute une part de vérité là-dedans. Néanmoins, elle ne s'était pas battue pour rester à ses côtés. La jeune fille magnifique qui avait partagé avec lui des moments d'intense bonheur, qui lui avait promis de l'aimer pour le reste de sa vie, s'était soudain détournée de lui.

Elle l'avait abandonné, lui laissant pour toute compagnie son épée et un cœur brisé.

Or, voilà qu'Alan de Courcy voulait qu'il lui fasse un enfant. C'était le plus surprenant retournement du destin qui soit ! Lui, le fils cadet rejeté par son père, avoir le contrôle d'un domaine aussi vaste et riche que Pevensham ! Il n'avait aucune légitimité pour cela. Malgré sa naissance noble, il ne serait jamais rien d'autre qu'un guerrier sans terre et sans fortune. Tout ce qu'on attendait de lui, c'était qu'il se marie et retourne vivre sur les terres de son frère Rhys. Ou, mieux encore aux yeux de son père, qu'il meure sur le champ de bataille.

Sa belle-mère Analise était parvenue à convaincre Edward de Laurent que son fil était un imbécile incapable de la moindre initiative.

Sans y penser, il frotta la cicatrice qui marquait son dos. Comme à chaque fois qu'il songeait à cette femme diabolique, sa gorge se serra et il rejeta avec force l'obscurité qui menaçait de l'engloutir. Elle était morte aujourd'hui, et son père avait épousé une troisième femme.

Hélas, leur relation ne s'était guère améliorée pour autant — Edward de Laurent restait persuadé de la vérité des mensonges d'Analise et continuait de faire comme si Warrick n'existait pas. C'est d'ailleurs le besoin de prouver à son père à quel point il se trompait sur son compte qui l'avait poussé à se mettre au service du roi et à se dépasser dans de multiples batailles lorsque Rosamund l'avait quitté.

Aujourd'hui, on lui proposait une opportunité inespérée de montrer sa valeur ailleurs qu'au combat, en lui confiant la gestion de terres encore plus étendues que celles de sa famille. Plus jamais son père ne le considérerait comme un poids inutile et incapable. Warrick pourrait enfin commander son propre château et obtenir un statut égal à celui de Rhys.

Tout ce qu'il avait à faire pour cela était assassiner un homme innocent… ou bien de coucher avec sa femme, résuma-t-il avec ironie. Aucun des deux n'était un choix honorable.

Pourtant, de Courcy n'avait pas tort. Son frère Owen avait la ferme intention de mettre la main sur Pevensham, et il était également probable qu'il ferait du mal à Rosamund. L'homme froid et calculateur qu'il avait rencontré n'hésiterait pas à tuer un enfant jusque dans le ventre de sa mère si sa naissance menaçait son héritage.

Énervé à cette perspective, il posa une main tendue sur son épée dont le contact l'apaisa. S'il acceptait de donner un fils à Rosamund, les risques étaient cependant infinis. Elle pouvait très bien ne pas concevoir, et tout cela aurait été vain. Et, si elle attendait finalement un enfant, d'autres pourraient remettre en question sa légitimité. Quand bien même tout se déroulerait selon le souhait de de Courcy, l'enfant grandirait en croyant que son père était un autre homme.

La situation ne lui apporterait aucune réponse claire, car elle s'opposait à toutes les valeurs en lesquelles il croyait — l'honneur, l'honnêteté, la vérité. Et pourtant, il se retrouvait à nouveau au chevet de cet homme à l'agonie. Il s'approcha de Lord Pevensham. Mieux valait dire la vérité plutôt que de s'encombrer de mensonges inutiles.

— J'ai parlé à votre épouse et elle ne souhaite pas déshonorer ses vœux de mariage.

— Elle le fera pourtant si je le lui ordonne.

Warrick fronça les sourcils. Il n'avait aucune envie de s'imposer par la force à une femme, quelle qu'elle soit. Même à celle qu'il avait désirée plus que tout au monde et dont il savait à présent que le corps tourmenté quémandait ses caresses.

— Je ne la prendrai pas contre sa volonté, lança-t-il froidement.

— Rosamund sait ce qui est nécessaire à la sauvegarde de Pevensham. Ce domaine est son foyer, et elle n'a aucun désir de voir Owen en hériter. Ma femme est loyale et vertueuse, de Laurent. Voilà pourquoi elle ne se résigne pas aux nécessités supérieures que j'entrevois. Cependant, je veux qu'elle soit protégée et chérie après ma mort. Vous pourriez le faire et, ce faisant, vous recevriez des terres et des richesses. Tout homme serait heureux d'une telle opportunité.

En dépit de ses sentiments mitigés à l'égard de Lord Pevensham, Warrick admirait la volonté de fer de cet homme si diminué physiquement.

— Pourquoi moi ? rétorqua-t-il. Vous auriez pu choisir n'importe quel homme célibataire du royaume, tous seraient en effet heureux de vous obliger.

— Parce que j'aime ma femme. Je veux quelqu'un qui fera passer son bonheur et ses besoins à elle avant les siens. Si tout ce que je voulais était un géniteur pour mettre au monde un héritier, les choses seraient bien plus simples. Je tiens plus que tout à elle et je refuse de laisser mon frère la blesser.

Son visage était tendu par la frustration.

— Ne faites-vous pas confiance à vos hommes pour la protéger ?

— Mes hommes ne pourront pas la protéger à tout instant. Ils ne pourront rien pour elle lorsqu'elle sera seule dans sa chambre chaque nuit. Owen trouvera un moyen de l'atteindre, et je serai incapable de la protéger une fois mort.

Warrick ne répondit rien. Le comportement de cet homme lui semblait incroyablement… désintéressé. Il ne comprenait pas comment il pouvait en arriver à faire preuve d'une telle abnégation — encore moins alors qu'il possédait une femme telle que Rosamund. S'il avait été à la place de de Courcy, il aurait préféré mourir plutôt que de laisser un autre homme la toucher. Il aurait été prêt à former une armée pour la défendre, si nécessaire.

— Il y a des dizaines d'autres façons pour vous de la protéger. Si vous l'aimiez vraiment, vous ne pourriez jamais la forcer à coucher avec un autre homme, même pour concevoir un enfant.

Face à cette accusation, le visage de de Courcy se durcit subitement.

— Je l'aime suffisamment pour la donner à l'homme qu'elle a toujours voulu, cracha-t-il en se redressant. Elle a eu beau prononcer ses vœux, je sais que son cœur ne m'a jamais appartenu. Elle a seulement obéi à son père en acceptant de m'épouser. Je ne mentirai pas — je la voulais par-dessus tout. Mais comment lutter contre l'évidence ? M'épouser lui a brisé le cœur. Rosamund est une épouse fidèle et dévouée néanmoins, elle ne m'aime pas comme je l'aime. J'ai cru que le temps pourrait changer ses sentiments à mon égard ; seulement, à présent, il me reste bien peu à vivre. Plus suffisamment en tout cas pour continuer à me bercer d'illusions. Pour honorer ses sacrifices, je veux lui rendre ce qu'elle désire le plus. La vie qu'elle voulait construire avec vous.

Warrick sentit sa gorge se serrer en entendant ces paroles. Malgré sa colère et sa rancœur, un espoir fou reprenait vie au fond de son cœur à l'idée d'obtenir enfin la main de Rosamund. Pourtant, il n'était pas certain qu'elle accepterait de l'épouser après la mort de son époux. Elle avait clairement montré ses intentions à son égard en choisissant son père plutôt que lui voilà trois ans. Le jour de la cérémonie, elle n'avait pas une seule fois posé les yeux sur lui. Il savait qu'elle réagissait toujours physiquement à sa présence, c'était cependant sa seule certitude.

— Elle a fait son choix il y a plusieurs années, contra-t-il sans chercher à masquer l'amertume dans sa voix.

Il comprenait que Lord Pevensham veuille le voir protéger Rosamund après sa mort ; toutefois, il refusait de se bercer d'illusions en acceptant de croire qu'elle avait toujours des sentiments à son égard.

— Je suis peut-être mourant, mais je suis loin d'être aveugle, répondit de Courcy. J'ai vu son désespoir le jour de notre mariage, j'ai également vu sa réaction involontaire quand je lui ai annoncé que je vous avais fait appeler. Une fois qu'elle aura admis la nécessité de mon plan, je crois qu'elle agira dans l'intérêt de notre domaine — et de ses sentiments.

Warrick le détrompa.

— Rosamund n'a aucune intention de déshonorer vos vœux de mariage, peu importe ce qu'elle a prétendu devant vous.

— Il faut un héritier à Pevensham, insista de Courcy en serrant les draps entre ses doigts contractés. C'est le seul moyen de s'assurer que Pevensham ne tombe pas aux mains d'Owen. Une fois qu'un enfant aura été conçu, je veux que vous l'emmeniez dans mon domaine d'Irlande. Mon intendant vous offrira l'aile le temps qu'elle mette l'enfant au monde.

En dépit de la rationalité de ces arguments, Warrick était loin de penser que c'était la meilleure façon d'agir. S'il enlevait Rosamund à son foyer, cela ne ferait qu'inciter Owen de Courcy à se lancer à leur poursuite. Cependant, il garda pour lui ses réserves. Face à son silence, de Courcy le fixa avec intensité.

— Acceptez-vous de le faire pour elle ?

Mais Warrick n'était pas encore décidé à accepter cette proposition insensée. Non seulement Rosamund avait été très claire sur le fait qu'elle ne trahirait pas ses vœux ; en outre, rien n'assurait que ce plan fonctionnerait, quand bien même elle finirait par changer d'avis. Pour l'heure, elle semblait croire qu'un mensonge suffirait à apaiser son mari et elle ne comptait pas l'accepter dans son lit.

— Je vais y réfléchir, temporisa-t-il.

C'était le mieux qu'il puisse faire. Si Rosamund lui demandait son aide, il ne la lui refuserait pas. D'ici là, il patienterait sans s'imposer à elle.

À cet instant, la porte de la chambre s'ouvrit et Rosamund pénétra à l'intérieur. Elle avait visiblement retrouvé son calme et elle s'installa dans un fauteuil devant le foyer. Puis, sans leur jeter un regard, elle prit son tambour et se mit à broder. Rien dans son attitude composée ne trahissait la tempête d'émotions qu'il avait aperçue un peu plus tôt.

Comme il l'observait avec attention, il remarqua les traits de son front qui indiquaient son entêtement. Sa loyauté envers son mari était inflexible, et elle ne se laisserait pas persuader facilement.

De Courcy lui demandait ni plus ni moins que de faire le siège de Rosamund pour conquérir son corps et son cœur, avec pour prix de sa victoire un enfant et un château.

— Rosamund, dit Alan d'une voix maîtrisée, de Laurent m'indique que tu as changé d'avis à propos de notre arrangement. J'ai pourtant cru que tu avais compris l'absolue nécessité de ce plan.

Sans se laisser impressionner, elle se releva.

— Mon époux, je lui ai dit que j'étais une femme d'honneur et que jamais…

— Tu m'as promis, l'interrompit son mari.

Il tendit la main vers elle, et elle vint aussitôt à sa rencontre, ce qui provoqua une pointe de jalousie désagréable dans sa poitrine.

— Rosamund, il ne s'agit pas de nos désirs, ni même d'honneur. Il s'agit de protéger tout ce pour quoi je me suis battu, notre foyer. Si j'avais été en mesure de te donner un enfant, je l'aurais fait depuis longtemps.

Soudain, son teint vira au gris et il se laissa retomber sur les oreillers, visiblement épuisé.

— Si tu attends trop, si je meurs, la légitimité de l'enfant sera remise en question. Nous ne pouvons prendre ce risque.

Warrick restait parfaitement immobile, il se sentait comme un étranger tandis que cet homme caressait doucement la main de Rosamund. Elle se pencha vers lui pour lui parler à l'oreille, et il ferma les yeux un moment.

Lorsque de Courcy reprit la parole, sa voix n'était qu'un murmure.

— Rosamund, est-ce que de Laurent te fait peur ?

— Oui, admit-elle dans un souffle.

Warrick se sentit heurté par son anxiété ; pourtant, il lut sur son visage une expression étrange. Elle craignait autre chose que lui.

— Crois-tu qu'il pourrait te faire du mal ? insista de Courcy. Préfèrerais-tu que je choisisse quelqu'un d'autre ?

— Non ! s'exclama-t-elle instinctivement. Je ne pourrai jamais me donner à un autre homme.

Elle rougit violemment en se rendant compte de la signification de ses paroles.

Ils restèrent tous trois silencieux l'espace d'un instant. Warrick venait de comprendre qu'en dépit de sa méfiance et de ses réserves elle n'était pas indifférente à sa personne. Cette révélation lui procura à la fois un intense bonheur et une douleur presque insoutenable.

— Lord Pevensham, dit-il enfin, je suggère que nous laissions un peu de temps à Rosamund pour réfléchir à tout cela. Pendant ce temps, je resterai ici avec mes hommes.

Alan parut plus ennuyé que satisfait par sa suggestion ; pourtant, il sembla comprendre qu'il n'y avait guère d'alternative.

Warrick avait besoin de temps seul avec elle pour déterminer si c'était son honneur qui lui enjoignait de refuser la demande de son époux, ou bien la peur des sentiments qu'elle avait enterrés pendant ces trois dernières années.

Chapitre 3

Trois ans plus tôt

Rosamund contemplait le donjon de Montbrooke avec émerveillement. La forteresse possédait une large tour rectangulaire et se dressait au sommet d'une colline. La muraille extérieure était épaisse de trois pieds et montait à plus de vingt pieds de haut. Une autre tour surmontait l'entrée principale gardée par des sentinelles.

Le comte de Laurent avait convié sa famille pour assister aux fiançailles de son fils aîné Rhys avec Lianna MacKinnon, une héritière écossaise. Rosamund ne connaissait pas les de Laurent, mais son père était ami de longue date avec le comte Edward. Les fiancés se marieraient bientôt afin de sécuriser l'alliance entre leurs terres d'Eiloch.

Elle chevaucha aux côtés de ses parents et de sa sœur pour traverser le pont-levis qui se déployait au-dessus de douves profondes et larges. La herse était en fer épais et des douzaines de sentinelles montaient la garde.

Lorsqu'ils atteignirent la cour intérieure, plusieurs palefreniers vinrent les aider à démonter avant d'emmener les chevaux à l'écurie. Rosamund resta en arrière avec sa sœur tandis que ses parents s'avançaient pour saluer Lord Montbrooke. Derrière lui se tenaient ses trois enfants, dont elle avait appris les prénoms par son père — une fille, Joan, qui était à peine plus âgée qu'elle, un fils aîné, Rhys, et un cadet, Warrick.

Ce fut lui qui attira son attention. Il avait des cheveux noirs magnifiques et ses yeux bleus la dévisageaient avec un intérêt non déguisé. Il portait une cuirasse de cuir et une épée, comme s'il revenait d'un entraînement au combat. Il semblait âgé d'une vingtaine d'années et son regard insistant la fit rougir violemment. Jamais jusqu'alors elle n'avait éveillé l'intérêt d'un aussi beau jeune homme. Étrangement troublée, elle se demanda s'il viendrait lui parler plus tard.

— N'y songe même pas, lui chuchota sa jeune sœur. Père ne te le permettra jamais.

— Permettre quoi ? feignit-elle de s'étonner.

— Ne fais pas l'idiote. J'ai bien vu la façon dont tu as regardé Warrick de Laurent, répondit Cécilia en lui attrapant la main. Père a l'intention de te fiancer à Alan de Courcy. J'ai entendu qu'il avait déjà négocié le contrat de mariage.

Cette idée lui serra le ventre. Bien qu'elle ait toujours su que son mariage serait arrangé, elle avait conservé l'espoir d'avoir son mot à dire dans le choix de celui qui serait son époux.

— Déjà ? s'alarma-t-elle, sans pouvoir masquer sa déception.

— Dans l'année, de ce que j'ai pu entendre. Alors ne perd pas ton temps à t'imaginer qu'il pourrait accepter le fils cadet d'un comte — pas alors qu'il peut te marier à un puissant baron.

Rosamund choisit d'ignorer sa petite sœur et haussa les épaules avec une indifférence feinte. Lorsque ses parents lui firent signe d'approcher, elle afficha un sourire engageant quand Warrick prit ses doigts entre les siens. Il serra légèrement ses doigts de façon tout à fait inconvenante et elle sentit son sang courir plus vite dans ses veines.

Plus tard, semblèrent promettre ses yeux.

J'attendrai, répondit-elle sans un mot.

L'opportunité se présenta l'après-midi même quand sa famille fut invitée à une promenade à cheval sur le domaine. Rosamund se mit en selle et rejoignit sa sœur. Elles attendirent leurs parents avant de traverser le pont-levis. Sa famille se trouvait rassemblée au milieu des cavaliers tandis que Warrick chevauchait en avant avec son père et sa sœur. Après quelques minutes, elle remarqua qu'il restait un peu en arrière, afin de se mettre à son niveau. Lorsqu'il risqua un regard dans sa direction, il lui fit discrètement signe de se placer à l'arrière de la troupe. Comment faire pour le rejoindre sans que sa sœur ne s'en mêle ?

Le destin sembla lui donner une chance lorsque son père conduisit Cécilia auprès d'autres connaissances. Rosamund en profita pour ralentir encore le pas de son cheval. Peu après, Warrick se retrouva à son côté et ils continuèrent à maîtriser leur allure jusqu'à se retrouver en arrière de la troupe.

Pendant quelques instants, ils se contentèrent de chevaucher en silence, comme si Warrick ne savait pas quoi lui dire. Du coin de l'œil, elle ne cessait de l'observer. Il avait l'allure d'un soldat, à la fois puissant et dangereux. Elle attendit encore un peu, puis elle n'y tint plus.

— Tout va bien ? demanda-t-elle.

Il ne lui jeta pas un regard tout en acquiesçant.

— Oui.

— Vous semblez… en colère contre moi, remarqua-t-elle.

— Je ne suis pas en colère, gronda-t-il les dents serrées.

Elle se mordit nerveusement la lèvre, inquiète d'avoir mal interprété ses regards. Pourtant, elle nota que ses joues étaient légèrement rougies. Était-il… nerveux ?

Cela n'avait aucun sens. Il était sans aucun doute le plus bel homme qu'il lui ait été donné de rencontrer. Il lui suffisait de regarder ses traits virils pour se sentir troublée.

— Vouliez-vous me dire quelque chose ? osa-t-elle demander. Ou bien préférez-vous que je vous laisse en paix et que je rejoigne ma famille ?

— Non, répondit-il sèchement.

Son ton haché lui fit comprendre qu'il se débattait pour trouver ses mots. Sa colère venait ainsi du fait qu'il était frustré par sa propre incapacité à converser avec elle. Elle ressentait comme une barrière invisible la gêne qui se dressait entre eux.

— Si vous n'êtes pas en colère contre moi, ai-je eu raison de me joindre à vous ? J'ai cru que vous souhaitiez me parler, mais je vois que je me suis trompée.

Elle attendit avec impatience sa réponse, s'efforçant de ne pas regarder son visage. À la place, elle détailla ses avant-bras musclés dont la peau dorée lui semblait aussi tentante que du miel. Il devait passer des heures au grand air à s'entraîner au combat. Sa cotte de maille moulait son corps solide comme une seconde peau.

— Je voulais vous parler, admit-il en gardant les yeux fixés droit devant lui.

Elle attendit, puis, face au silence qui s'éternisait, elle ne put s'empêcher de sourire.

— Ne savez-vous pas parler aux dames ?

Warrick se retourna brusquement vers elle, le visage sombre. Puis, quand il vit qu'elle souriait, il rit à son tour.

— Vous m'avez percé à jour. J'ai très peu d'expérience avec les dames.

— Eh bien, dans ce cas, peut-être devrions-nous commencer par nos prénoms. Je m'appelle Rosamund de Beaufort.

— Je sais qui vous êtes.

— Bien sûr, simplement, c'est un bon moyen d'entamer une conversation. Alors dites-moi à votre tour comment on vous appelle.

Son expression resta aussi impénétrable que du granit.

— Je suis Warrick de Laurent.

— Voilà. Ce n'était pas si dur, n'est-ce pas ?

Elle fut récompensée de son sourire par un regard brûlant. Il semblait néanmoins toujours aussi mal à l'aise et elle se mit en devoir de lui faire la conversation.

— Vos terres sont magnifiques. J'aime votre forêt. Les arbres y sont tellement hauts ! Regardez comme les rayons du soleil transpercent les feuilles, cette forêt semble enchantée.

Elle continua à parler ainsi de tout ce qui lui passait par la tête puis, face à son silence, elle finit par se demander si elle ne l'irritait pas avec ses bavardages.

— Dois-je arrêter de parler ? questionna-t-elle, les sourcils froncés.

Ses yeux bleus s'étaient adoucis lorsqu'il la regarda.

— J'aime vous écouter.

Ce simple aveu l'emplit d'une joie jusqu'alors inconnue. Cet homme taciturne avait décidément un bien étrange pouvoir sur elle. Soudain, il se pencha pour prendre ses rênes entre ses mains.

— Il y a un sentier qui coupe à travers nos terres par ici, si vous voulez avoir un meilleur aperçu du domaine. Il rejoint ensuite le sentier principal.

Rosamund hésita. Oserait-elle s'éloigner de sa famille pour aller avec un homme qu'elle connaissait à peine ? Elle avait certes envie d'explorer cette forêt magnifique, mais cela ne semblait guère sage.

— Si vous préférez, nous pouvons rester avec les autres.

Son ton était parfaitement neutre ; pourtant, elle se demanda combien d'efforts il lui avait fallu pour sembler aussi détaché. Cet homme n'était décidément pas facile à faire parler.

— Nous ne nous éloignerons que pour un bref moment alors, dit-elle finalement. Ma famille sera en colère s'ils découvrent que je ne suis plus là. Nous ne pouvons pas nous éloigner.

En entendant ses paroles, Warrick esquissa un léger sourire qui lui coupa le souffle.

— Un instant seulement, acquiesça-t-il.

Il mena leurs montures vers la droite et elle vit apparaître un petit sentier qui s'enfonçait dans la forêt. Il s'y engagea. Elle jeta un regard inquiet en direction de son père, priant pour que personne ne remarque son absence. Puis elle s'engouffra à son tour à la suite de Warrick. À peine eut-elle passé la première barrière d'arbres qu'elle pénétra dans un univers enchanté. De la mousse couvrait le sol comme un tapis de verdure et des fougères luxuriantes croissaient à l'ombre des arbres. Les rayons épars du soleil teintaient les feuilles d'or. Face à tant de beauté, Rosamund retint son souffle. Serait-elle capable de créer une broderie riche d'aussi belles couleurs ?

— Cet endroit est magnifique. Je l'adore.

— Voulez-vous… en voir plus ? offrit-il. Un instant, pas plus.

Il jeta un œil vers la prairie attenante où continuaient de chevaucher les autres cavaliers. Rosamund acquiesça.

— Un instant. Je ne voudrais pas que notre absence vous cause des problèmes.

— Le sentier avance parallèlement à leur chemin ; aussi, nous pourrons les rejoindre en un instant.

Juste devant eux coulait un petit cours d'eau parsemé de pierres. Elle contempla un moment la danse de l'eau sur les rochers.

— Il me semble que dans un tel endroit je pourrais rencontrer à tout moment la magie. Je vous remercie de m'avoir menée ici, Warrick, murmura-t-elle dans un souffle.

Il resta parfaitement stoïque, mais l'intensité qui illuminait ses yeux n'avait fait que croître. Jamais elle n'avait fréquenté un homme aussi calme et réservé. Elle pressentait qu'il y avait bien plus en lui, une fois traversée cette apparence de sérieux.

— J'imagine que nous ne devrions pas nous attarder

plus longtemps, finit-elle par dire à regret. Courons rejoindre les autres.

Et, sans attendre son accord, elle lança son cheval au petit galop.

— Rosamund, attendez ! cria-t-il dans son dos. Il est dangereux de galoper sur ce chemin !

Jamais elle ne l'avait entendu prononcer autant de mots d'un coup, songea-t-elle, amusée, en tirant sur les rênes pour ralentir l'allure. Une fois au pas, elle se tourna pour le regarder. Il fonçait droit dans sa direction, puis, brusquement, il se baissa sur l'encolure de son cheval pour éviter une branche basse. Effrayé par ce mouvement brutal, son cheval se cabra, le projetant à terre où il roula sur la rive avant d'interrompre sa course dans l'eau sans doute glacée de la rivière.

Terrifiée, Rosamund sauta à bas de sa monture et courut vers lui, inquiète à l'idée que sa tête ait heurté l'une des grosses pierres qui saillaient hors de l'eau.

— Warrick, allez-vous bien ? demanda-t-elle d'un ton affolé en voyant son visage tourné vers l'eau.

Elle entra dans l'eau sans se préoccuper de ses jupes trempées et se hâta de le retourner et de soutenir sa tête hors de l'eau. Un haut-le-cœur la saisit lorsqu'elle songea qu'il aurait pu se noyer ainsi, inconscient.

Son crâne était enflé et saignait à l'endroit où il avait cogné. Elle poussa un soupir de soulagement en l'entendant grogner et papillonner des yeux.

— Pouvez-vous vous lever ?

— J'ai besoin d'un peu de temps, répondit-il avec une grimace. J'ai le vertige.

— Tenez-vous à moi, proposa-t-elle.

Tout en le maintenant, elle s'assit sur une grosse pierre surélevée pour se mettre à l'abri du courant. Warrick la tint par la taille pour tenter de retrouver son équilibre.

Seigneur ! Il avait manqué mourir par sa faute ! Elle se sentait affreusement mal. Il avait voulu lui montrer cet endroit merveilleux et voilà qu'il était blessé à cause de son imprudence. Elle lisait sur les traits tendus de son visage la douleur que le choc lui avait occasionnée.

Peu à peu, il sembla reprendre le contrôle de lui-même. Il leva son regard vers le sien et une étrange connexion se tissa entre eux. Il la regardait avec une sorte d'émerveillement et quelque chose d'autre — une ardeur qu'elle n'avait jamais vue chez aucun homme. Sa large paume se posa sur sa joue et le contact de sa peau fraîche sur sa peau déclencha une chaleur inconnue en elle.

— Si belle…, murmura-t-il.

Le souffle court, Rosamund admira ses boucles brunes que les gouttes d'eau faisaient scintiller. Ses yeux caressèrent son beau visage doré par le soleil. Seigneur ! Il était incroyablement et dangereusement séduisant. Et, pour l'heure, il la contemplait comme si son seul désir sur terre était de l'embrasser. Envoûtée par ce regard, Rosamund n'était plus consciente du temps qui passait ni de l'eau glacée qui mouillait ses jambes. Seul cet homme troublant existait.

— Êtes-vous sérieusement blessé ? souffla-t-elle.

— Je ne sens pas la moindre douleur, murmura-t-il tandis que son pouce parcourait sa joue.

Lentement, son regard glissa de son visage plus bas, détaillant langoureusement chaque courbe de son corps. Rosamund sentit une étrange faiblesse l'envahir, elle était incapable de bouger, elle respirait à peine. La chaleur de son regard la brûlait délicieusement et son corps semblait pris d'une vie propre, s'échauffant peu à peu.

Déroutée et enivrée par ces sensations nouvelles, elle ferma les yeux, incapable de s'extraire de cet enchantement. Bientôt, sa main tout entière caressa sa joue et son menton. Au nom du ciel ! Elle était seule dans la forêt avec un étranger !

Elle aurait dû trembler de peur et s'enfuir à toutes jambes. Pourtant, pas une seule fois elle ne s'était sentie menacée par lui. Le moindre de ses contacts lui donnait l'envie de s'abandonner plus encore. Elle sentait qu'un lien étrange la reliait à lui, comme si son corps savait qu'il pouvait lui donner quelque chose dont elle avait désespérément besoin.

Elle entrouvrit les paupières au moment où il se penchait vers elle pour l'embrasser. Il se contenta d'abord d'effleurer très légèrement ses lèvres des siennes puis goûta sensuellement sa bouche. Choquée par sa propre audace, Rosamund se surprit à goûter ses lèvres en retour. Sa bouche était ferme et possessive, exigeant un abandon total qu'elle était trop heureuse de lui donner. Des sensations merveilleuses se disputaient en elle, aiguillonnées par le contraste entre ses doigts froids qui tenaient son visage et sa bouche chaude et invitante.

Jamais dans toute son existence elle n'avait imaginé vivre un moment pareil. Warrick de Laurent était décidément un homme qui préférait l'action aux mots, songea-t-elle avec amusement. Pour l'heure, alors que ses mains tentatrices glissaient dans ses cheveux et que sa langue caressait la sienne en un ballet sensuel, elle ne se préoccupait plus de son silence. Tout ce qui importait, c'est qu'elle voulait ce baiser avec une force effrayante. Ses mains crispées sur ses larges épaules musclées l'attirèrent plus près d'elle encore. Une fièvre et un besoin inconnus menaçaient de balayer son sens de la vertu et de la réserve dont elle s'était autrefois glorifiée.

Comme il s'écartait légèrement, elle parvint à reprendre son souffle pour haleter.

— Je pense que nous devrions…

— Ne pensez pas, gronda-t-il avant de reprendre sa bouche avec passion.

Il se redressa et la saisit dans ses bras pour la ramener au sec sur la rive. Lorsqu'il la reposa sur la terre ferme, Rosamund prit conscience qu'elle était de toute façon bien incapable de réfléchir. Ses pensées lui échappaient comme des grains de sable.

— Pourquoi m'avez-vous embrassée ? Nous venons juste de nous rencontrer.

— Parce que j'en avais envie, répondit-il en reprenant sa bouche.

À sa grande honte, Rosamund gémit sourdement avant de l'attirer plus près encore. Elle était incapable de maîtriser la force du désir qu'il provoquait en elle. Warrick de Laurent avait décidément tout de ces guerriers de l'ancien temps qui prenaient ce qu'ils convoitaient sans qu'on ne puisse rien leur refuser.

— Pourquoi avez-vous répondu à mon baiser ? demanda-t-il à son tour contre ses lèvres.

En vérité, elle ne savait quoi lui répondre. Elle décida finalement de se montrer la plus honnête possible.

— Parce que je voulais savoir ce que cela faisait d'être embrassée.

— Alors je suis le premier.

Ses mots n'étaient pas une question.

— Oui, admit-elle en sentant ses joues s'enflammer. Les autres se sont sans doute rendu compte de notre absence, à présent. Nous sommes tous les deux trempés, vous êtes blessé, et…

— Rosamund, l'interrompit-il en posant un doigt sur sa bouche. N'ayez pas peur de moi, je ne serai jamais une menace pour vous.

Elle garda le silence tandis qu'il la conduisait jusqu'à son cheval. Ses mains s'enroulèrent autour de sa taille lorsqu'il l'aida à se mettre en selle. Elle le vit alors essuyer du bras le sang qui coulait de sa plaie et il vacilla légèrement en rejoignant sa monture. Ainsi, il était sérieusement blessé mais lui avait caché sa douleur.

Lorsqu'ils rejoignirent le chemin principal, à l'orée de la forêt, elle remarqua immédiatement que la troupe s'était arrêtée pour les chercher. La honte l'embrasa et elle eut l'impression que chacun pourrait lire sur son visage son comportement éhonté.

— Que leur dirons-nous ? demanda-t-elle, paniquée.

Warrick se contenta de hausser les épaules.

— La vérité.

Ses yeux se voilèrent à nouveau de désir, comme s'il repensait au plaisir enivrant de leur baiser. Pourtant, il y avait aussi une pointe d'amusement dans ses yeux bleus.

— Certainement pas, répondit-elle. Je leur dirai que je voulais voir la forêt et que vous avez accepté de m'accompagner. Puis je suis tombée dans la rivière et vous m'avez secourue.

— Mais c'est vous qui m'avez porté secours, contra-t-il.

— Jamais ils ne le croiront. Mon père moins encore que les autres. Pour mon bien, je vous en supplie, ne niez pas mon histoire.

— Je ne dirai rien.

Comme ils approchaient des autres cavaliers, il baissa la voix :

— Accepterez-vous de me rencontrer à nouveau ?

Sa demande lui fit l'effet d'une caresse invisible et délicieuse. Alors, même si elle était parfaitement consciente qu'elle ne devait plus jamais le revoir, elle ressentit une violente vague de désir pour cet homme qu'elle connaissait à peine. Elle agissait follement et le savait. Comment faire autrement, alors qu'elle avait encore sur ses lèvres le goût de sa bouche ?

— Je ne sais pas. Mon père serait furieux.

Aussitôt, son visage se ferma, comme s'il s'était attendu à son refus et redevenait le soldat impavide qu'elle avait cru voir en lui au début. À voir son visage impassible, elle aurait pu croire qu'elle avait imaginé la passion dévorante de ses baisers. Cette façon qu'il avait de se fermer ainsi à toute émotion lui disait qu'il avait dû souffrir par le passé.

— Très bien, souffla-t-elle. Où ?

Son regard stupéfait se posa sur elle. La froideur en avait disparu, remplacée par l'étonnement. Il répondit enfin d'une voix rauque :

— Retrouvez-moi demain à l'aube près du cours d'eau.

Au cours des jours suivants, Rosamund et Warrick eurent du mal à se retrouver en secret. Néanmoins, ils se débrouillaient pour n'être jamais loin l'un de l'autre. Warrick était parfaitement conscient que Harold de Beaufort ne voulait pas qu'il s'approche de sa fille. Il lui avait clairement ordonné de ne plus lui adresser la parole. Les insinuations de Beaufort, qui avait à peine masqué son mépris pour lui, n'avaient fait qu'accroître son sentiment de rébellion. Et Rosamund était la plus belle femme qu'il lui ait été donné de contempler. Dès le premier instant où il avait posé les yeux sur elle, un seul mot avait dirigé son âme — *mienne*.

Ses longs cheveux noirs bouclaient doucement jusqu'à retomber sur ses hanches. Ses yeux verts étaient emplis de joie, et sa bouche... Sa bouche ne cessait pas un instant de parler. Rosamund parlait sans cesse, elle parlait bien assez pour eux deux et cela lui convenait parfaitement. Il avait toujours préféré écouter et juger les gens sur leurs actions. Il avait d'ailleurs cru, avant de la rencontrer, être d'un caractère réfléchi.

Puis il avait posé les yeux sur elle et depuis lors il était entièrement dirigé par ses instincts les plus primaires. Il avait voulu goûter ses lèvres et il l'avait fait sans le moindre regret. Il avait néanmoins été stupéfait de la sentir répondre avec sensualité à son baiser. Il était incapable de comprendre comment une femme aussi merveilleuse qu'elle avait pu le gratifier de ses faveurs. Il savait depuis longtemps qu'une jeune dame aussi bien née ne pouvait s'intéresser à un homme comme lui, sans terres, sans richesse. Il était à peine plus qu'un simple mercenaire.

Alors, en attendant la fin de ces instants bénis, il profitait de chaque instant en sa compagnie.

Aujourd'hui, Rosamund était assise sur les marches de l'escalier de pierre qui menait aux remparts. Elle avait emporté avec elle sa broderie et la douce brise de l'été faisait voler les mèches sombres qui encadraient son visage. Sa seule vue suffisait à faire accélérer son sang dans ses veines.

Elle était venue pour le voir s'entraîner avec son frère et d'autres hommes. Lorsqu'il hasarda un regard dans sa direction, elle gardait les yeux fixés sur son ouvrage. Rhys arriva dans son dos.

— Tu veux qu'elle nous regarde, Warrick ?

Il se retourna d'un coup pour affronter le sourire entendu de son frère.

— Peu m'importe, prétendit-il.

— J'ai remarqué la façon dont tu la regardes, pourtant…, dit Rhys en lui tendant un bâton. Affrontons-nous au bâton, je ferai en sorte que tu aies l'air bon.

— Son père serait furieux de la savoir ici, marmonna Warrick sans l'écouter.

— C'est à elle de prendre le risque. Et elle a visiblement très envie de te voir te faire battre, s'amusa son frère. Je pense que nous devrions lui en montrer un peu plus.

Il ne comprit pas ce que Rhys voulait dire, jusqu'à ce que ce dernier ôte sa cotte de maille pour se tenir torse nu.

— Puisqu'elle compte regarder, ne devrais-tu pas lui montrer quelque chose ?

Warrick voulait refuser ; malheureusement, son frère venait déjà de s'emparer de son haubert.

— Je parie qu'elle te regarde en ce moment, murmura Rhys.

— Tout cela est stupide, grommela Warrick, mal à l'aise.

— Pas du tout. Après tout, tu n'as pas besoin d'armure pour m'affronter au bâton.

Il n'avait pas tout à fait tort. Il avait beau se sentir un peu ridicule, il ôta sa chemise et sentit aussitôt le regard de Rosamund se poser sur lui. Les coins de sa bouche s'étaient incurvés en un lent sourire, bien qu'elle continuât à broder, comme si le spectacle ne l'intéressait pas le moins du monde.

Au même moment, Rhys lui porta un premier coup qu'il bloqua instinctivement. Son frère se battait sans pitié, portant les coups avec force et vitesse. Warrick évita un nouveau coup avant d'envoyer son bâton dans les côtes de son frère.

Rhys grogna de douleur avant de lui administrer un coup dans les genoux. Il parvint à s'écarter d'un bond, mais son frère avait prévu son recul et déjà le bâton le frappait dans le dos, l'envoyant à terre. Il roula sur le côté et saisit Rhys aux chevilles pour lui faire perdre l'équilibre.

— Je croyais que tu devais faire en sorte que j'aie l'air bon.

Son aîné jura avant de se remettre sur ses pieds au même instant que lui.

— J'ai menti, admit-il avec un large sourire. Même ainsi, elle ne te quitte pas des yeux.

Warrick tourna la tête dans la direction de la jeune femme tout en s'écartant vivement de la trajectoire du bâton. Celui-ci ne le toucha pas et il fut récompensé de son adresse par le sourire de Rosamund.

Galvanisé par son soutien, Warrick passa à l'offensive, attaquant de plus en plus vite et de plus en plus fort, jusqu'à ce que Rhys soit obligé de battre en retraite. Il s'apprêtait à mettre son frère à terre lorsque celui-ci éclata de rire, arrêtant son coup.

— Va lui parler, dit-il en lui envoyant une forte claque dans le dos qui le poussa en direction de la jeune femme.

Warrick serra son bâton entre ses mains tout en avançant vers elle. Rosamund resta assise et posa sa broderie à côté d'elle avant de lever son beau visage vers lui pour le gratifier d'un doux regard. Seigneur, elle était la plus belle créature qu'il ait jamais vue. Comme à chaque fois qu'il se trouvait près d'elle, sa langue lui semblait de plomb et il se retrouvait incapable de prononcer la moindre parole sensée.

Aujourd'hui, c'était pire encore parce que le combat lui

avait fouetté les sangs et qu'il la désirait avec une force presque incontrôlable.

Quand il atteignit l'escalier, elle se leva pour venir à sa rencontre. Il nota ses joues légèrement rosies et ce regard direct qu'elle posait souvent sur lui. Il s'arrêta deux marches en dessous d'elle et jeta un œil à la broderie qu'elle avait abandonnée quelques marches plus haut. Ses yeux s'écarquillèrent d'étonnement. Jamais il n'avait vu une telle broderie. Les couleurs du ciel et de la nature les plus vives s'y mêlaient avec harmonie.

— Vous vous êtes bien battu, remarqua-t-elle avec enthousiasme.

Warrick avala avec difficulté. Elle était si proche… Il n'aurait eu qu'un geste à faire pour glisser sa main dans ses boucles lourdes et poser sa bouche sur la sienne. Cette femme était un prix inestimable que n'importe quel combattant brûlerait de conquérir.

Warrick aurait voulu le lui dire, ou bien la complimenter sur sa broderie, hélas les mots étaient coincés dans sa gorge. Elle porta une main à ses cheveux pour en ôter un ruban. Ses yeux le détaillèrent avec intérêt tandis qu'elle ordonnait :

— Donnez-moi votre bras.

Il obéit et elle noua le ruban autour de son biceps. L'effleurement de ses doigts sur sa peau nue lui fit l'effet d'une brûlure délicieuse. Il refréna l'envie qu'il avait de la pousser contre le mur avant de prendre possession de sa bouche. Heureusement, il gardait conscience de la présence des autres combattants non loin.

Une fois le ruban attaché, elle laissa ses doigts sur sa peau un instant de plus que nécessaire avant de baisser les bras. Il avait l'étrange sensation que ce morceau de soie matérialisait le lien invisible qui l'attachait à cette femme.

— À présent, vous avez ma faveur, souffla-t-elle.

Warrick saisit sa main et la retint un moment dans la sienne. Son pouce caressa sa paume avant qu'il ne réponde.

— Tout comme vous avez la mienne, ma lady.

Un sourire effleura ses belles lèvres et elle serra sa main en réponse. Plusieurs secondes passèrent avant qu'elle ne libère sa main.

— Je devrais y aller. Mon père doit être à ma recherche, ou bien ma mère, ou ma sœur Cécilia.

Et, avant qu'il ait pu dire un mot, elle passa d'un pas léger devant lui.

— Au revoir, Warrick.

Ce n'est qu'après son départ qu'il reprit ses esprits et réalisa qu'elle avait oublié son tambour à broderie. Il le ramassa, sans savoir s'il devait la suivre pour le lui rendre.

Comme il étudiait la finesse des motifs, son frère le rejoignit.

— Tu songes à faire des travaux d'aiguille, Warrick ?

— Elle l'a oublié en partant.

— Vraiment ? À moins qu'elle ne l'ait laissé volontairement pour te donner une raison de la retrouver.

Il n'avait pas songé à une telle possibilité, mais cette perspective le troublait intensément. Il était sur le point de partir la rejoindre lorsque Rhys posa sa main sur son bras.

— Pas encore, mon frère. Attends un autre jour.

Warrick enfila sa tunique.

— Alors je donnerai sa broderie à l'une des servantes pour qu'elle la lui rende.

— Pourquoi ferais-tu cela ? Elle l'a délibérément laissée là pour toi. Tu devrais exiger un baiser avant de la lui rendre.

Warrick sentit sa gorge se serrer à cette perspective. Un baiser de cette bouche tentatrice lui semblait le paradis, mais il n'était pas pour autant totalement dénué de raison.

— Son père n'acceptera jamais une union avec un homme tel que moi.

— Tu la désires. Autant qu'elle te désire, c'est évident. L'un d'entre nous aura peut-être la chance de faire un bon mariage.

La tension était palpable dans la voix de son frère. Il

arborait la mine d'un homme qui s'apprêtait à monter à l'échafaud.

— Lianna MacKinnon est une très belle femme, s'étonna Warrick, surpris de la réaction de Rhys à propos de ses fiançailles.

— Une très belle femme avec un cœur de glace, grommela-t-il. Elle méprise jusqu'à l'air que je respire, et elle a de bonnes raisons pour cela, hélas. Si c'était possible, je la ramènerais en Écosse immédiatement après la cérémonie et je la laisserais là-bas. Elle n'en serait que trop heureuse.

Warrick ne savait comment réconforter son frère dont la frustration et le désarroi étaient palpables. Rhys posa ses mains sur ses épaules en un geste fraternel avant de conclure :

— Un jour, tu sauras peut-être ce que cela signifie de n'avoir aucun contrôle sur ta propre vie. Que Dieu te vienne en aide, alors…

Plus tard dans l'après-midi, Rosamund attendait patiemment que sa servante ait fini de tresser ses cheveux et les ait attachés avec un nouveau ruban. Dans son dos, sa mère soupira avec force pour marquer sa désapprobation.

— Vraiment, Rosamund ! Comment as-tu fait pour perdre un ruban ?

Elle continua en la réprimandant pour sa négligence, mais Rosamund ne l'entendait qu'à peine.

Devant ses yeux ouverts, elle revoyait le corps athlétique de Warrick lorsqu'il avait ôté sa tunique. Sa peau avait une teinte dorée absolument irrésistible et chacun de ses muscles merveilleusement dessinés semblait l'œuvre d'un sculpteur de marbre. À la fin du combat, une fine couche de sueur faisait briller sa peau et Rosamund avait ressenti le désir violent de lécher sa peau salée. Même s'il lui adressait toujours à peine deux ou trois mots, elle lisait dans son regard pénétrant tout ce qu'il ne savait pas lui dire. Il voulait l'embrasser à nouveau. Et, Dieu lui pardonne, elle aussi en mourait d'envie. Toutefois, une inquiétude latente ne la quittait pas. Jamais elle n'avait ressenti de telles sensations avant son baiser. Peut-être était-ce un péché que d'en vouloir plus ?

— Tu m'as entendue, Rosamund ? aboya sa mère.

— Bien sûr, mère, mentit-elle.

— Alors rappelle-toi, si tu fais partie des dames choisies pour le jeu, tu pourras offrir un gâteau en récompense, et rien de plus. Quant à Cécilia, elle n'a pas le droit d'être choisie. Même si elle te supplie, tu dois lui dire non.

Agnès appuya ses paroles d'un lourd regard d'avertissement.

Rosamund marmonna son accord alors qu'elle n'avait strictement aucune idée du jeu dont il était question. Elle connaissait certes des jeux d'habileté, comme le tir à l'arc ou la natation, rien cependant qui implique une quelconque faveur. Peut-être ce jeu était-il organisé afin d'aider les relations des deux fiancés, Rhys et Lianna. Elle savait qu'un événement avait déclenché un sentiment de haine entre eux deux. Impossible néanmoins d'en apprendre plus sur le sujet.

— Tu es très belle, approuva sa mère en l'emmenant vers la porte. À la même époque l'an prochain, tu célébreras ton propre mariage avec Alan de Courcy. Il sera un époux parfait pour toi.

Rosamund manqua trébucher, stupéfaite par les paroles de sa mère. Jusqu'alors, elle n'avait pas voulu prêter trop d'importance aux propos de Cécilia.

— Je n'ai jamais rencontré cet homme, s'exclama-t-elle.

Surtout, ce n'était pas lui qu'elle voulait ! Son attention était entièrement dirigée sur un séduisant guerrier taciturne qui faisait battre son cœur à coups redoublés.

— Alan de Courcy est riche et il est un allié solide du roi Henry. C'est tout ce qui importe, trancha sa mère d'un ton qui ne souffrait pas la discussion. Aie confiance en ton père et moi pour te choisir le mari qui te conviendra. Mon père a fait de même avec moi en m'unissant à Harold et je n'ai jamais manqué de rien, conclut-elle en ajustant le ruban qui fermait sa lourde tresse.

Sauf d'amour, songea Rosamund avec amertume.

— N'y avait-il donc personne d'autre que vous auriez aimé épouser, mère ?

Agnès se raidit imperceptiblement avant de répondre.

— Bien sûr que non. J'ai toujours été une fille dévouée et obéissante, tout comme toi.

Malgré son ton définitif, Rosamund ne put s'empêcher de s'interroger — sa mère avait-elle déjà eu des désirs propres ? Avait-elle déjà aimé un homme avant d'épouser Harold de Beaufort ?

Elle n'obtiendrait aucune réponse hélas, alors elle garda le silence en avançant dans les couloirs pour rejoindre les autres convives. Lord Montbrooke était installé à table sous le dais en compagnie de sa femme. Son fils aîné, Rhys, était assis au côté de son épouse Lianna. Warrick, lui, était installé au bout de la table, à l'écart des autres.

Le regard de Rosamund revint avec curiosité se poser sur Lianna MacKinnon. C'était une grande et belle femme, dotée d'une éclatante chevelure rousse. Elle portait une robe de velours vert sombre, et un cercle d'argent martelé ornait son front. Une simple croix pendait à son cou. Pourtant, ce qui attirait le regard de Rosamund, c'était l'expression de profond désespoir qui se lisait sur ses traits harmonieux. La jeune femme semblait dévastée à l'idée d'épouser Rhys de Laurent.

En écho, la pensée de son propre mariage la perturbait profondément. Si seulement son père pouvait changer d'avis ! Elle n'avait aucun désir d'épouser Alan de Courcy, qu'il soit riche ou non ! Elle avait la désagréable impression de n'être qu'un pion dans un jeu qu'elle ne pouvait pas gagner.

Rosamund rejoignit ses parents à l'une des plus proches

tables du dais, non loin de Warrick. Elle avait l'étrange impression qu'il aurait préféré dîner en compagnie de ses soldats. Son père ne lui adressait jamais la parole. En fait, il agissait comme si son fils cadet était invisible.

Étrange…

Les convives levèrent plusieurs fois leur verre en l'honneur des fiancés, sans parvenir à dissiper l'inimitié entre Rhys et Lianna. La jeune femme ne jetait jamais un regard vers lui, échangeant simplement de rares paroles avec Lord Montbrooke et sa femme.

Rosamund rêva un instant que c'était elle qui était attablée sous le dais, fiancée à Warrick. Cette seule idée suffit à accélérer les battements de son cœur. Il n'était pas seulement un guerrier puissant et valeureux à ses yeux. Il l'émouvait d'une façon inconnue, et ses paroles résonnaient en elle avec une force particulière — *J'aime vous écouter.*

Le festin continua et sa sœur se pencha vers elle.

— Abandonne cette idée, Rosamund ! Je ne veux pas te voir souffrir inutilement.

— Pourquoi ne pourraient-ils pas arranger un mariage avec Warrick ? Il est le fils d'un comte et issu d'une noble lignée.

— Il n'est que le cadet. Il n'a aucune propriété à son nom.

— Il doit sûrement pouvoir hériter de quelque chose, argumenta-t-elle. Sa famille a de vastes possessions.

— Rhys héritera de tout. Leur sœur Joan obtiendra quelque chose grâce à sa dot. Quant à Warrick, son père ne lui laisse rien.

Cela n'avait aucun sens. Pourquoi, avec toutes ses richesses, Lord Montbrooke ne laissait-il rien à son fils ?

— Comment as-tu appris tout cela ?

— J'ai laissé traîner mes oreilles pendant que mère et Lady Montbrooke cousaient ensemble. Elle a raconté la vie de tout le monde. Savais-tu que Warrick n'a plus parlé pendant deux ans après la mort de sa petite sœur, encore bébé ?

— Non, je ne le savais pas, souffla-t-elle.

Pourtant, cela ne la surprenait nullement. Elle avait pressenti d'emblée en Warrick une tristesse latente, qui expliquait son silence et sa retenue. Ce qu'elle ne comprenait pas en revanche, c'est le traitement que son père lui imposait. Lorsqu'elle leva la tête vers lui, elle rencontra son regard intense et sombre. Rosamund se laissa envoûter par la puissance de ses yeux, et tout le reste du monde sembla disparaître autour d'elle.

Elle ne pouvait plus nier les sentiments qu'il provoquait en elle. En cet instant, elle aurait voulu oublier qu'ils n'étaient pas seuls, le rejoindre et discuter avec lui. Hélas, une telle intimité leur était interdite.

Comme le repas se terminait, Lord Montbrooke invita tout le monde à se réunir pour des jeux et des histoires qui animeraient la veillée. Rosamund suivit le mouvement général et s'installa auprès de sa sœur avant que Lady Montbrooke ne l'appelle.

— Voudriez-vous vous joindre aux autres dames pour un jeu de chaises ?

— Si vous voulez, accepta Rosamund, intriguée parce qu'elle n'avait jamais joué à ce jeu.

Bientôt, d'autres jeunes dames furent réunies autour de Lianna MacKinnon. Lady Montbrooke distribua à chacune une part de gâteau enroulée dans un linge tout en expliquant :

— Je sais que nous jouons d'ordinaire pour les Pâques, mais c'est l'un des jeux favoris de mon fils Rhys. Voici les prix à remettre aux gagnants.

Ensuite, la compagnie sortit du château pour rejoindre une clairière toute proche où se trouvaient placés six tabourets de bois. De l'autre côté de la clairière, plusieurs balles de tissu avaient été disposées ainsi qu'un bâton muni d'une crosse à l'une de ses extrémités.

— Choisissez chacune un tabouret sur lequel vous monterez, indiqua Lady Montbrooke.

Lianna restait en arrière, visiblement peu désireuse de se joindre aux autres. Rosamund l'entendit dire à la mère de son fiancé :

— Je n'ai nulle envie de jouer. Pourquoi ne pas laisser ma place à une autre jeune fille ?

Elle ne discerna pas la réponse de Lady Montbrooke ; toutefois, Lianna finit par choisir, bien qu'à contrecœur, l'un des tabourets.

Rosamund ne savait absolument pas en quoi consistait le jeu, aussi suivit-elle le mouvement. Comme sa voisine ne cessait de pouffer, elle finit par lui demander la raison de cette hilarité.

— Parce que les hommes peuvent choisir le prix qu'ils veulent, soit le cake, soit un baiser.

Rosamund sentit ses joues s'enflammer à cette idée. D'autant plus que Warrick rejoignait justement les hommes qui s'apprêtaient à jouer de l'autre côté de la clairière. Elle comprenait enfin la mise en garde de sa mère. Il ne lui coûterait rien de refuser un baiser à l'un de ces étrangers, néanmoins comment réagir si Warrick lui demandait un baiser ?

Les hommes se mirent en ligne pour passer chacun leur tour. Rosamund comprit le principe du jeu, lorsque l'un des joueurs se mit en devoir d'envoyer les balles dans les pieds du tabouret sur lequel se tenait Lianna tandis qu'un autre joueur se chargeait de la défendre en tentant de renvoyer les balles au moyen de la crosse. Le premier joueur courait à toute allure autour des chaises en envoyant ses balles dont l'une finit par atteindre son but. Comme il avait marqué un point pour son équipe, il cessa de jouer et rejoignit l'une des dames en équilibre précaire. Cette dernière lui tendit son gâteau en riant mais il prit son visage entre ses mains pour lui donner un baiser sous les rires et les hourras de l'assemblée. Alors le gagnant escorta sa dame à l'extérieur et une autre participante monta sur le tabouret laissé vide.

Bientôt, ce fut au tour de Rhys de choisir une balle,

tandis que Warrick prenait place entre lui et les femmes pour les défendre des tirs avec la crosse.

— Je t'interdis d'attraper mes lancers, frérot ! prévint Rhys dans un rire.

Derrière Warrick, Lianna se tenait parfaitement rigide et immobile tandis que son fiancé visait pour atteindre les pieds de son tabouret. Rosamund eut un élan de pitié envers la jeune femme, car, si Warrick obéissait à son frère et n'atteignait pas la balle, Lianna serait contrainte d'embrasser son fiancé devant tout le monde. À voir son expression rigide, elle n'en avait aucune envie. Surtout, la colère évidente de Rhys rendait le moment gênant. C'était comme s'il cherchait à humilier Lianna pour la forcer à accepter leur mariage.

Rosamund tourna le regard vers Warrick, dans l'espoir qu'il intercepte son message silencieux. Très vite, ses yeux vinrent rencontrer les siens et il bougea à peine la tête en signe d'acquiescement. Au moment où la balle partait, il prépara sa batte et redirigea la balle. Rosamund sentit la secousse quand la balle frappa de plein fouet sur son tabouret. Elle se maudit intérieurement. Comment ne s'était-elle pas doutée qu'il chercherait à l'atteindre, elle ? À moins que ce ne soit pour Warrick qu'un coup de chance ? Tandis qu'il courait autour des tabourets pour intercepter les autres tirs, elle entraperçut son sourire triomphant. Il l'avait touchée volontairement…

Son cœur manqua un battement. Chercherait-il à l'embrasser devant tout le monde. Que Dieu lui vienne en aide ! Elle avait beau en mourir d'envie, son père serait furieux quand il l'apprendrait. Pourtant, elle était incapable de réfléchir à autre chose qu'à sa bouche sur la sienne. Son cœur se remit à battre violemment dans sa poitrine quand il s'approcha d'elle.

Elle resta parfaitement immobile, à la fois terrifiée et excitée. Elle devait trouver un moyen de se sortir de ce piège…

— Demain matin à l'aube, je vous retrouverai près de la rivière pour vous donner votre baiser, murmura-t-elle en toute hâte. Pour l'heure, je vous en prie, ne prenez que le gâteau.

Un éclair passa dans ses yeux assombris de désir. Il prit le gâteau qu'elle lui tendait. Au lieu d'en croquer un morceau, il en découpa un bout avant de le lui tendre. Décontenancée, elle ouvrit la bouche et il en profita pour caresser ses lèvres de ses doigts. Une brutale tension se réveilla au creux de ses reins à ce contact. Puis le goût du gâteau la ramena au présent. Il était absolument épouvantable. Avec un rire, elle en coupa un morceau à son tour afin de l'obliger à en manger.

— Goûtez-le ! Il est immangeable !

Lorsqu'il prit le morceau, sa bouche se referma sur son pouce qu'il embrassa, envoyant une myriade d'étincelles de volupté dans tout son corps. Son regard ne laissait guère planer le doute. Elle lui devait un baiser et il ne comptait pas l'oublier.

— Demain, Rosamund, souffla-t-il à son tour.

Il lui prit le bras et la conduisit à l'écart des joueurs.

— Je vous le promets, acquiesça-t-elle avec un doux sourire.

Chapitre 4

Warrick avançait dans la forêt, mais Rosamund n'était nulle part en vue. Alors il s'assit sur une pierre au bord du cours d'eau pour l'attendre. Une seconde plus tard, il entendit un bruissement de feuilles au-dessus de lui. En levant les yeux, il découvrit Rosamund assise sur une branche, un délicieux sourire aux lèvres.

— Que faites-vous là-haut ? demanda-t-il en fronçant les sourcils.

Même si les premières branches n'étaient pas très hautes, il n'avait pas dû être facile de grimper avec ses jupes. En outre, il ne voyait nulle trace de son cheval.

— Je n'avais pas le choix si je ne voulais pas être découverte, expliqua-t-elle en lui faisant signe de la rejoindre. Montez !

— Ce serait pourtant bien plus simple d'exiger mon baiser sur la terre ferme, contra-t-il.

Sa promesse murmurée l'avait hanté à chaque instant de la nuit, tout comme le goût suave de sa peau douce. Cette femme avait un effet presque magique sur lui. En vérité, il aurait été prêt à traverser une colonne de feu pour l'embrasser à nouveau.

— Personne ne nous verra là-haut, argumenta-t-elle.

Comme elle marquait effectivement un point, Warrick saisit une large branche au-dessus de sa tête et balança ses jambes pour l'atteindre. Il parvint facilement à trouver son équilibre et remarqua alors que Rosamund était occupée à observer un nid qui avait été construit entre deux branches plus petites.

— Regardez ces petits œufs bleus. Ils semblent tout près d'éclore.

— Ne touchez pas le nid, ou leur mère l'abandonnera.

Elle acquiesça, son visage illuminé par un émerveillement sincère. Jamais il ne se lasserait d'un tel spectacle. Au cours des jours passés, il avait noté qu'elle voyait la beauté et l'étrangeté dans les choses les plus ordinaires. Lui n'en était pas capable ; en revanche, il se délectait de la voir sourire. Aujourd'hui, il lui avait apporté un présent dont il espérait qu'il provoquerait à nouveau cet adorable sourire.

— J'ai quelque chose pour vous, annonça-t-il. Tout d'abord, le tambour de broderie que vous avez oublié hier.

— Je vous remercie. J'espérais que vous me l'apportiez.

— Je voulais également vous offrir ceci.

Il sortit de sa tunique une pochette et la lui tendit. Aussitôt, elle afficha une expression de ravissement qui lui serra le cœur d'émotion. Puis elle ouvrit le sac pour en sortir les écheveaux de fils teints… et son sourire s'évanouit. Elle semblait contrariée.

— Vous ne l'aimez pas ? demanda-t-il sans savoir comment réagir.

À son grand désarroi, ses yeux s'emplirent de larmes.

— Personne ne m'avait jamais fait un tel cadeau. Je l'adore.

Pourtant, elle semblait misérable. Un silence étrange tomba entre eux. Warrick s'était attendu à son enthousiasme et sa reconnaissance. Au lieu de quoi, elle paraissait dévastée par son présent.

— Pourquoi pleurez-vous ? osa-t-il demander même s'il n'était pas certain d'avoir envie d'entendre la réponse.

Rosamund posa la pochette à côté d'elle et essuya ses

larmes. Elle reprit contenance ; néanmoins, son visage restait empreint de chagrin. Elle inspira profondément et prit ses deux mains dans les siennes en les serrant fort.

— Je pleure parce que ma mère m'a annoncé que je devais épouser Alan de Courcy. Pour ma part, je… je préférerais être mariée à un homme tel que vous. Un homme… qui me comprend.

Elle leva timidement ses grands yeux verts et il lut au fond de son regard le même désir impérieux qui le dominait depuis qu'il l'avait rencontrée.

En cet instant, le temps sembla s'arrêter. Tout au fond de sa raison, Warrick savait qu'il n'était pas digne d'elle ; seulement, il brûlait d'envie de lui prouver à quel point elle comptait pour lui. Cette femme exquise avait beau lui être interdite, il ne savait pas résister au besoin de la toucher. Il caressa sa joue de la jointure de ses doigts et elle couvrit aussitôt sa main de la sienne.

— Je veux le baiser que vous m'avez promis, ordonna-t-il d'une voix rauque.

Que Dieu lui pardonne, il voulait plus que tout goûter la saveur délicate de sa bouche et lui faire partager la passion brûlante qui l'enflammait.

Rosamund pressa sensuellement ses lèvres contre ses doigts.

— Ce n'est pas là que je voulais mon baiser, Rosamund, dit-il avec un sourire complice.

L'air amusé, elle leva son visage vers le sien. Avec un soupir, Warrick se pencha vers elle. Ses lèvres étaient incroyablement douces et elle leva ses bras pour les passer à son cou. Il la tint serrée contre lui pour qu'elle ne perde pas l'équilibre. Quand il goûta sa langue, une brusque frénésie s'empara de lui. Il était incapable de s'écarter d'elle et bientôt leur baiser se fit plus passionné. Poussé par un désir incandescent, Warrick appuya le dos de la jeune femme contre le tronc de l'arbre après avoir passé une jambe de part et d'autre de la large branche. Il noua son corps au sien si bien que les jambes de Rosamund entourèrent sa taille et qu'elle cambra les reins en gémissant sourdement. Bien qu'elle fût innocente, son instinct lui fit bouger les hanches pour sentir la vigueur de son membre contre sa féminité. Un nouveau gémissement s'échappa de sa gorge et elle se mit à trembler. Elle entrouvrit des yeux noyés de volupté et recula légèrement son visage. Ses lèvres étaient gonflées de ses baisers. Ses mains, qu'elle avait posées autour de son visage, descendirent lentement pour parcourir ses épaules et son torse.

— Je sais que je ne devrais pas vous embrasser de la sorte, haleta-t-elle. Pourtant, cela me semble tellement… juste.

Elle cambra à nouveau les hanches et il gronda de plaisir, imaginant la douce chaleur qui l'accueillerait entre ses jambes. Il lutta contre l'envie irrésistible de relever ses jupes pour la caresser intimement. Il lui fallut déployer des trésors de concentration et de contrôle pour ne pas bouger.

Savait-elle seulement quelle merveilleuse torture elle lui faisait endurer à chaque fois qu'elle pressait ses hanches contre son sexe dur ? Sur le point de perdre toute raison, il tenta de l'immobiliser de son bras.

— Voulez-vous que nous arrêtions ? demanda-t-il d'une voix qui ne parvenait pas à masquer la puissance de son désir.

Rosamund secoua la tête.

— Je… J'ai la sensation inexplicable que vous êtes le seul homme pour moi sur terre. Cela me brise le cœur de savoir que je ne pourrai jamais vous appartenir.

Malgré ses paupières closes, il lut la souffrance sur son visage. Une souffrance qui répondait à la sienne. Bien sûr, il n'était pas assez naïf pour s'étonner de ses fiançailles avec de Courcy. Ce qui le surprenait en revanche, c'était sa réaction. Elle semblait sincèrement malheureuse de ne pas avoir la possibilité d'épouser un homme aussi insignifiant que lui. Brusquement ému, Warrick plongea son visage dans ses cheveux pour en inhaler la senteur parfumée. Rien au monde n'égalerait le bonheur d'avoir Rosamund de Beaufort pour épouse. Il aurait combattu cent démons de l'enfer pour s'éveiller chaque jour à son côté. Hélas, aux yeux de son père il n'était rien et, de fait, il ne valait rien en ce bas monde. Il n'était pas l'héritier et, en dépit de sa naissance noble, il n'avait aucune richesse pour rivaliser avec un homme comme Alan de Courcy.

Alors, comme il ne pouvait rien faire d'autre pour apaiser la souffrance qu'irradiaient ses yeux verts, il se pencha sur elle.

— Je ne veux rien d'autre au monde que vous épouser, Rosamund.

Elle lui offrit ses lèvres sans répondre, car ils savaient tous deux que c'était là un vœu impossible.

Il but doucement ses larmes sur ses joues avant qu'elle ne prenne sa bouche comme si elle désirait ne jamais cesser de l'embrasser. Il se raidit pour conserver la maîtrise de ses sens jusqu'à ce que les caresses persuasives aient raison de lui. Il avait besoin de cette femme comme de l'air qu'il respirait, besoin de la sentir plus proche encore. Il la porta pour la presser contre lui et son corps fut parcouru d'un long frisson entre ses bras.

— Warrick, murmura-t-elle.

D'instinct, elle bougea en cadence contre sa virilité dressée, gémissant de plaisir lorsque son membre dur caressait sa tendre féminité à travers les épaisseurs de ses jupes. Il sut qu'elle commençait à perdre pied parce que ses doigts s'enfonçaient dans les muscles de ses bras, exigeant plus. Il serra les dents pour contrôler ses propres pulsions. Seul son plaisir à elle importait. Malgré les mises en garde de son esprit, Warrick brûlait d'envie d'apposer sa marque sur elle, afin qu'elle lui appartienne pour toujours, afin qu'aucun homme ne puisse prendre sa place.

— As-tu confiance en moi, Rosamund ?

Son regard était noyé de volupté et elle se mordit la lèvre tout en continuant ses mouvements du bassin.

— Oui… Oui, haleta-t-elle. Je veux savoir… Que ferais-tu si j'étais ta femme ? Je veux l'entendre.

À ces mots tentateurs, il sentit son sang ruer dans ses veines. Néanmoins, il savait qu'avec elle les mots devraient remplacer les caresses. Il ne pouvait la posséder comme il en rêvait.

— Si tu étais à moi, je relèverais tes jupes pour toucher enfin ta peau nue, murmura-t-il tout contre sa bouche.

Pour toute réponse, elle releva lentement l'ourlet de sa jupe et prit sa main pour la poser sur son mollet. Une invitation irrésistible. Il retint son souffle tout en savourant du bout des doigts la douceur de sa peau. Lentement, sa main remonta pour saisir sa cuisse chaude. Son visage se figea sous le choc ; pourtant, elle ne l'écarta pas. Au lieu de cela, elle recommença à l'embrasser. Sa main traça la courbe de sa hanche pour se poser finalement sur ses fesses arrondies.

De son autre main, il guida sa paume pour la poser sur son torse, à l'endroit où son cœur battait la chamade. D'une voix rauque et suppliante, il demanda :

— Je te veux, Rosamund. Sens-tu à quel point je te veux ?

— Oui, balbutia-t-elle, les lèvres rougies et le regard alangui. Jamais je n'ai ressenti avec quiconque ce que je ressens avec toi.

Submergé par l'émotion, Warrick ferma les yeux, savourant la tendre caresse de ses doigts sur son visage. S'il n'arrêtait pas maintenant, il risquait de la prendre dans l'instant. Alors il baisa sa paume et rassembla ce qui lui restait de contrôle.

— Veux-tu m'accompagner pour une promenade à cheval ? J'ai quelque chose d'autre à te montrer.

— J'irai n'importe où avec toi, souffla-t-elle.

Il sauta le premier au bas de l'arbre avant de tendre les

bras vers elle. Elle se laissa glisser de la branche entre ses bras et il serra son corps souple avec bonheur. Chacune de ses courbes semblait correspondre à la perfection à ses muscles. Il laissa son corps glisser lentement le long du sien. Une fois les pieds au sol, Rosamund prit son visage dans ses mains pour un autre baiser passionné.

À l'instant où sa bouche se posa sur la sienne, il sut qu'il était perdu. Il pressa ses mains contre la courbe de ses fesses pour sentir son corps se mouler au sien et s'abandonna à la voluptueuse caresse de sa langue. Ce n'est que de longues minutes plus tard qu'il trouva la force de s'écarter.

— Tu me fais perdre la tête, Rosamund.

Il admira un instant ses yeux brillants d'excitation, ses joues rosies par le désir.

— Tant mieux, rit-elle doucement avant de lui prendre la main. Où allons-nous ?

— C'est à environ cinq miles vers la côte. Comme ils seront tous occupés à finaliser le contrat de mariage de mon frère aujourd'hui, je pense que nous avons un peu de temps. Où est ta jument ? demanda-t-il en la conduisant vers sa propre monture.

— Je n'en ai pas pris. Cela m'aurait pris trop de temps et il est bien plus simple de se glisser dehors sans monture.

Warrick fronça les sourcils. L'idée de la savoir seule et sans moyen de fuir rapidement le tracassait.

— Tu ne devrais pas sortir sans garde, Rosamund. Ce n'est pas sûr.

— Je n'étais pas seule. Je savais que tu me défendrais si j'en avais besoin. Et je t'ai vu me suivre dès que j'ai atteint les bois.

Il l'arrêta, toujours énervé qu'elle se soit aventurée si loin seule. Elle était si innocente… Elle ne comprenait pas le danger qu'elle courait.

— Promets-moi de ne plus quitter le donjon sans un garde.

Elle l'embrassa doucement, comme pour apaiser sa colère.

— Je voulais simplement éviter que quiconque se fasse punir par ma faute, expliqua-t-elle.

— Prends Adémar avec toi la prochaine fois. Il n'a que treize ans, mais il est suffisamment fort pour te défendre, proposa-t-il en lui serrant gentiment la main.

Le garçon était souvent moqué pour sa stature hors norme et son bégaiement incontrôlable ; cependant, ses talents au combat étaient réels. S'il avait été chevalier, Warrick l'aurait pris comme écuyer.

— Si cela te fait plaisir, acquiesça Rosamund.

Comme ils étaient arrivés près de son étalon, il la prit par la taille pour la mettre en selle avant de monter derrière elle. Évidemment, cette position plaça son adorable derrière juste contre sa virilité qui durcit de plus belle. Le temps qu'ils parviennent à la côte, son corps souffrirait mille morts. Mieux valait le distraire par une chevauchée rapide.

— Es-tu prête ? Nous serons revenus dans l'après-midi. J'ai pris de la nourriture avec moi.

Comme elle acquiesçait, il guida sa monture hors des bois jusqu'à ce qu'ils atteignent une prairie. Le soleil se levait doucement sur les champs et il laissa Rosamund admirer le paysage illuminé de rose et d'orange quelques instants. Puis il lança son cheval au galop. Les cheveux de Rosamund venaient dans son visage et il les écarta de la main.

— Ne m'arrache pas les cheveux, s'exclama-t-elle en riant.

— Je ne vois plus rien ! répondit-il avant de les réunir sur une épaule.

Sa nuque ainsi découverte était trop tentante et il y pressa les lèvres. Aussitôt, elle s'abandonna à son étreinte et il la tint contre lui d'une main autour de sa taille tandis qu'ils chevauchaient. Son esprit devait à tout instant conjurer des images délicieuses de son corps nu qu'il exposait peu à peu en lui ôtant ses vêtements avant de s'abandonner entre ses reins accueillants. Warrick laissa échapper un grondement de frustration et elle se raidit aussitôt.

— Quelque chose ne va pas ?

— Tout va merveilleusement bien, ma douce, si ce n'est que je te veux à en avoir mal.

Seigneur ! Ce voyage devait s'achever rapidement sans quoi sa peau risquait de prendre feu.

Après une chevauchée de plusieurs miles, ils atteignirent leur destination et démontèrent, laissant le cheval reprendre des forces. Warrick lui prit la main pour l'aider à marcher le long de la côte rocheuse. La falaise tombait doucement dans la mer, offrant sur son flanc plusieurs emplacements où s'installer confortablement. Sous leurs yeux, l'océan s'étendait à perte de vue.

— C'est à cela que doit ressembler le bord du monde, souffla-t-elle, émerveillée. Je n'avais jamais rien vu de tel.

Elle l'enlaça un moment, puis il la conduisit le long du chemin escarpé, la laissant choisir un endroit qui lui convienne. Elle sélectionna finalement un rocher suffisamment large pour qu'ils puissent s'y asseoir tous deux. Warrick s'installa, le dos contre la pierre, et elle prit place entre ses jambes, serrée dans ses bras, savourant la beauté du paysage en silence.

Un moment plus tard, elle sortit son tambour à broderie des poches de sa robe ainsi que la petite sacoche de fils qu'il lui avait offerte.

— Où as-tu trouvé ce fil ? demanda-t-elle en sortant une aiguille.

— J'ai demandé à l'une des servantes de s'en procurer pour moi au marché. Je savais que tu aimais broder.

Elle tira un long fil bleu de la sacoche.

— Voilà la couleur parfaite pour représenter la mer.

Une fois l'aiguille enfilée, elle travailla à une vitesse

impressionnante, créant à petits points précis les formes des vagues. Puis elle changea pour un fil gris, le mêlant au bleu pour donner un effet de profondeur. Warrick était émerveillé par son habileté à reproduire les couleurs de l'eau.

Rosamund était appliquée et sérieuse dans son travail. Il émanait d'elle cette joie calme qui la caractérisait.

— Tu as un don, Rosamund. Cette façon de voir la beauté où personne ne la verrait…

— La beauté est partout, acquiesça-t-elle.

Elle tourna son beau visage vers lui et il lui vola un baiser. Son sourire le réchauffa instantanément, bien qu'il ait remarqué la nuance de tristesse dans son regard.

Elle s'appuya contre lui avant de reprendre sa couture. Lui se contentait de la regarder travailler. Ce n'est qu'une fois qu'elle eut terminé un morceau de paysage qu'elle interrompit sa tâche.

— Merci de m'avoir conduite ici, Warrick.

En réponse, il empoigna doucement ses cheveux sombres et la tira vers lui, posant sa tête contre son épaule. Ils restèrent enlacés un long moment tandis que les vagues se fracassaient sur les rochers en contrebas.

— Nous devrons repartir bientôt, soupira-t-elle. Et je n'en ai pas envie.

Elle le regarda intensément et son propre chagrin se reflétait dans les profondeurs vertes de ses yeux.

— Je ne peux pas imaginer épouser un autre homme, dit-elle d'une voix heurtée.

Face à leur désespoir partagé, Warrick sentit une vague de fureur l'envahir. Quelle importance que leurs familles s'opposent à leur union ? Seul importait ce qu'*elle* voulait. Et elle le voulait, lui. Il devait trouver un moyen de subvenir à ses besoins, même si cela impliquait d'accompagner Rhys en Écosse. Il resserra possessivement ses bras autour de sa taille.

— Nous trouverons un moyen de faire changer d'avis

ton père. Tu n'en épouseras pas d'autre que moi, promit-il d'un ton farouche.

Elle se pencha en arrière pour poser ses lèvres sur les siennes.

— Je ne désire rien d'autre, murmura-t-elle. Seulement, je ne vois pas comment faire, à moins de prendre la fuite.

Warrick réfléchit un instant. Fuir, cela signifiait couper tout lien avec sa famille, il ne pouvait lui imposer cela. Il devait bien y avoir une autre façon d'infléchir Harold de Beaufort. Et soudain, une idée lui vint. Une idée née du désespoir, mais qui pouvait fonctionner.

— Tu aurais le droit de m'épouser… si tu portais mon enfant. Ton père n'aurait d'autre choix que d'accepter.

Rosamund pâlit à cette proposition. Il lut la peur dans ses yeux, preuve qu'elle avait parfaitement compris les implications d'un tel projet.

— Je veux être avec toi, Warrick. Seulement, si j'agis contre les vœux de mon père, je… j'ai peur de ce qu'il pourrait faire.

— Je te protégerai, je te le jure. De lui et de quiconque oserait s'en prendre à toi.

Elle resta silencieuse un long moment et il songea qu'il lui demandait trop. Soudain, elle tira de sa poche un tissu brodé.

— J'ai fait cela pour toi.

Il le déplia pour découvrir un paysage bien connu — un grand arbre ombrageant une rivière. Elle avait même brodé une légère écume sur l'eau de la rivière et les feuilles de l'arbre étaient nuancées de vert, de gris et de bleu. Le décor était parfaitement ressemblant avec l'endroit où il l'avait embrassée la première fois.

— C'est magnifique, souffla-t-il, admiratif.

Mais il regardait son visage au lieu de son ouvrage. Son expression s'adoucit tandis que le désir refleurissait dans ses yeux, en écho au sien. Warrick serra les mâchoires.

Malgré la violence de leur passion réciproque, il ne devait pas oublier qu'elle était une jeune femme innocente et pure.

— Je veux que tu le gardes toujours avec toi. Ainsi, tu te souviendras de moi.

Warrick sentit son cœur se serrer. Elle agissait comme si elle n'allait jamais le revoir. Comme si ces instants volés étaient un dernier adieu. Cette seule idée le rendait prodigieusement furieux.

— Est-ce là ce que tu veux ? Que je m'écarte, avec pour seul souvenir de toi cette broderie ? Que je te laisse en épouser un autre ? Me crois-tu donc incapable de te protéger ? lança-t-il avec colère.

Son corps et son esprit lui paraissaient engourdis par la douleur. Il avait tant voulu croire qu'il pouvait enfin donner un sens à son existence à travers elle ! Qu'il pouvait vivre auprès de quelqu'un qui lui accordait de la valeur ! Et voilà qu'elle hésitait et le rejetait !

Elle avait brusquement blêmi et secoua farouchement la tête.

— Non, ce n'est pas ça ! s'exclama-t-elle. Simplement, je ne veux pas que nos deux familles se battent l'une contre l'autre.

Warrick prit son visage entre ses mains et l'embrassa à en perdre haleine, comme si c'était le seul moyen de ne pas se noyer dans le chagrin qui menaçait de faire exploser son cœur. À travers ce baiser, il voulait lui faire sentir à quel point il avait besoin d'elle pour vivre. Elle répondit à sa passion désespérée, s'agrippant à lui, buvant avec avidité les mots d'amour qu'il ne savait pas lui dire, qu'il ne pouvait que lui montrer.

— Si tu veux vraiment devenir ma femme, je t'emmènerai loin d'ici, Rosamund. Nous serons ensemble.

Il se moquait éperdument de savoir que personne n'approuverait leur union — seule comptait la volonté de celle qu'il aimait plus que sa vie.

— J'ai tellement peur, admit-elle. Nos deux familles

nous rejetteront. Nous serons mis au ban de la société si nous osons les défier.

— Aie confiance en moi. Je trouverai une solution. Je te le promets. Mais la décision te revient. Je ne te forcerai pas.

Rosamund avait passé plusieurs nuits sans sommeil à se torturer l'esprit pour savoir ce qu'elle devait faire. Pendant plusieurs jours, Warrick lui avait donné — ou plutôt imposé — un peu d'espace en ne lui proposant plus de le retrouver. Hélas, à chaque fois qu'elle croisait sa haute silhouette, son corps et son âme brûlaient de le rejoindre. La seule pensée d'épouser un autre homme lui semblait inimaginable. Aussi, bien qu'elle sût les dangers du chemin qu'elle s'apprêtait à emprunter, elle avait compris qu'elle n'avait d'autre choix que de suivre l'inclination de son cœur.

— I… il vous attend devant les p… portes, bégaya Adémar dans son dos.

En dépit de ses difficultés d'articulation, le garçon était plus grand que bien des hommes de vingt ans. Il la conduisit à travers un corridor sombre, portant sur l'épaule le baluchon dans lequel elle avait rassemblé ses maigres possessions. Une robe simple, quelques bijoux qu'elle pourrait vendre et un peu de nourriture. La veille au soir, elle avait prétendu emballer ses affaires avec Cécilia pour leur voyage de retour à la maison, et en avait profité pour en mettre certaines de côté. Sa sœur ne savait rien cependant de ses plans de fuite.

Rosamund avait longuement réfléchi à sa décision. Sa famille serait outragée si elle défiait les ordres de son père. Même si le contrat de fiançailles avec Alan de Courcy n'était pas encore prêt et signé, sa mère agissait comme si elle l'avait déjà épousé.

Mariée… Si tout se déroulait comme prévu, elle le

serait après cette nuit. À Warrick de Laurent, l'homme dont elle rêvait jour et nuit.

Elle avait les nerfs tendus à l'extrême tandis qu'elle suivait Adémar. Son cœur battait à se rompre à la perspective d'être découverts. Son père les punirait tous deux sans pitié et elle avait peur pour Warrick. Il avait beau être un guerrier solide et puissant, elle savait qu'il n'utiliserait jamais sa force contre sa famille.

Elle allait devoir défier les siens, au risque de sa propre sécurité. Seulement, la pensée d'épouser Alan de Courcy lui semblait bien pire encore. Son cœur appartenait à Warrick désormais, et elle ne supportait pas l'idée de s'unir à un autre.

Elle ne savait pas exactement quel plan il avait organisé pour leur fuite, aussi s'était-elle préparée du mieux qu'elle avait pu. Elle avait endossé un manteau bleu nuit afin de se cacher dans l'obscurité de la nuit. Cela suffirait-il à la masquer ? Plus inquiétant encore, comment Adémar et elle parviendraient-ils à passer devant les gardes de la porte pour rejoindre Warrick ? Les soldats la verraient forcément.

Justement ils arrivaient à l'extérieur. Ils longèrent sur quelques mètres les remparts intérieurs jusqu'au coin du mur. Adémar fixa son attention sur les soldats et, du geste, il lui fit signe de se coller à la muraille tandis que la lumière des torches illuminait la cour intérieure. Rosamund cessa de respirer.

Comme les torches s'éloignaient, il saisit son poignet et la tira pour qu'elle se mette à courir. Elle obéit sans hésiter et ils se retrouvèrent à nouveau dans l'ombre, un peu plus près des portes. Elle avait l'impression désagréable d'être la proie d'une partie de chasse, cherchant à échapper aux hommes qui voulaient la capturer et la ramener à son père.

Adémar se pencha à son oreille pour chuchoter.

— Je v… vais éloigner les g… gardes. Dès que la v…

voie sera libre, il f… faudra y aller. Warrick vous at… attendra au sommet de la c… colline.

Et, sans attendre de réponse, il se dirigea vers les gardes qui étaient armés jusqu'aux dents. Aucun d'eux cependant ne sembla s'inquiéter de la présence d'Adémar à cette heure de la nuit. Agacée, elle entendit l'un d'eux rire du bégaiement du jeune garçon. Elle avança doucement le long du mur jusqu'à ce que les deux gardes aient le dos tourné vers elle. Il n'y avait qu'un mince espace entre l'un des soldats et le mur par où se glisser pour rejoindre l'extérieur. Sans hésiter, elle saisit la première opportunité qui se présenta. Son cœur lui sembla sur le point d'exploser quand elle passa sans un bruit juste derrière lui. Une fois la porte franchie, elle se hâta sur le pont-levis, s'attendant à tout instant à entendre un cri d'alarme.

Mais rien ne vint. En jetant un regard en arrière, elle vit qu'Adémar continuait à distraire les soldats. Elle se mit à courir vers la colline, sans se préoccuper de l'obscurité dense de la nuit. Enfin, elle perçut la silhouette de Warrick et se jeta dans ses bras. Il prit sa main qu'il embrassa tendrement avant de la conduire à l'écart. Bien qu'elle se sente soulagée d'être auprès de lui, ses peurs ne s'étaient pas évanouies pour autant.

Ils marchèrent en silence à travers la prairie sans aucun rayon de lune pour les guider. Enfin, ils parvinrent à l'abri de la forêt et Warrick la conduisit jusqu'à son cheval. Elle n'avait aucune idée de l'endroit où il comptait l'emmener et elle s'en moquait. Elle savait seulement qu'elle ne voulait jamais le quitter, quoi qu'il en coûtât.

Une fois en selle, il maintint le pas jusqu'à ce que le château soit à bonne distance ; alors, seulement, il lança son cheval au galop. Malgré les circonstances effrayantes, Rosamund était parfaitement consciente de chaque mouvement de ses cuisses tandis qu'il guidait l'étalon. Peu à peu, appuyée contre le torse de Warrick, bercée par les mouvements souples du cheval, elle commença à se détendre.

Enfin, elle finit par s'endormir. Quand l'aube pointa, il la réveilla. Son corps courbaturé protesta douloureusement une fois à terre, mais elle s'efforça d'ignorer ses muscles noués. Curieuse, elle regarda autour d'elle. Ils s'étaient arrêtés près d'un cours d'eau et le cheval se désaltéra longuement. Non loin, elle vit les ruines d'une église et se demanda si ce n'était qu'une étape de leur voyage ou bien leur destination. Warrick la prit par la main pour la mener vers l'église.

— Nous nous arrêterons un moment ici pour prendre du repos, expliqua-t-il.

Une fois à l'intérieur de la bâtisse, elle resta immobile un instant, étudiant les pierres à demi effondrées. Les rayons du soleil levant illuminaient les murs, les colorant de rose et d'or. Elle s'approcha pour passer sa main sur la roche et mémorisa les diverses nuances de gris, de noir et de vert afin de reproduire l'ensemble avec fidélité sur ses broderies.

Un instant plus tard, Warrick approcha dans son dos. Il posa doucement ses paumes sur ses épaules et elle frémit à ce simple contact.

— À quoi penses-tu, ma douce ?

— À ma broderie, confessa-t-elle avec un petit rire.

Elle se retourna pour lui faire face et passa ses bras autour de sa taille. Les paupières closes, elle savoura cet instant béni, chauffée par les rayons du soleil, enivrée par l'odeur masculine de sa peau dorée. Ainsi proche de lui, elle devenait plus consciente de son propre corps. Elle voulait sentir sa peau sous ses doigts, ses lèvres sous les siennes. Une soudaine ardeur lui coupa le souffle et elle posa sa joue brûlante contre sa tunique.

— Je t'épouserais dans l'instant si je le pouvais, murmura-t-il contre ses cheveux. Devant Dieu et le monde entier.

— Je le veux aussi, souffla-t-elle.

Elle leva le menton pour lui offrir ses lèvres. Sur sa bouche, elle goûta la puissance de son désir. Un long moment, ils s'abandonnèrent à la volupté de l'instant. Puis il s'écarta, la contemplant de son regard sérieux.

— Rosamund de Beaufort, je te prends pour épouse. Je jure de te protéger de mon corps et de t'aimer de toute mon âme.

Les larmes aux yeux, elle lui adressa un sourire tremblant.

— Warrick de Laurent, je te prends pour époux. Je promets de t'aimer et de te chérir jusqu'à la fin de mes jours.

Le pouvoir de ces mots sembla irradier en eux et Rosamund sentit sa poitrine s'ouvrir brusquement, envahie d'amour pour cet homme.

Cette fois, elle rejeta les mises en garde de sa raison et se laissa emporter par le besoin qu'elle ressentait de toucher son corps. Ses doigts trouvèrent leur chemin jusqu'aux lacets de sa chemise qu'elle dénoua sans jamais le quitter des yeux. Une flamme dangereuse dansa dans son regard sombre tandis qu'il se débarrassait de la chemise, révélant sa poitrine musclée. Elle traça les lignes de ses pectoraux, troublée par la force et la douceur mêlées qui émanaient de lui.

Quand il commença à la déshabiller, elle ne songea pas un instant à protester. La soie et le lin tombèrent à ses pieds jusqu'à ce qu'elle se retrouve en simple chemise dans la lumière de l'aurore. Le contraste entre l'air froid et l'intense chaleur qui l'animait faisait dresser fièrement ses seins. Leurs pointes brûlaient de sentir la caresse de ses doigts, et au creux de ses reins une tension presque insupportable croissait d'instant en instant.

Au cours des semaines passées près de Warrick, elle avait appris à reconnaître les dangers de la passion. Cette fois cependant, elle ne comptait pas résister aux exigences de son corps, pas alors que c'était le seul moyen de forcer la main de son père. Si elle offrait à l'homme qu'elle aimait son innocence, elle courait le risque de porter son enfant, alors aucun autre homme n'accepterait de l'épouser.

Pourtant, malgré sa résolution et la force de son désir,

la peur ne la quittait pas. Pas seulement à l'idée de perdre bientôt sa virginité, mais plutôt à la pensée des conséquences qui découleraient de sa décision.

— Viens, souffla-t-il en l'allongeant avec précaution sur leurs vêtements épars.

Elle obéit en dépit de sa soudaine nervosité. Avec des gestes d'une infinie tendresse, il lui retira ses chaussures ainsi que ses bas. Elle inspira abruptement lorsque ses mains chaudes se posèrent sur ses chevilles fines avant de remonter lentement. Lorsque sa main atteignit sa cuisse, il s'allongea à son côté, le corps soulevé sur un coude.

— Je n'ai jamais été avec aucune femme avant toi, Rosamund, dit-il gravement.

— Alors nous sommes égaux, répondit-elle avec un sourire malicieux. Je ne sais pas plus que toi ce que je dois faire.

Comme sa main remontait entre ses cuisses pour atteindre la chaleur de sa féminité, elle souffla, haletante :

— Sois doux.

Alors, éperdue de confiance et d'amour, elle écarta légèrement les jambes, attendant qu'il la prenne. Warrick hésita.

— Je crois que tu pourrais avoir mal si tu n'es pas prête.

Rosamund se raidit. Bien sûr, elle aussi avait entendu dire que cela était douloureux pour la femme ; d'ailleurs, elle avait tenté d'ignorer cette information jusqu'alors. Peu importait la douleur puisque c'était le meilleur moyen d'appartenir à Warrick. La consommation était absolument nécessaire à la validation de leur mariage et elle l'aimait de toute son âme.

Face à sa force tranquille et à sa douceur, elle se sentit rassurée et le plaisir retrouva le chemin de son corps. La chaleur de sa peau brunie offrait un contraste sensuel avec la fraîcheur pâle de la sienne. Du bout des doigts, elle caressa sa peau, grisée par un étrange sentiment de possession en traçant les lignes de ses muscles saillants.

Il ne bougea pas, se contentant de s'allonger sur le dos pour la laisser découvrir son corps.

Elle ressentit une brusque bouffée de pouvoir et trouva le courage de poser les lèvres sur son torse, à l'endroit où son cœur battait sourdement. Warrick cessa brusquement de respirer et Rosamund sentit son propre désir s'éveiller en écho au sien.

Elle remonta lentement le long de sa gorge, de son cou pour s'emparer enfin de ses lèvres. Sous les caresses de sa langue, son corps tout entier sembla s'embraser. Tout contre sa bouche, elle supplia :

— Warrick, je veux te voir…

Obéissant à sa demande, il se redressa pour enlever ses chausses. Lorsqu'il révéla sa virilité glorieusement dressée, Rosamund sentit une chaleur étrange sourdre entre ses jambes, à l'endroit même où son membre viendrait prendre possession d'elle. Les joues rosies et la gorge serrée, elle se redressa. Ce fut à son tour de commander.

— À ton tour, maintenant.

Elle tira sur le lacet qui fermait l'encolure de sa chemise et laissa celle-ci glisser le long de son corps. Elle se délectait du regard à la fois affamé et adorateur qu'il posait sur elle.

— Tu es la plus belle femme que j'ai jamais vue, dit-il avec une sorte de révérence.

Il leva lentement sa main vers elle et, du bout des doigts, caressa ses seins, avant de s'attarder sur leurs pointes délicieusement tendues. Puis sa bouche fut sur elle, et elle rejeta la tête en arrière, assaillie de sensations merveilleuses. Elle se cambra contre lui lorsque sa main vint toucher le cœur de sa féminité. Il la caressa avec une douceur exquise, jusqu'à la faire gémir. Alors, il inséra lentement un doigt en elle, et elle laissa échapper un léger cri, submergée par la violence des sensations.

Enhardie par la tempête de volupté qui l'assaillait, elle saisit son membre entre ses doigts. La peau en était si douce, si chaude… Lorsqu'elle leva les yeux sur lui, il avait fermé les paupières, les mâchoires serrées. Il enserra sa main de la sienne et lui montra comment le caresser. Lorsqu'elle obtempéra, il inhala brusquement et la pénétra d'un autre doigt. Un long râle de plaisir lui échappa comme son pouce trouvait le centre de son plaisir. Il s'interrompit aussitôt, alarmé.

— Je t'ai fait mal ? s'inquiéta-t-il.

— Non, non, soupira-t-elle, les yeux clos. C'est si bon…

Pourtant, la violence de son émoi l'effrayait. Malgré la douceur de Warrick, elle savait qu'elle était sur le point de transformer son existence tout entière. Comme s'il avait senti son angoisse, il l'allongea près de lui, la caressant d'une main apaisante sur tout le corps.

— Ne t'inquiète pas, mon amour, je m'arrêterai si tu me le demandes.

Il posa un baiser sur ses lèvres. Alors Rosamund plongea son regard dans le sien et sut qu'elle ne voulait pas retourner en arrière. Jamais il ne la prendrait de force, elle le savait. Ses mains coururent sur ses épaules larges et solides. Au fond de ses yeux, elle ne lut rien d'autre qu'un intense désir de lui plaire et cela provoqua en elle un besoin physique presque douloureux.

— Je ne veux pas que tu arrêtes, supplia-t-elle, les yeux dans les siens.

Alors ses mains reprirent leur ballet délicat, éveillant en elle un feu qui ravageait tout sur son passage. D'instinct, ses ongles s'enfoncèrent dans ses épaules et son corps tout entier frémit de plaisir lorsque ses doigts reprirent leur va-et-vient au cœur de son intimité tandis que sa bouche s'emparait de la sienne.

Warrick se laissa retomber sur le dos et la prit par les hanches pour la placer au-dessus de lui. Rosamund découvrit avec un bonheur sensuel à quel point elle aimait sentir sa chaleur lovée contre la sienne. Avec des gestes doux et assurés, il la guida au-dessus de lui jusqu'à ce que son membre se trouve à l'entrée de son intimité brûlante.

Au lieu de la pénétrer comme elle s'y attendait, il se redressa pour l'embrasser à en perdre haleine. Alors, très lentement, il entra en elle. La sensation était si forte qu'elle retint sa respiration un instant, incapable d'esquisser le moindre mouvement alors qu'il la pénétrait entièrement. Une brève douleur irradia de son ventre, mais elle l'ignora en se perdant dans un baiser.

— Tu es mienne, Rosamund. À présent et pour toujours, dit-il d'une voix rauque et possessive qui la fit frissonner.

— Je suis à toi comme tu es à moi, répondit-elle en écho.

Elle ne savait pas exactement comment réagir et, si l'impression n'était pas désagréable, elle n'était pas non plus confortable. Warrick résolut son dilemme en lui saisissant fermement les hanches, l'empêchant de bouger. Il la tint un moment embrassée, laissant son corps s'habituer au sien. Comme s'il avait senti qu'elle se détendait, il releva ses hanches et sortit légèrement d'elle avant de la pénétrer à nouveau. Cette fois-ci, un long frisson de volupté la parcourut et elle rejeta la tête en arrière. Warrick en profita pour prendre son sein dans sa bouche. Rosamund gémit de délice sous le plaisir décuplé qu'il provoquait en elle. Soudain, l'instinct prit le pas sur son ignorance et elle se mit à onduler des hanches en cadence avec lui. Son corps semblait animé d'une vie secrète, en quête d'un soulagement qu'elle ne savait pas nommer.

— Est-ce que je te fais mal ? haleta-t-il.

— Non… Non, continue.

Il enfouit son visage dans son cou pour tracer un chemin de baisers sur sa peau, tandis que ses mains caressaient sensuellement ses seins offerts. Rosamund sentait une vague étrange l'emporter toujours plus haut. Soudain, il écarta ses mains et elle protesta.

— Warrick, je t'en prie, c'était si bon…

Galvanisé par ses encouragements et sa voix chargée de volupté, il accéléra ses va-et-vient tout en agaçant les pointes sensibles de sa poitrine. Échauffée par le plaisir,

Rosamund se surprit bientôt à le chevaucher sans honte, le regard plongé dans le sien. Comme elle accélérait le rythme, il ne retint plus un grognement de plaisir.

— Rosamund…

Comprenant ce qui le rendait fou de désir, elle s'appliqua à lui rendre plaisir pour plaisir, volupté pour volupté. Brusquement, il la fit rouler sur le dos sans jamais se retirer. En appui sur ses genoux, sa virilité la pénétrait plus profondément encore et elle haleta sous la puissance de la sensation. Warrick prenait mille précautions pour se montrer doux et tendre, mais, à chaque coup de reins, elle sentait un besoin primitif s'emparer d'elle, reléguant toute pensée au loin. Elle referma les bras autour de sa taille, empoignant ses fesses fermes et criant son plaisir à chaque coup puissant.

— Rosamund, je ne pense plus pouvoir tenir bien longtemps, murmura-t-il, les mâchoires serrées.

— Viens, souffla-t-elle en retour, je suis prête.

Alors il laissa libre cours à son désir puissant, et elle répondit à son appel en le serrant contre elle. Le dos cambré, la tête rejetée en arrière, Rosamund accueillait chacun de ses va-et-vient avec un cri de jouissance. Elle avait la sensation de n'être plus que de la lave en fusion, un corps incandescent. Jamais de toute sa vie, elle n'aurait imaginé connaître un tel plaisir, comme si son corps n'avait existé que pour faire l'amour avec lui.

Alors, enfin, une vague de plénitude l'emporta et elle s'accrocha à lui, les ongles plantés dans ses muscles saillants. Dans un grondement sourd, il s'abandonna à son tour.

Pendant de longues minutes, ils restèrent l'un contre l'autre, haletants et bienheureux. Rosamund avait l'impression d'être plus en vie qu'elle ne l'avait jamais été.

Toujours au-dessus d'elle, Warrick traça tendrement les contours de sa silhouette et elle passa ses bras autour de son cou. La peur d'être découverts n'avait pas complètement disparu, mais désormais elle ne se sentait plus seule, elle était liée à Warrick, pour le meilleur et pour le pire. Tout en déposant de doux baisers dans son cou, il murmurait.

— Si seulement nous pouvions rester ainsi pour toujours.

Lorsque sa bouche se referma sur un sein, elle manqua une respiration. Un nouveau frisson de plaisir l'envahit.

— Où allons-nous ? demanda-t-elle.

— Vers le nord. La famille d'Adémar vit à Dolwyth et je pense qu'ils nous aideront.

— Mon père n'abandonnera pas. Il nous poursuivra. Il doit déjà avoir envoyé des hommes à notre recherche à l'heure qu'il est.

— Il ne te trouvera pas avant quelques semaines. Je sais comment éviter ses gardes. Nous prendrons un bateau et atteindrons Dolwyth par la mer. Je vais vendre mon cheval ; comme ça, les hommes de ton père seront lancés sur une mauvaise piste.

Rosamund n'était pas certaine que ce plan leur permette d'échapper à l'opiniâtreté de son père ; néanmoins, c'était sans doute leur seule chance de succès. À demi vêtue, elle se serra contre lui et prit sa bouche avec passion.

— Je ne regrette pas un seul instant de t'avoir suivi, mon époux.

Chapitre 5

Ils naviguèrent le long de la côte pendant des jours. Warrick ramait jusqu'à ce qu'il ne puisse plus sentir ses bras ; pourtant, il n'aurait pas échangé un seul de ces instants passés avec Rosamund. De temps en temps, il prenait un peu de repos et elle lui ouvrait les bras. Il lui faisait l'amour sur leur embarcation, leurs deux corps enlacés bercés par les vagues dont les reflux mimaient leur union.

Il ne se lassait jamais d'elle et aurait voulu la tenir entre ses bras jour et nuit ; seulement, il n'osait pas cesser trop longtemps de ramer.

Les nuits et les jours se succédèrent jusqu'à ce que tout son corps se mette à trembler d'épuisement. Hélas, il n'avait d'autre choix que de continuer. Une fois ou deux, il s'endormit par erreur. Il ne lui en avait rien dit. Toutefois, il savait que, puisqu'il ramait à contre-courant, les vagues avaient dû les ramener en arrière. Combien d'heures avaient-ils perdues ? À cette question sans réponse, il sentait l'angoisse étreindre sa poitrine.

Le père de Rosamund les poursuivait et il savait que son châtiment serait plus dur que tout ce qu'elle pouvait imaginer. Pour commencer, son propre père ne manquerait pas de l'exiler, le laissant sans foyer et sans argent. Jusque-là, Edward de Laurent avait choisi d'ignorer tout bonnement l'existence de son cadet. Tôt ou tard, une confrontation aurait lieu et elle serait violente.

Pourtant, il était prêt à braver n'importe quel enfer en échange des moments qu'il avait passés avec Rosamund.

La plupart du temps, elle s'installait pour broder et la regarder lui suffisait. Souvent, elle relevait le visage pour lui adresser un sourire et son cœur se dilatait de bonheur.

Quand ils parvinrent enfin en vue de la côte de Dolwyth, elle lui adressa un sourire fatigué.

— Je suis heureuse de retrouver bientôt la terre ferme.

Il rama de plus belle pour amener leur petite embarcation jusqu'à l'embarcadère où il l'attacha. Une fois qu'il l'eut aidée à sortir, elle se serra contre lui.

— Nous devons trouver un endroit où passer la nuit.

— J'ai l'impression que je pourrais tomber endormi sur le sable à l'instant même, soupira-t-il.

Après tous ces jours sans sommeil, il se sentait pris de vertige et nauséeux. Malgré sa faiblesse, il lui prit le bras et la mena vers la prairie qui partait de la plage. L'herbe était haute et frottait leurs genoux tandis qu'ils avançaient.

Comme ils approchaient des murailles de Dolwyth, il remarqua la lueur des torches qui illuminaient les remparts et un sombre pressentiment l'alerta. Il y avait bien trop de soldats.

— Rosamund, murmura-t-il en la tirant vers lui. Je ne crois pas que nous devrions chercher abri ici.

— Pourquoi ? Je croyais…

Elle s'interrompit lorsque la vérité se fit jour en elle.

— Ce n'est pas possible, balbutia-t-elle d'une voix blanche. Ils n'ont pas pu nous trouver si vite.

— Sauf s'ils savaient où nous allions.

Ils avaient dû forcer Adémar à parler. Il était trop jeune pour résister à un interrogatoire un peu poussé.

Seigneur ! Qu'allaient-ils faire à présent ? Sans l'aide de Dieu, ils étaient perdus. Dolwyth n'était qu'une petite forteresse peuplée d'à peine une cinquantaine d'habitants.

Or, à voir l'agitation des torches, il y avait bien plus de monde pour l'heure. Afin de prendre le temps de réfléchir, il l'incita à s'asseoir dans l'herbe à son côté. À cause de l'obscurité grandissante, il ne pouvait distinguer les traits de son visage ; en revanche, il pouvait sentir son inquiétude.

— Même s'ils ont découvert où nous nous rendions, ils ne savent pas que nous sommes venus par la mer. Jamais ils n'auraient dû arriver avant nous ! s'inquiéta-t-elle.

— C'est ma faute, nous avons perdu du temps plusieurs fois, admit-il, honteux.

Ils avaient perdu leur avance parce qu'il s'était montré trop faible pour rester éveillé constamment. À présent, ils devraient faire face à son père plus tôt qu'il ne s'y attendait. Néanmoins, ils avaient prononcé leurs vœux de mariage et ils avaient consommé leur union. Harold de Beaufort n'aurait d'autre choix que d'accepter leurs épousailles.

Elle s'agenouilla près de lui et il passa les doigts dans la soie de ses cheveux déployés.

— Embrasse-moi, pria-t-elle. J'ai peur de ce qu'il va se passer aujourd'hui.

Warrick ne pouvait lui faire aucune promesse, mais il pouvait encore lui offrir le bonheur d'une nuit partagée. Avec révérence, il délaça son corsage. Elle guida ses doigts sur sa peau nue et s'allongea dans l'herbe haute. Il passa lentement ses mains sur son corps pour en mémoriser chaque courbe avant de poser la bouche sur la moire de sa peau.

Il ne leur restait plus beaucoup de temps. Toutefois, il voulait savourer chaque instant. Bientôt cependant, la fièvre de Rosamund se communiqua à lui. Lorsque ses doigts atteignirent le centre de son plaisir, elle gémissait déjà sans discontinuer et ses hanches se soulevaient, l'appelant. Pris de frénésie, il se débarrassa de ses vêtements en hâte, brûlant de plonger en elle pour oublier quelques instants la peur d'être séparée d'elle qui le tenaillait.

Alors, il la pénétra d'un seul coup puissant et fut récompensé par son cri de plaisir. Ses mains douces caressèrent son dos sous sa tunique. Cette fois, leur union ne fut que passion déchaînée. C'était comme s'ils voulaient apposer leur marque l'un sur l'autre afin de s'appartenir à jamais.

— Je t'aime, haleta-t-elle en saisissant ses cheveux tendant qu'il allait et venait en elle avec une ardeur renouvelée. Maintenant, et pour toujours.

— Personne ne pourra nous séparer, lui jura-t-il.

Alors, il la sentit basculer dans l'extase, provoquant son propre abandon. Dans la jouissance partagée, il eut l'impression que leurs corps ne faisaient enfin qu'un.

Quand les vagues de plaisir refluèrent enfin, il s'allongea près d'elle et sécha ses larmes, la tenant serrée contre lui tandis que la lune se levait dans le ciel nocturne.

— Je ne veux pas te perdre, murmura-t-elle d'un ton suppliant.

Warrick retint un soupir de désespoir. Il savait que la bataille pour gagner Rosamund serait difficile. Sans répondre, il étala son manteau sur le sol pour lui faire une couche confortable. Elle s'allongea et il rabattit les pans de laine sur leurs deux corps serrés. La nuit avait beau être fraîche, son corps était encore tout chaud de leur amour.

Il ne savait pas ce que l'aube leur apporterait, mais, pour l'heure, il pouvait s'endormir avec la femme qu'il aimait dans ses bras.

Rosamund s'éveilla aux sons des hennissements des chevaux. Aussitôt, elle fut sur ses gardes. Des cavaliers approchaient. Elle s'assit et découvrit Warrick qui se tenait devant elle, entièrement vêtu, armé de son épée et de son bouclier. Malgré la peur qui lui serrait la poitrine, elle se leva bravement pour se tenir à ses côtés et faire face à la troupe. Comme elle l'avait craint, son père menait les hommes. Il semblait parfaitement calme, comme s'il avait toujours été prévu qu'ils se retrouvent dans ce pré et qu'il s'était contenté de l'attendre patiemment. Il leva une main et les hommes les encerclèrent. Son père l'étudia un long moment, observant sa robe et ses cheveux en désordre. Puis son ordre tomba :

— Emparez-vous de lui.

— Je vous interdis de blesser mon époux, s'écria-t-elle, véhémente.

Elle prit la main de Warrick dans la sienne, même si elle savait qu'il était parfaitement futile d'essayer de le défendre.

— Il n'est pas ton mari, répondit Harold calmement. Peu importent tes mensonges, tu es déjà fiancée à Alan de Courcy.

Comme les hommes s'approchaient dangereusement, Warrick se prépara au combat, la tenant derrière lui et la protégeant de son bouclier. Il lui souffla à l'oreille :

— Rejoins ton père, Rosamund. Tout ira bien pour moi.

Elle n'en croyait pas un mot. Bien au contraire, le calme olympien de son père révélait qu'il avait déjà décidé quoi faire de Warrick.

— Non, je n'ai pas confiance en lui, il te fera du mal.

Hélas, elle n'eut guère le choix lorsque les hommes les séparèrent. Elle se débattit et hurla quand deux soldats la tinrent par les bras avant de l'écarter de lui. Warrick se battit avec courage contre trois combattants pour la récupérer, mais un quatrième abattit son bouclier sur son crâne et il tomba au sol, inconscient.

Les soldats ne la lâchèrent pas et elle ne parvint pas à le rejoindre pour s'assurer qu'il respirait toujours.

— Qu'avez-vous fait ? hurla-t-elle à son père, hors d'elle.

— Je m'occuperai de lui plus tard. En attendant, tu viens avec moi pour discuter de ce qui va se passer.

Il lui fit signe de monter sur un cheval et les deux soldats la mirent en selle de force.

Warrick n'avait toujours pas repris conscience et la

terreur s'empara d'elle. Était-il seulement vivant ? Perdait-il du sang ?

— Je n'irai nulle part avec vous ! cria-t-elle, mais les hommes ne lui donnèrent pas l'occasion de sauter à bas de sa monture.

— Ça suffit ! Sa vie dépend de ton obéissance !

Il fit signe à ses hommes de récupérer le corps de Warrick et ils le jetèrent en travers d'un cheval. Un instant plus tard, il gémit et des larmes de soulagement inondèrent ses joues. Il vivait.

— Père, je vous en supplie. Laissez-moi le rejoindre. J'ai besoin de savoir qu'il ira bien.

Son père amena sa monture à côté de la sienne et lui saisit violemment le poignet.

— Tu viens avec moi immédiatement. J'ai des choses à te dire.

Alors, il empoigna les rênes de son cheval et la força à le suivre. Elle jeta un dernier regard en arrière avant que les soldats de Harold ne les encerclent, lui masquant la vue. Existait-il un moyen de le libérer ? Non, c'était impossible, ils étaient trop nombreux. Elle tenta d'apaiser son esprit paniqué pour réfléchir calmement. Peu à peu, elle prit conscience que défier son père ne ferait qu'empirer les choses. Ils devaient discuter calmement afin de parvenir à un accord. Elle doutait que son père aille jusqu'à tuer Warrick ; néanmoins, elle ne savait pas avec quelle cruauté il comptait punir l'homme qu'elle aimait.

Sa gorge se serra à cette idée et elle baissa la tête.

— Je viendrai de mon plein gré avec vous du moment que vos hommes ne lui font pas de mal.

Harold ne répondit pas et continua d'avancer vers la forteresse.

— Le choix ne te revient pas, Rosamund. Lorsque tu as décidé de fuir avec lui, tu as abandonné ta liberté et ton libre arbitre. Maintenant, tu vas faire exactement ce que je t'ordonne, parce qu'il souffrira à chaque ordre que tu refuseras d'accomplir.

Dans sa poitrine, son cœur cessa de battre. Son père ne mentait pas. Il avait un pouvoir absolu et elle pleura en silence. Son seul espoir était que sa soumission finisse par l'apaiser.

Une fois parvenus à Dolwyth, il la fit descendre de cheval et ordonna :

— Mettez le prisonnier aux fers.

Rosamund se força à ne pas détourner le regard lorsqu'ils entraînèrent Warrick en direction d'une tour de bois. Près de l'entrée, un muret avait été dressé, garni de chaînes. Il reprit finalement conscience tandis que les soldats refermaient les menottes sur ses poignets. Il ne pouvait plus bouger, mais son regard conservait toute sa fierté lorsqu'il croisa le sien. Dans ses yeux, elle lut un réconfort tranquille.

Hélas, elle craignait le pire.

Elle l'aimait plus que tout et l'imaginer loin d'elle lui brisait le cœur. Alors, elle posa ses doigts sur ses lèvres avant de se tourner vers son père. La vie de Warrick dépendait désormais des décisions qu'elle prendrait. Elle ferait tout ce qui était en son pouvoir pour le protéger.

Son père la conduisit jusqu'à une minuscule pièce, garnie d'une seule chaise et d'une palette. Comme il n'y avait aucune fenêtre, elle ne douta plus qu'il s'agissait de sa propre cellule bien qu'il lui épargnât les chaînes.

— As-tu couché avec lui ? demanda-t-il, toujours aussi glacial.

— Oui, répondit-elle en levant le menton. Nous avons échangé nos vœux sur la terre consacrée d'une église et nous avons consommé notre mariage. Il est d'une famille noble et je l'aime.

— Tu ne diras à personne ce que tu as fait avec lui. Sinon, je ferai de toi une veuve.

Horrifiée par sa froide menace, elle eut du mal à reprendre son souffle.

— Vous ne pouvez pas faire une chose pareille.

— Tu as commis une grave erreur en défiant mes ordres. Et, quels que soient les péchés que tu as commis avec cet homme, tu ne seras pas sa femme.

Je suis déjà sa femme aux yeux de Dieu, voulut-elle répondre. Mais elle ravala ses paroles pour ne pas aggraver sa fureur.

— J'ai fait chercher Alan de Courcy. Tu vas rentrer à la maison sous ma garde et tu l'attendras là-bas. Je te conseille de prier pour qu'il accepte encore de t'épouser en dépit de tes errements.

— Je ne peux pas l'épouser, se récria-t-elle, je suis déjà mariée et je porte peut-être en ce moment même l'enfant de Warrick !

Son père croisa les bras.

— Je ne sacrifierai pas les alliances que j'ai faites pour notre famille à cause de tes actes insensés.

— Je l'ai épousé. Il est trop tard pour revenir en arrière. Et je me moque de vos alliances.

Son père fondit sur elle et la saisit violemment aux poignets. Malgré la douleur, elle se força à ne pas crier.

— Tu devrais t'en préoccuper. Je te rappelle que sa vie dépend de ton obéissance.

— Vous ne pouvez pas le tuer, le défia-t-elle d'une voix tremblante.

Harold de Beaufort ne pouvait faire un tel affront à une famille aussi noble que les Montbrooke. Cela déclencherait une guerre.

— Crois-tu sincèrement que je n'oserai pas tuer l'hommc qui a déshonoré ma fille ?

Son ton mesuré, plus encore que ses mots, la terrifia parce qu'elle comprit qu'il le pensait.

— Tu ne diras rien de ce prétendu mariage, reprit-il, car, si tu oses me défier, je l'abattrai comme un chien.

Son sang se transforma en glace dans ses veines. En dépit de ses angoisses, jamais elle n'aurait cru son père aussi cruel. Comme ils avaient été naïfs de croire qu'il les laisserait se marier sans son consentement. Ses jambes ne la portaient plus et elle tomba sur le sol sans un cri. Elle avait l'effroyable sensation de se noyer et un sifflement strident résonna à ses oreilles.

— Tu m'obéiras, Rosamund. Tu vas rentrer à la maison sans question et tu épouseras Alan de Courcy, s'il t'accepte. Et si tu dis le moindre mot à propos d'un mariage avec Warrick de Laurent, crois-moi sur parole, il ne vivra pas assez longtemps pour te revoir.

Hébétée, Rosamund comprit que son père exigeait qu'elle mente à tout le monde et qu'il comptait lui faire commettre le péché de bigamie. L'Église aurait reconnu leur mariage ; hélas, il n'y avait eu aucun témoin et son père le savait.

— Edward de Laurent ne vous laissera pas faire de mal à son fils, protesta-t-elle faiblement.

Au fond de son cœur, elle savait déjà qu'elle était bel et bien piégée. Son père était furieux et Warrick en subirait les conséquences.

— Vraiment ? Edward a envoyé ses propres hommes pour m'aider à vous mettre la main dessus. Il m'a donné toute autorité pour punir son fils comme je l'entendais.

Rosamund leva les yeux sur lui. C'était impossible ! Elle ne pouvait pas croire qu'un père soit capable d'une telle indifférence. Hélas, elle avait elle-même constaté l'absence d'amour qu'Edward de Laurent portait à son fils cadet. Elle ne savait pas ce qui avait causé une telle distance entre eux, mais le fossé semblait infranchissable. À tel point qu'il semblait prêt à sacrifier son propre enfant.

Le regard de son père s'étrécit.

— Tu diras à Warrick de Laurent que tu vas épouser Alan de Courcy. Convaincs-le que tu ne veux plus de lui.

— Il ne le croira jamais. Pas après ce que nous avons

enduré pour être ensemble. Pourquoi n'acceptez-vous pas que je l'épouse ? Une alliance avec Edward de Laurent a également ses avantages, plaida-t-elle au désespoir.

— Tu m'as défié aux yeux de tout le monde. Ma propre fille s'est enfuie avec son amant, faisant de moi la risée de tous. Je ne le supporterai pas.

Elle resserra ses genoux contre sa poitrine et avala avec difficulté. Comment faire pour les sauver, Warrick et elle ?

— Pourquoi ne pas nous punir avant de célébrer un véritable mariage ?

Sans qu'elle s'y attende, son père la frappa violemment au visage et la douleur irradia dans sa mâchoire. Elle resta hagarde, le visage contre le matelas de la palette. Jamais de toute sa vie son père n'avait levé la main sur elle.

— Il n'y aura pas de mariage entre toi et de Laurent, cracha-t-il. Tu as osé jeter l'opprobre sur notre famille. Dieu m'en est témoin, si tu n'étais pas ma fille aînée, je te jetterais dans un couvent et oublierais jusqu'à ton existence !

Des larmes d'humiliation et de peine coulèrent sur ses joues. Elle avait mal, elle avait peur et elle ne savait plus quoi faire.

— Regarde-moi, Rosamund, ordonna-t-il. Dis à Warrick que tu as changé d'avis. Tant que tu n'avoues pas vos vœux ridicules, ce mariage n'a aucune existence légale.

Son père avait perdu l'esprit. Son mariage était aussi réel que n'importe quel autre ! Cependant, sur le visage de Harold, elle lisait une rage sans nom. Jamais il ne lui pardonnerait et la donner à un autre homme était la punition qu'il entendait lui infliger. Elle ne supporterait pas un tel sort, comprit-elle avec désespoir.

— Qu'adviendra-t-il de Warrick ? demanda-t-elle dans un murmure.

— Tout dépend de toi. Il sera de toute façon fouetté pour t'avoir enlevée, son père a ordonné au moins vingt coups.

— Son propre père ? répéta-t-elle, stupéfaite.

Elle s'était certes attendue à la colère de son propre père, mais à celle du sien…

— Après quoi, il sera envoyé au loin.

Il prit place sur la chaise et ses traits se durcirent un peu plus.

— Il ne devra plus jamais t'approcher. Fais en sorte qu'il le comprenne, ou bien j'ordonnerai le double de coups de fouet.

Soudain, elle sentit une haine vibrante couler dans ses veines.

— Vous voulez que je lui mente.

— Tu dis l'aimer, répondit-il avec un haussement d'épaules. Je t'offre l'occasion de diminuer ses souffrances.

Elle se releva pour lui faire face avec toute la dignité dont elle était capable.

— Je ne comprends pas pourquoi vous êtes si impatient de me vendre à un autre, ni pourquoi vous ignorez totalement mes sentiments et les vœux sacrés que j'ai prononcés devant Dieu.

Son père ouvrit la porte avec indifférence.

— Je vais donner l'ordre de lui donner quarante coups de fouet dans ce cas. Souhaites-tu y assister ?

Rosamund sentit une brusque nausée la plier en deux.

— Laissez-le partir, père, je vous en conjure !

En dépit de sa supplique, il n'y avait pas la moindre trace de pitié dans son regard. Sans un mot, il se détourna et ferma la porte derrière lui. Rosamund baissa les yeux sur ses doigts qui tremblaient. Jamais elle ne s'était sentie aussi seule et désespérée. Elle venait de comprendre que son père en faisait une affaire de fierté et de pouvoir. Il se préoccupait bien plus des apparences que du bonheur de sa fille.

Bien qu'elle n'ait jamais été très proche de lui, elle n'avait jamais soupçonné un tel égoïsme dans son caractère. Que Dieu lui vienne en aide ! Elle ne savait pas comment mettre un terme à ce cauchemar. Tout était sa faute. Elle aurait dû savoir ce qu'il en coûtait de défier son père. Il était trop tard désormais, et c'est Warrick qui devrait vivre pour toujours avec les marques de sa stupidité inscrites dans sa chair.

Leur situation était sans issue et cette prise de conscience lui fit l'effet d'un coup de poignard dans le ventre. Son père ne plierait jamais. Elle pouvait seulement sauver l'homme qu'elle aimait. Peu importait que cela lui coûtât son propre cœur. Elle ferait tout ce qui était en son pouvoir pour épargner la vie de Warrick.

Elle se jeta sur la porte qui s'ouvrit sans résistance et se mit à courir dans le couloir. À l'extérieur, le ciel était surchargé de lourds nuages. Elle trouva son père dans la cour. Il se tenait aux côtés du père d'Adémar, Rourke de Dolwyth, et les deux hommes fixaient d'un air sombre quelque chose devant eux. Rosamund suivit la direction de leurs regards et découvrit avec horreur Warrick les deux mains enchaînées, tandis qu'un homme tenait un fouet non loin. Devant ses yeux horrifiés, l'homme fit claquer le fouet qui atteignit le dos de Warrick, cisaillant sa chair. Rosamund ressentit la morsure du fouet aussi sûrement que si sa propre chair avait saigné. Elle retint le cri de détresse qui montait dans sa gorge et courut auprès de son père.

— Arrêtez ! Je ferai tout ce que vous me demandez !

Son visage resta de marbre, comme s'il n'avait pas même entendu sa prière. Affolée, elle chercha un moyen d'arrêter cette torture, tandis que les coups se poursuivaient inlassablement. Warrick ne cria pas une seule fois, mais ses jambes finirent par ne plus le porter et il s'effondra à genoux. Son dos était en sang et Rosamund se jeta instinctivement aux pieds de son père pour implorer sa miséricorde.

— Je vous en supplie, laissez-le partir.

Comme il continuait de l'ignorer, elle se redressa et reprit d'un ton déterminé :

— Si vous ne faites pas cesser cette infamie, je vous jure que j'irai moi-même recevoir les coups de fouet.

Elle se mit en marche pour rejoindre Warrick avant que son père ne la retienne durement par le bras.

— Tu resteras là.

Elle tenta de se dégager de sa poigne jusqu'à ce qu'il serre si fort qu'elle craignît qu'il lui brise le poignet. Enfin, il leva la main pour faire signe au soldat d'arrêter les coups de fouet.

— Va le voir et mets un terme à tout cela, cracha-t-il.

Alors, elle marcha vers Warrick, le cœur en mille morceaux. Toujours à genoux, il gardait la tête basse, comme s'il n'avait plus la force de la relever. Les blessures sur son dos étaient profondes et elle sentit la nausée l'envahir à l'idée qu'elle était la cause de ses souffrances. Elle devait trouver le courage de lui dire ce que son père ordonnait. Lentement, elle vint se placer devant lui. Elle était incapable d'arrêter ses larmes, aussi se mordit-elle violemment la langue pour se forcer à continuer.

Comme il ne leva pas la tête à son approche, elle sut que sa douleur devait être intolérable. Au bout de longues secondes, il prit la parole.

— J'aurais supporté chaque coup de fouet cent fois pour toi, Rosamund.

Elle essuya ses larmes tandis qu'une angoisse atroce montait en elle. S'il n'abandonnait pas, il mourrait.

— Je suis désolée, Warrick. Nous ne pouvons plus être ensemble.

Il se raidit brusquement, comme si ses mots étaient un coup de fouet de plus.

— Tu es ma femme, tu es mienne et nous nous appartenons.

— Non, souffla-t-elle sans pouvoir retenir ses larmes. Je ne le suis pas.

— C'est ton père qui t'oblige à parler ainsi, accusa-t-il.

Incapable de mentir tout à fait, elle n'admit qu'une partie de la vérité.

— Je n'ai jamais voulu que tout cela t'arrive. Je suis entièrement coupable, jamais je n'aurais dû défier mon père.

Il leva enfin le regard sur elle, incrédule.

— Je ne pensais pas que tu étais lâche, Rosamund.

Elle aurait voulu lui dire qu'elle n'était pas lâche, l'assurer de son amour… Seulement, si elle prononçait les mots qui lui brûlaient la langue, son père le tuerait.

— Je vais épouser Alan de Courcy.

— Non, je ne le permettrai pas ! grinça-t-il entre ses dents sans masquer sa fureur. Tu es déjà mariée avec moi.

Elle ignora ses paroles et reprit :

— C'est ce qu'il y a de mieux à faire pour nous deux. Tu trouveras une autre épouse, balbutia-t-elle d'une voix lourde de chagrin.

— Tu dis ce qu'il te force à dire, répéta-t-il comme s'il ne parvenait pas à y croire.

— Je suis désolée, souffla-t-elle.

Alors, elle se détourna et s'éloigna de lui. Elle continua à avancer sans rien voir en sentant son cœur se déchirer.

Chapitre 6

Rosamund avait désespérément besoin d'être seule. Après les événements de ces dernières heures, elle avait besoin de se concentrer sur une tâche qui l'empêcherait de penser aux tumultueuses conséquences du plan imaginé par Alan.

Elle s'agenouilla devant les herbes du potager sans se soucier de salir sa tenue et se mit en devoir d'arracher les mauvaises herbes, les extrayant jusqu'à la racine comme si elle attaquait sa propre frustration.

Je ne le ferai pas. Alan ne peut pas me forcer à commettre un adultère. Il ne peut pas.

Répéter ces mots la rassura tandis qu'elle arrachait une nouvelle poignée d'herbes.

Dans son dos, elle entendit des chevaux approcher. Elle se releva et brossa rapidement la saleté de ses jupes, se demandant qui les gardes avaient laissé entrer à Pevensham. Elle traversa les jardins et ce n'est qu'en passant les remparts intérieurs qu'elle découvrit le visiteur. Owen de Courcy se dirigeait vers les écuries, accompagné de six hommes en armes.

Seigneur, non ! La dernière chose qui manquait à son malheur, c'était bien l'intrusion du frère d'Alan. L'expression d'Owen se fit sournoise lorsqu'il la vit. Il démonta et tendit ses rênes à un palefrenier. Puis il fit signe à ses hommes de rester en arrière tandis qu'il se dirigeait vers elle comme s'il était déjà le maître de Pevensham. Elle resta où elle était. Non seulement elle refusait de l'accueillir avec égards, en outre il était plus sûr de rester ici, à portée de voix de ses propres gardes, plutôt que d'entrer dans le donjon.

— Mon frère, quel plaisir de vous voir ! mentit-elle d'un ton froid. Je suis désolée que vous soyez arrivé alors que je travaillais au jardin.

— Rosamund, répondit-il avec chaleur en serrant ses mains souillées de terre dans les siennes.

Son sourire avait l'arrogance de celui qui se pense supérieur aux autres. Son regard s'attarda un peu trop longtemps sur sa silhouette et elle retira sèchement ses mains.

— Pardonnez-moi, je dois aller prévenir les cuisines afin qu'ils préparent plus de nourriture pour vous et vos hommes. Je vais également informer Alan de votre arrivée.

— Ne vous occupez pas de cela ! J'aimerais faire la surprise à mon frère.

Soudain, son regard se porta derrière elle et les traits de son visage se durcirent. Une étrange sensation la prévint ; aussi ne fut-elle pas surprise de découvrir Warrick, la main sur la garde de son épée. Ses yeux bleus perçants transpercèrent Owen, mais son expression resta neutre.

— Qui est-ce, Rosamund ? demanda Owen en prétendant n'avoir jamais rencontré Warrick. Il me semble familier.

Quoique scandalisée par son mensonge, elle garda un visage souriant pour lui répondre.

— Voici Warrick de Laurent. J'imagine que vous avez dû le rencontrer lors de mon mariage, il faisait partie de nos invités, répondit-elle d'un ton léger.

Un mince sourire étira les lèvres d'Owen.

— N'étiez-vous pas fiancée à lui autrefois ?

Mariée, en vérité. Elle refusait néanmoins de jouer au chat et à la souris avec cet assassin détestable. Il était bien plus facile de détourner la conversation.

— Alan a fait appeler de Laurent à Pevensham. À présent, messieurs, si vous voulez m'excuser…

Elle allait s'éloigner, lorsque Owen lui bloqua le chemin.

— Pas encore. Pourquoi est-il là ?

— La raison de sa présence ne regarde que mon époux et son invité. Je n'y ai aucune part, répondit-elle en se forçant à le regarder dans les yeux.

Warrick s'approcha d'un pas, lui offrant sa protection sans un mot. L'espace d'un moment tendu, les deux hommes s'affrontèrent du regard. Puis, tout aussi brusquement, Owen changea de tactique.

— Comment se porte Alan ? Je suis venu voir si sa santé s'améliorait.

Afin de l'enterrer au plus vite, songea Rosamund avec rancœur.

— Alan est le même que d'habitude, se contenta-t-elle de murmurer.

Dieu seul savait combien de temps il restait à vivre à son mari. Son instinct lui soufflait qu'Owen était venu ici pour s'en prendre à Alan et elle ne le laisserait pas faire. Par chance, elle avait confiance en Warrick pour protéger son mari, car elle savait qu'il était devenu un guerrier exceptionnel. Sans même s'en rendre compte, elle fit un pas dans sa direction. Le sourire d'Owen l'agaçait prodigieusement.

— Avez-vous peur de moi, Rosamund ? demanda-t-il, perfide.

— Bien sûr que non, prétendit-elle.

C'était un mensonge et il le savait.

Il toucha sa joue, caressant son menton. Son contact l'écœurait. Il ne se comportait pas du tout comme un frère, plutôt comme un séducteur.

— Il se pourrait que je sache comment vous ôter cette peur, ma chère. Si nous chevauchions ensemble à l'occasion, je pourrais sûrement vous prouver que je suis absolument inoffensif.

Sa suggestion la révulsa.

— Je n'ai pas le temps de partir en promenade, rétorqua-t-elle sèchement.

Cette fois, elle passa devant lui, se retenant de s'enfuir en courant pour mettre le plus de distance possible entre cet homme et elle. Depuis toujours, elle savait qu'il convoitait tout ce qui appartenait à Alan. Pourtant, jusqu'aux confidences de Warrick sur les intentions d'Owen, elle n'avait pas mesuré l'ampleur de sa jalousie. Il était prêt à tuer son propre frère !

Elle avança à pas rapides vers la cuisine et ce n'est qu'à bonne distance qu'elle osa jeter un regard en arrière. La main de Warrick était toujours posée sur son épée. Il parlait calmement avec Owen. Le menaçait-il s'il ne gardait pas ses distances avec elle ? Cette pensée aurait dû la réconforter ; seulement, elle ne voulait pas que Warrick provoque une bagarre. Elle allait rentrer dans le bâtiment lorsque Berta, sa servante, sortit en sens inverse.

— Ma lady, allez-vous bien ?

— Oui, acquiesça-t-elle. Nous avons des invités et nous devons les accueillir comme il se doit.

Elle entra dans la cuisine et informa le cuisinier de l'arrivée d'Owen. Au milieu de l'effervescence des cuisines, elle s'assit dans un coin de la pièce, inspirant les senteurs réconfortantes de romarin et de sauge.

Warrick avait affirmé qu'Owen l'avait engagé pour tuer Alan. Elle lui était évidemment reconnaissante d'avoir refusé ; néanmoins, tout danger n'était pas pour autant écarté. Par prudence, elle placerait quelques gardes à la porte d'Alan.

Elle avait la désagréable impression que la toile d'araignée se refermait autour d'elle. Comment pourrait-elle protéger tous ceux qui vivaient à Pevensham — son mari, ses gens, et elle-même ?

Seulement, elle ne pouvait pas attendre passivement qu'Owen prenne le contrôle de son domaine. Alan n'avait plus assez de force pour se battre, alors elle devrait prendre sa place. Elle avait encore assez de temps pour renforcer les rangs de leurs hommes. Si elle savait qui, parmi ses soldats, était loyal à Alan, et qui soutenait Owen, alors, elle pourrait prendre les bonnes décisions.

Elle contempla par la fenêtre son domaine et sentit un pincement au cœur. Pourquoi autorisait-elle les autres à diriger sa vie dans des directions qu'elle refusait de prendre ? Pevensham était son foyer désormais et elle avait le droit d'y vivre jusqu'à la fin de ses jours ! Elle n'avait aucune envie de retourner vivre auprès de ses parents après ce qui s'était passé trois ans plus tôt.

En dépit des circonstances désespérées qui l'avaient menée ici, elle aimait cette maison. Elle aimait les gens qui vivaient sur ces terres et elle se sentait responsable d'eux. Owen n'avait pas le droit de détruire cela. Or, elle savait qu'il ne la laisserait jamais en paix. Même s'il prenait une épouse, il continuerait de la poursuivre. Cet homme était un prédateur.

La convoitise malsaine de son beau-frère la convainquit d'adopter une attitude offensive. Elle devait apprendre à livrer ses propres batailles. Elle trouverait un moyen de protéger Pevensham, même si cela impliquait de s'entourer constamment de gardes.

La solution proposée par Alan semblait simple en apparence, mais elle n'écartait pas la menace que représentait Owen, bien au contraire. Sans compter la peur viscérale qui s'emparait d'elle lorsqu'elle s'imaginait retomber enceinte. Chaque souvenir de sa grossesse était un coup de poignard dans son cœur. Elle avait aimé sa fille de toutes ses forces, elle l'avait bercée avec amour et douleur contre son cœur. Et voilà qu'Alan exigeait d'elle qu'elle risque à nouveau de traverser cette épreuve atroce ! Non ! Elle ne voulait plus d'enfant, elle ne voulait plus de cette souffrance. Pas même avec Warrick, l'homme qu'elle avait tant aimé et qui avait conçu leur petite fille.

Elle garderait ce secret enfoui au fond d'elle et tairait une fois de plus sa souffrance.

— Repartons-nous pour Montbrooke au matin, Warrick ? demanda Bennett.

Bennett et Godfrey avaient été ses compagnons de chaque instant depuis qu'ils avaient combattu ensemble en Normandie.

Après avoir bu une gorgée d'ale, Warrick secoua la tête.

— Notre tâche n'est pas encore terminée.

Il jeta un regard torve en direction d'Owen qui s'était octroyé la place d'honneur près de Rosamund sous le dais. Il était de toute évidence parfaitement à son aise pour donner des ordres comme s'il était déjà sous son toit. Il se raidit en observant comment il s'ingéniait à toucher Rosamund. Il effleurait sa main quand il prenait le sel, il tentait de lui proposer des portions de viande ou de tourte qu'elle refusait invariablement avec un sourire contraint.

Quand il croisa le regard de Rosamund, il n'y avait pas à se méprendre sur sa supplique silencieuse. Elle avait besoin de son aide. Elle essayait visiblement de rester courtoise ; néanmoins, elle était si tendue qu'elle avait à peine touché sa nourriture. Sans la quitter du regard, il se leva de table.

— Cette mascarade a assez duré, gronda-t-il, furieux.

— Où vas-tu ? demanda Bennett, interloqué.

— Lady Pevensham m'a fait appeler. Elle souhaite que je l'escorte jusqu'à la chambre de son époux, prétendit-il en posant une main amicale sur son épaule.

Godfrey lui adressa un regard dubitatif.

— Elle est en train de manger. En es-tu certain ?

Avec impatience, Warrick emballa un morceau de pain et de fromage dans un linge propre qu'il fourra dans son manteau.

— Oui, trancha-t-il.

Et, sur un simple hochement de tête à ses hommes, il s'éloigna. Il traversa les rangées de tables à grands pas avant d'atteindre le dais. Puis il adressa une révérence à Rosamund.

— Ma lady, j'ai reçu un message de votre époux qui désire votre présence dans sa chambre.

Comme Owen s'apprêtait à se lever, il ajouta d'un ton ferme :

— Je dois vous y escorter.

Owen le fixa avec intensité et il arbora son expression la plus meurtrière. Autant laisser croire à cet imbécile qu'il cherchait à s'infiltrer jusqu'à la chambre du maître pour l'assassiner.

— Dois-je vous accompagner, Lady Rosamund ? suggéra Owen en posant sa main sur son bras.

La jeune femme se défit immédiatement de ce contact.

— Ce ne sera pas nécessaire. Si mon époux souhaite vous parler, je vous enverrai chercher.

Les deux frères s'étaient déjà rencontrés plus tôt dans la journée. Owen avait affirmé qu'il était venu pour s'enquérir de la santé de son frère, emplissant les oreilles d'Alan de belles paroles mensongères. Warrick ne s'était pas éloigné d'eux, même s'il continuait à se demander ce qu'il était venu faire ici. Après tout, Pevensham n'était pas son combat. Cependant, Rosamund se retrouvait prise au piège au milieu de ces deux hommes et il n'avait aucune intention de l'abandonner aux appétits lubriques d'Owen.

Il la laissa quitter la grande salle la première et la suivit à une courte distance. D'un regard noir, il s'assura qu'Owen n'avait pas l'intention de les suivre.

Tandis qu'elle montait l'escalier en colimaçon, il la suivit. Il l'arrêta comme ils atteignaient la chambre du maître.

— Un moment, s'il te plaît.

Elle s'adossa au mur, visiblement éprouvée.

— Qu'y a-t-il ?

— Ton mari a dit qu'il n'avait pas confiance en ses

hommes pour te protéger s'il meurt. Il craint visiblement qu'ils se rangent au côté d'Owen, contre toi. Est-ce également ton sentiment ?

— Je crois plutôt qu'ils ne verront aucune raison de défendre Pevensham contre un membre de la famille. Tout particulièrement si Owen en est l'héritier légitime. Ils ne verraient pas leur ralliement à ce dernier comme un signe de déloyauté vis-à-vis de moi.

Warrick s'était attendu à cette réponse.

— Dans ce cas, tu devras trouver refuge ailleurs après… Si Owen croit que tu es une menace, ta vie sera en danger. Tu as besoin d'un allié pour te protéger.

— Je ne représente aucun danger puisqu'il n'y a pas d'enfant, répondit-elle à voix basse. Et même si j'acceptais le plan d'Alan, ajouta-t-elle en rougissant brusquement, rien ne dit que je pourrais concevoir à nouveau.

— Alors tu as l'intention de rester ici ? Crois-tu réellement qu'Owen te laissera en paix une fois que tu seras à sa merci ?

Dans la lumière vacillante des torches, il lut la peur sur son visage.

— Non, bien sûr. Seulement, beaucoup de gens entre ces murs me sont loyaux.

— Owen aura tous les droits, ne l'oublie pas. Il pourra les renvoyer s'ils l'empêchent de t'atteindre. Même si je pense qu'il choisira une autre tactique. Il essaiera de te manipuler. Tu es consciente, j'imagine, qu'il te désire.

Elle acquiesça nerveusement.

— Il agit en effet comme si c'était le cas. Je crois qu'il me convoite surtout en tant que femme d'Alan. Il me considère comme… comme un bijou ou un ornement qui ferait ressortir son rang et sa puissance, pas comme une personne.

— Et ta famille ? Ne pourrais-tu retourner chez ton père ?

— Je pourrais, mais je ne le ferai pas. J'ai hérité d'une partie des terres par ma dot, Owen ne peut pas me l'enlever.

— Cet homme n'agit qu'en fonction de ses propres désirs. Il prendra ce qu'il voudra.

Warrick espérait qu'elle en était consciente et qu'elle prendrait les précautions nécessaires. Toutefois, il semblait bien qu'elle était suffisamment entêtée pour se battre. Et, à présent qu'il avait vu la façon dont Owen la couvait du regard, il était hors de question qu'il s'éloigne. Alan n'était plus assez fort pour la protéger, lui si. Il pouvait emmener Rosamund sur les terres irlandaises de Pevensham. C'était peut-être suffisamment éloigné pour qu'Owen renonce à la poursuivre.

Dieu du ciel ! Pourquoi acceptait-il de s'impliquer dans toute cette affaire ? La réponse, hélas, était évidente. Il lui suffisait de poser les yeux sur Rosamund pour sentir sa gorge se serrer. Son doux visage, auréolé de l'or noir de sa chevelure, l'envoûtait comme un charme. En cet instant, il aurait voulu couvrir la distance qui les séparait, saisir sa longue natte dans sa main et prendre ses lèvres avec passion.

Que Dieu lui vienne en aide ! Il pouvait même faire plus que cela s'il acceptait le marché d'Alan. À chaque fois qu'il y pensait, il sentait une force obscure et primitive s'éveiller en lui. Il avait désiré cette femme depuis le premier instant où il avait posé les yeux sur elle. Son corps tout entier brûlait de la toucher, de lui prouver à quel point elle avait eu tort de se détourner de lui. Il savait comment la mener à l'extase, comment la faire crier sous les assauts de la jouissance. Et Alan lui avait donné toute liberté pour commettre ce péché.

— Alors que comptes-tu faire ? demanda-t-il doucement.

— J'aimerais que tu découvres lesquels de mes gardes me resteront loyaux, même contre Owen. Je te paierai si tu peux demander à tes hommes d'ouvrir les yeux et les oreilles.

Elle serra ses mains l'une contre l'autre, essayant vainement de se comporter comme si elle n'avait pas peur.

— Je resterai ici tant que Dieu accordera la vie à Alan. Et quand il sera parti, murmura-t-elle, je m'entourerai de mes plus loyaux gardes. Ensuite, je rendrai visite à mes serfs afin de m'assurer qu'ils sont correctement traités par Owen.

Warrick ne chercha pas à masquer ses doutes.

— Owen semble avoir la ferme intention d'attendre ici la mort de ton époux. Après cela, il y a de fortes chances qu'il t'enferme entre ces murs afin de s'assurer que tu n'attends pas de futur héritier. Puis, une fois qu'il aura mis la main sur les terres de son frère, il voudra t'obtenir, toi. Voilà ce qu'il risque de se passer. À moins que tu ne préfères me demander mon aide.

— Comment pourrais-tu m'aider ? Il n'y a rien que tu puisses faire ! lança-t-elle d'une voix angoissée.

— Je pourrais te conduire en Irlande. J'ai des amis là-bas, l'un d'entre eux est en bons termes avec le clan MacEgan. Ils pourront t'offrir l'asile.

Le laird MacEgan avait quatre frères et leur famille contrôlait de vastes terres au sud. Il n'y avait pas d'endroit plus sûr pour Rosamund.

Rosamund l'entraîna à sa suite dans une petite pièce qui jouxtait la chambre du lord. Elle était vide et elle referma la porte derrière eux.

— Tu attends de moi que je fuie et abandonne mes responsabilités, résuma-t-elle d'un ton péremptoire.

— Owen contrôlera Pevensham avec l'aval de la loi. Ton seul moyen de remettre en cause sa légitimité, c'est, comme l'a dit ton mari de mettre au monde un héritier.

— J'ai déjà dit que je refusais de faire cela, Warrick, s'exclama-t-elle tout en s'efforçant de garder la voix basse. Je refuse de faire une chose pareille à mon époux !

Dans l'obscurité, il discernait avec peine les traits de son visage.

— Tu étais mienne avant de lui appartenir, répondit-il avec douceur. À moins que tu aies tout oublié des vœux que nous avons échangés ?

En dépit de ses efforts, l'amertume était perceptible dans sa voix.

— Je n'avais pas le droit de faire de telles promesses.

Sa voix sonnait étrangement creux, comme si elle-même ne croyait pas un mot de ce qu'elle avançait.

— Tu peux prétendre tout ce que tu veux, Rosamund, nous étions liés par des vœux sacrés autant que par la chair. Notre mariage était parfaitement valide et légal aux yeux de l'Église.

— Si je n'avais pas obéi à mon père, tu serais mort à l'heure qu'il est, s'emporta-t-elle. J'ai fait ce que je devais faire.

— L'aimes-tu ? demanda-t-il avec douceur.

— Oui.

Nulle trace de mensonge dans sa voix. Elle aimait sincèrement son époux. Mais il n'y avait pas non plus trace de passion ou de possessivité, et il comprit qu'il s'agissait d'un amour différent de celui qui les avait autrefois unis. Un amour plus fraternel que passionnel. Pourtant, elle avait donné son corps à cet homme, elle avait consommé cette union et une brusque flambée de jalousie l'embrasa.

Warrick s'apprêtait à lui tourner le dos et à s'éloigner lorsqu'elle le saisit par sa tunique pour l'inciter à rester. Dans ses yeux, il lut un tourment profond, comme si elle se demandait si elle pouvait se confier à lui. Mieux valait attendre qu'elle parle sans la presser.

— Alan est un ami, souffla-t-elle, un homme bon qui a fait de son mieux pour prendre soin de moi.

Sa main effleura la sienne et Warrick s'en empara. Étrangement, ses actes et ses paroles semblaient entrer sans cesse en contradiction, comme si son corps lui répondait spontanément tandis que son esprit tentait de garder ses distances.

— Tu n'as pas le droit de me demander de détourner le regard alors que tu t'apprêtes à devenir la victime d'Owen, gronda-t-il.

— Non, soupira-t-elle. Je ne te demande pas de te détourner. Au contraire, je voudrais que tu restes et que tu me protèges de lui. Je… je n'ai confiance qu'en toi.

De toute façon, quand bien même elle aurait refusé, il n'avait aucune intention de partir. De son autre main, il lui souleva le menton, la forçant à croiser son regard. Dans ses yeux d'émeraude, il y avait de la peur, de la détermination et aussi du désir.

Les années n'avaient pas réussi à détruire la puissance des sentiments qui avaient existé entre eux. Elles s'étaient seulement contentées de les masquer. Ni l'un ni l'autre, ils ne pouvaient nier le besoin presque viscéral qu'ils ressentaient. Il comprenait ses émotions contradictoires ; cependant, tout comme Alan, il voyait une solution à ses maux. Le marché de son époux était de loin le plus sensé de tout ce qu'ils avaient envisagé pour la sauver des griffes d'Owen.

— Et si nous laissions croire à ton époux que nous avons été… intimes ? murmura-t-il. Seuls nous deux connaîtrions la vérité.

Il amena leurs mains jointes afin de les poser sur sa gorge où son pouls battait follement.

— Aurais-tu peur de moi, Rosamund ?

Elle ferma les paupières et secoua la tête.

— Je sais que tu ne me ferais jamais de mal, murmura-t-elle dans un souffle.

— En revanche, je n'ai jamais promis de ne pas te tenter. Je te veux toujours, même après tout ce temps.

Il posa sa main nouée à la sienne sur sa propre poitrine, à l'endroit exact où son cœur battait sourdement. Il relâcha sa main mais elle la laissa contre sa poitrine. Alors, il dénoua les liens de sa chemise pour que sa paume parcourt sa peau nue.

— Si tu veux un enfant, je t'en donnerai un.

La pensée de pouvoir la posséder à nouveau le rendait presque fou. Dans l'obscurité de la pièce, il rêvait de soulever ses jupes et de la pénétrer ici même, debout contre la paroi froide des pierres. Puis il l'allongerait doucement et découvrirait lentement son corps à ses regards avides. Une fois leur faim primitive rassasiée, il recommencerait à lui procurer du plaisir en caressant chaque partie de ce corps adoré qui lui était inaccessible depuis si longtemps. Il pouvait déjà l'entendre gémir tandis qu'il lécherait doucement les pointes tendues de ses seins. Il brûlait de la sentir se cambrer contre lui à mesure que le désir se ferait plus insoutenable. Warrick serra les dents, s'efforçant de garder ses émotions sous contrôle.

Elle garda sa main posée sur son cœur un instant de plus avant de l'écarter.

— Non, je ne veux pas d'enfant. Je ne prendrai pas ce risque. Laissons Alan croire que nous avons essayé et échoué.

Warrick retint un grognement de frustration. Il voulait bien plus qu'elle n'acceptait de lui donner. Chaque jour passé auprès d'elle lui donnait un peu plus envie d'accepter la proposition d'Alan. Son mari allait mourir et Rosamund serait à la merci d'Owen. Il ne laisserait pas une telle chose se produire !

Il avait une chance de retrouver la femme qu'il voulait par-dessus tout. Alan voulait qu'il la protège après sa mort, et il avait eu raison dans son choix — nul autre ne pourrait la protéger de sa vie comme lui le ferait.

Plus il y réfléchissait, plus le marché d'Alan lui semblait sensé. Tout ce qu'il manquait pour assurer la sécurité de Rosamund, c'était un héritier. Seulement, elle ne se rendrait pas si facilement. Elle défendait son corps avec autant de force que son cœur.

Il la suivit à l'extérieur de la pièce.

— Que comptes-tu faire à propos d'Owen ?

Elle pâlit mais ne détourna pas le regard.

— Je suis parfaitement consciente de son impatience de voir Alan mort. Cependant, il ne fera jamais rien qui puisse mettre sa précieuse petite personne en danger. Trop de monde suspecterait son implication si Alan mourait alors qu'il est ici.

Ils continuèrent jusqu'à la chambre et Rosamund ouvrit la porte. À travers la pièce, Warrick vit Alan inconscient sur le lit, sa main pendant mollement sur le bord du matelas. La jeune femme courut aussitôt jusqu'à lui avec un cri d'effroi. Un instant plus tard, elle poussa un soupir de soulagement.

— Dieu merci, il est seulement assoupi.

Il comprit alors qu'elle vivait chaque jour avec cette angoisse chevillée au corps, sans jamais savoir si Alan survivrait un jour de plus. L'inquiétude tendait son visage et elle s'installa dans un fauteuil près du foyer pour le veiller. Warrick vint s'installer près d'elle.

— Je veux qu'Owen parte, admit-elle. Hélas, je ne crois pas qu'il le fera. C'est un vautour, il restera dans les parages en attendant la mort de son frère.

— Je suis d'accord avec toi — il ne partira pas tant qu'Alan sera de ce monde.

Son visage se plissa de douleur à cette idée.

— Mon mari est un homme bon, il ne mérite pas tout cela. Sans Owen, il aurait au moins eu le bonheur de vivre ces derniers jours en paix.

Ses yeux se remplirent de larmes — de tristesse ou de frustration, il n'aurait su le dire.

Un instant plus tard, Alan bougea dans le lit.

— Rosamund, est-ce toi ? appela-t-il d'une voix faible.

— Oui, mon époux.

Elle se hâta auprès de lui et l'aida à se redresser.

— Désirez-vous de quoi manger ou boire ? Berta vous a préparé un peu de pain et de fromage. Ou bien de la venaison, si vous préférez.

Il lui adressa un faible sourire.

— Je n'ai pas tellement faim, ma petite. Je suis simplement heureux de profiter de ta compagnie.

Warrick resta dans le coin de la pièce afin de leur laisser un moment d'intimité. Même si la jeune femme accourait auprès de lui, il remarqua qu'elle le traitait comme un ami plutôt que comme un amant. Elle n'avait aucun geste d'intimité amoureuse à son égard ; toutefois, le regard qu'Alan posait sur elle était brûlant de convoitise et de passion non assouvie.

La morsure de la jalousie était désagréable et il allait s'éclipser discrètement lorsque Alan l'appela.

— Venez, Warrick, asseyez-vous près de nous.

Il vint vers le lit sans prendre le siège qu'on lui proposait, restant derrière Rosamund à distance respectable.

— Mon frère est venu voir où en était son héritage. Je lui ai annoncé aujourd'hui que Rosamund attendait un enfant.

La jeune femme émit un gémissement horrifié à cette annonce et Warrick ne put masquer un mouvement de surprise.

— Je veux que tout le monde croie cet enfant légitime.

— Un enfant qui n'existe pas ! s'exclama Rosamund. Pourquoi avoir proclamé un tel mensonge ?

— Je sais que tu ne t'es pas encore faite à cette idée, ma petite, mais tu dois le faire. Il le faut, pour Pevensham et pour ta propre sécurité.

Warrick avait beau comprendre l'annonce d'Alan, il n'empêche qu'en agissant de la sorte il avait mis Rosamund en danger.

L'homme le fixa avec intensité.

— Le moment est venu, de Laurent. Quelle est votre réponse à ma requête ? Acceptez-vous de donner un héritier à Pevensham ? Un enfant à Rosamund ?

*
* *

Un frisson de peur parcourut sa peau tandis qu'elle attendait avec anxiété la réponse de Warrick. Même s'il ne la prendrait jamais contre sa volonté, elle était pleinement consciente qu'il avait le pouvoir de la séduire. Son esprit traître se rappelait parfaitement le poids délicieux de son corps sur le sien, la sensation érotique de ses muscles sous la pulpe de ses doigts. Tout, en lui, mettait ses nerfs en émoi, la précipitant dans un tourbillon de sensations qu'elle ne parvenait pas à contrôler.

Elle n'avait pas confiance en elle pour lui résister.

— Je laisse cette décision à Rosamund, répondit-il. Mais, si elle accepte, j'exige que certaines conditions soient respectées.

— Tout comme moi, approuva Alan.

Transie jusqu'aux os, Rosamund regarda les deux hommes sceller leur accord par une poignée de main. Tout cela allait bien au-delà de la conception d'un enfant. Alan croyait-il sincèrement qu'elle pourrait coucher avec un autre homme, fût-ce pour le bien de Pevensham ou même le sien ? Il n'en était pas question.

Elle avait enfermé au fond de son cœur les sentiments du passé afin d'obéir à son père et de sauver Warrick. Elle refusait de défaire les liens qui maintenaient intact son cœur autrefois brisé. Elle s'écarta brusquement des deux hommes, furieuse d'être à nouveau traitée comme un simple pion. Elle en avait assez que d'autres décident à sa place de la sacrifier au nom d'un plus grand intérêt.

N'était-ce pas ce qu'elle avait toujours été ? Un pion insignifiant dont on usait à son profit ? Jamais on ne l'avait laissée être une femme libre d'user de sa volonté et de sa force. Son père d'abord, son mari à présent… Tous deux se comportaient de la même façon, même si l'un n'avait agi que par orgueil et l'autre pour préserver ce qu'il avait bâti. Warrick avait beau la mettre à la torture, lui n'ordonnait pas, ne commandait pas. Il la traitait d'égale à égal, non comme un objet précieux à protéger ou comme un bien à conserver, mais comme une femme libre de prendre ses propres décisions. Voilà pourquoi lui résister devenait plus dur jour après jour.

En vérité, si elle n'avait pas été aussi terrifiée à l'idée de tomber enceinte, peut-être n'aurait-elle pas eu la force de lutter contre l'attraction qu'il exerçait sur elle. Heureusement, sa peur la préservait. À chaque fois qu'elle osait envisager de succomber au plan d'Alan, le souvenir de ses heures de souffrance et du corps sans vie de sa petite fille revenait la hanter. Elle ferma les paupières de toutes ses forces pour rejeter les images loin de sa conscience.

— Je ne peux pas…, murmura-t-elle. Je suis désolée, je ne peux pas.

Elle ne pouvait pas faire face à une autre épreuve aussi douloureuse. De plus, elle refusait désormais de n'être qu'une ombre silencieuse. Si elle se laissait encore une fois manipuler, elle perdrait le peu qu'il lui restait d'elle-même.

Quand elle leva les yeux sur son mari, elle fut choquée de découvrir la dureté de son expression. Pour la première fois, elle découvrit un aspect sombre et menaçant de sa personnalité. Il n'était plus le gentleman bienveillant qu'il avait toujours été avec elle, mais un baron qui se battait pour sauver son domaine de l'ennemi, prêt à tout pour obtenir la victoire.

— Tu feras ce que je t'ordonne, commanda-t-il d'un ton autoritaire. Je ne te donne pas le choix, Rosamund. Tu dois avoir un enfant, sans quoi tout est perdu.

La colère flamba en elle. Comment osait-il lui retirer cette liberté ? Il était certes son mari ; cependant, elle n'était pas un simple vaisseau que l'on pouvait féconder avant de le laisser de côté !

— Que faites-vous de mon honneur ? s'emporta-t-elle. Vous exigez de moi que je me soumette à un autre homme en parjurant mes vœux ?

— Oui, répondit-il d'une voix tranchante qu'elle ne lui

avait jamais entendue. J'ai mis de côté mes propres sentiments pour le bien de ce domaine. Tu dois en faire autant.

Un sentiment de rébellion bouillonnait en elle, et elle se tourna vivement vers Warrick. Il ne dit pas le moindre mot, ni ne fit aucun effort pour cacher son intérêt face au spectacle qui se jouait sous ses yeux. Maudit soit-il ! Il la laissait se débrouiller seule. Pour être honnête, il lui laissait faire ses propres choix et elle ne pouvait lui en vouloir. Son regard perçant passa sur elle comme une caresse invisible.

Quand elle reposa les yeux sur Alan, les siens étaient glacés. Ils s'affrontèrent du regard un long moment, puis ses paroles lui firent l'effet d'un coup de poignard en plein cœur.

— Je t'ai donné assez de temps pour t'habituer à l'idée. À présent, il est temps d'agir. Berta te préparera pour ce soir. Je te rejoindrai dans ta chambre et la renverrai. Après quoi de Laurent entrera par le petit passage caché qui relie nos deux chambres. Personne ne le verra, personne ne saura qu'il était là. Tout le monde croira que je me suis uni à ma femme.

Après s'être arrêté l'espace d'un instant, le cœur de Rosamund se mit à battre la chamade. Elle avait toujours connu ce petit corridor qui reliait leurs chambres. Au début de leur mariage, Alan le lui avait montré au cas où elle aurait eu besoin de lui rapidement dans la nuit. L'imminence du piège qui se refermait sur elle lui donnait la sensation de se noyer. Surtout, ce qui la glaçait jusqu'à l'âme, c'est qu'elle avait compris de ses paroles qu'Alan ne lui laissait aucune chance de refuser. Comptait-il rester dans la pièce pour s'assurer qu'elle ne lui mentait pas ? Un haut-le-cœur la saisit à cette idée.

Si c'était le cas, comment pourrait-elle supporter une telle épreuve ? Non que Warrick se risquât à la prendre de force. Si tant est qu'il eût été ce genre d'homme, il n'aurait de toute façon nul besoin de la forcer. Ce qu'elle craignait par-dessus tout, c'était bien au contraire la réponse de son propre corps à ses caresses. Le moindre de ses effleurements suffisait à l'embraser. Si elle goûtait ne serait-ce qu'une bouchée de cette tentation, son mariage, son existence, son être seraient irrémédiablement transformés.

Bien qu'elle gardât les yeux baissés, elle sentait peser sur elle le regard de Warrick. Un frisson courut sur sa peau et elle se maudit d'être incapable de refréner ses désirs.

— Comment pouvez-vous me donner à un autre homme ? Ai-je donc si peu de valeur à vos yeux ? murmura-t-elle, abattue.

— Tu comptes bien trop pour moi, répondit Alan avec douceur. C'est pour cela que j'ai fait appeler Warrick. Je sais que tu voulais cet homme pour époux et je crois qu'il te traitera bien.

Il s'interrompit un instant et son regard redevint dur.

— Tu enverras chercher notre meilleur vin au cellier ce soir, j'ai l'intention de vider une bouteille cette nuit.

Elle se mordit la lèvre, comprenant que sa décision était irrévocable. Pourtant, elle avait encore un peu de pouvoir dont elle pouvait user. Pour l'heure, il lui fallait se munir de toutes les armes capables de protéger son cœur de l'homme qui se tenait juste à côté d'elle.

Comme elle ne supportait plus la vue de son époux qui prétendait diriger sa vie, elle quitta la pièce sans ajouter une parole. Dans son dos, elle entendit Alan demander à Warrick quelles étaient ses conditions. Elle n'avait aucune envie de les entendre. Pour le moment, tout ce qu'elle voulait, c'était se rebeller contre tous ces hommes qui voulaient la contrôler. Aussi ressentit-elle une intense satisfaction lorsqu'elle claqua violemment la porte de la chambre.

Que faire à présent ? Elle aurait voulu passer de nouveau par la grande salle pour sortir et marcher un peu afin que l'air frais apaise sa colère. Hélas, elle tomberait immanquablement sur Owen.

Comment Alan avait-il osé lui dire qu'elle attendait un enfant ? Ce mensonge menaçait directement sa sécurité et sa vie. Quand bien même Alan survivrait un peu plus longtemps, Owen trouverait un moyen de la blesser pour se débarrasser de cet enfant imaginaire. À moins qu'il n'ait dit cela que pour s'assurer qu'elle ne quitterait jamais la protection de Warrick. Si c'était là son plan, il avait fonctionné à la perfection. Elle entra dans sa chambre dont elle claqua également la porte avec soulagement. À son entrée tempétueuse, les yeux de Berta s'élargirent.

— Que s'est-il passé, ma lady ? s'enquit-elle en accourant vers elle.

— Mon mari a décidé de partager mon lit cette nuit.

La servante lui renvoya un regard inquiet et compatissant.

— Est-il… en état, ma lady ?

— Il semble le croire, cracha-t-elle, sans chercher à cacher sa rancœur.

Elle avait la désagréable impression d'être l'agneau que l'on s'apprêtait à sacrifier. Alan n'avait nulle intention de la laisser contourner sa volonté et, pire encore, Warrick semblait désormais de son côté.

Son époux cherchait-il à la punir ? À se venger de son absence de passion à son égard ?

Elle tomba sur une chaise et prit sa tête entre ses mains. Comment maîtriser les réactions de son corps ? Il ne fallait pas qu'elle ressente quoi que ce soit lorsque Warrick poserait la main sur elle. Elle devait trouver un moyen de rendre son corps insensible afin de garder son cœur intact.

Rosamund passa le reste de la journée à fixer les jardins depuis la croisée de sa chambre. Peu à peu, le vent printanier s'était rafraîchi et une lune rosée s'était levée dans le ciel. Hélas, la beauté du paysage ne parvenait nullement à endiguer la peur qui lui nouait les entrailles.

Elle avait revêtu une chemise fine et Berta avait soigneusement brossé ses cheveux avant de les laisser librement retomber dans son dos en épaisses vagues sombres.

Derrière elle, Berta s'agitait plus qu'à l'accoutumée et Rosamund finit par s'en inquiéter.

— Quelque chose vous tracasse, Berta ? Vous ne semblez pas vous-même ces derniers temps.

Le visage de la domestique se figea et elle hésita quelques instants avant de confier :

— Mon… mon fils a été pris au service d'Owen de Courcy. Il dit vouloir en faire son écuyer.

Malgré l'honneur d'une telle promotion, il n'y avait nulle joie dans ses yeux — seulement de la peur. Rosamund la comprenait parfaitement, d'ailleurs.

— Voulez-vous que je parle à Owen ? proposa-t-elle.

Même s'il y avait peu de chance qu'il l'écoute, elle pouvait essayer. Berta sembla stupéfaite de sa proposition et elle rougit brutalement.

— Oh ! non, ma lady. C'est gentil à vous, mais non.

Au même instant, on toqua à la porte et Rosamund se raidit aussitôt. Chacun de ses muscles se tendit et elle dut combattre l'anxiété qui envahissait son corps. Berta alla ouvrir à Alan. Il avait revêtu une tunique de soie et des chausses. Rosamund ne manqua pas de noter les marques de souffrance sur son visage. Le seul fait d'avoir marché depuis sa chambre jusqu'à la sienne l'avait épuisé. Elle aurait voulu l'aider à retourner dans son lit ; seulement, elle ne pouvait pas l'humilier de la sorte devant la servante.

Elle se contenta de remercier Berta, et Alan attendit un instant avant de la rejoindre à la fenêtre.

— Es-tu prête, ma petite ?

— Non.

Elle croisa les bras et contempla le paysage, se penchant légèrement pour évaluer la hauteur au sol.

— À vrai dire, je caressais l'idée de me jeter par cette fenêtre puisque vous semblez décidé à diriger ma vie sans mon consentement. Ainsi, vous aurez toute liberté pour choisir l'organisation de mes funérailles, répondit-elle avec amertume.

Pour toute réponse, Alan se mit à rire et alla s'asseoir sur le lit.

— Au nom du ciel, tu es la femme la plus courageuse et entêtée que j'ai jamais vue, Rosamund. Je t'aime tant.

— Alors ne me demandez pas de faire cela, pria-t-elle en s'appuyant contre le mur.

Alan voulut se relever, aussi lui intima-t-elle du geste de ne pas bouger. Il s'était suffisamment épuisé en traversant le couloir.

— Je sais que tu as été forcée de m'épouser. Et je suis reconnaissant pour chacun des instants passés à tes côtés, Rosamund. J'aurais voulu pouvoir te donner moi-même un enfant, ma chérie ; malheureusement, Dieu ne m'a pas accordé ce bonheur.

Il tendit la main vers elle, et elle vint lui donner la sienne à contrecœur. Ses paroles ne faisaient qu'accentuer la pointe de culpabilité qui lui fouaillait le cœur. Son époux aurait mérité une femme qui l'aime de toute son âme. Elle avait essayé d'être cette femme, hélas elle ne l'avait jamais désiré comme elle avait désiré Warrick. Alan n'était pas responsable de son mariage forcé. Le seul à blâmer était son père.

— Je sais que vous voulez plus que tout un enfant, répondit-elle. Cela pourrait toutefois ne jamais arriver.

Ses doigts se serrèrent sur les siens, et ses yeux s'emplirent de tristesse.

— C'est déjà arrivé une fois, Rosamund. Avec lui.

Elle sentit son sang se glacer dans ses veines et perdit toute couleur. Ses lèvres s'ouvrirent mais aucun son n'en sortit. Alors il posa un doigt sur sa bouche.

— Ne le nie pas. Je savais que tu portais son enfant lorsque je t'ai épousée. Ton père me l'avait dit.

Interloquée, Rosamund ne parvenait pas à réaliser qu'il connaissait ses plus sombres secrets depuis toutes ces années.

— Alors pourquoi m'avoir épousée ?

— Parce que je te voulais, confessa-t-il. Je voulais t'avoir. J'étais prêt à prétendre que cet enfant était le mien. Je sais depuis le premier jour que Warrick peut te donner un enfant. Et je ferai tout mon possible pour te protéger, toi et mon domaine.

Rosamund ne savait que dire. Pendant trois ans, elle avait gardé ce secret en elle, persuadée qu'Alan serait furieux d'apprendre la vérité. En réalité, il savait tout depuis le début.

— Je suis désolée, balbutia-t-elle.

— Tu l'aimais, répondit-il avec douceur. Et tu croyais que tu allais l'épouser. De toute façon, le passé est le passé et nous n'y pouvons plus rien. Simplement, nous savons tous deux qu'il est en mesure de te donner un enfant — et c'est exactement ce dont nous avons besoin.

Avec un sourire tendre, il défit les lacets de sa chemise. Puis ses mains caressèrent son corps par-dessus le tissu jusqu'à atteindre l'ourlet. Alors il la lui ôta avant de se pencher pour déposer un doux baiser sur ses lèvres.

— Viens t'allonger, Rosamund.

Une fois qu'elle fut entièrement nue, il l'accompagna jusqu'au lit dont il ouvrit les draps pour qu'elle puisse s'y glisser.

— Tu es la plus belle femme qu'il m'ait été donné de voir. J'ai toujours été fier que tu sois ma femme.

Malgré les draps, Rosamund tremblait de froid.

— Alan, par pitié, ne me demandez pas cela.

Son visage redevint sérieux.

— Notre temps ensemble est compté, ma petite.

Laisse-moi mourir en sachant que tu es en sécurité. Reste ici et fais ce que je t'ai demandé.

Et, sur un dernier baiser, il s'écarta d'elle. Rosamund enfonça ses doigts entre les draps sans rien dire. Elle voyait combien sa courte marche l'avait épuisé et ne voulait pas le tourmenter davantage. Il se dirigea vers la tapisserie qui ornait l'un des murs et trouva le loquet qui ouvrait le passage secret. Un instant plus tard, Warrick entrait dans la chambre.

— Soyez doux avec elle, le mit en garde Alan avant de s'éclipser aussitôt en tirant la porte derrière lui.

Warrick laissa la tapisserie retomber et s'avança. Les yeux écarquillés, Rosamund remonta précipitamment les draps jusque sous son menton. Il était seulement vêtu de ses chausses et d'une chemise complètement délacée. La peau dorée de son torse puissant semblait briller à la lueur des flammes. Il était sans conteste le plus bel homme qu'elle ait jamais vu et, en dépit de son malaise, une foule de souvenirs revinrent l'assaillir. Elle haleta sourdement, se rappelant la sensation de ses doigts sur sa peau, son souffle qui se mêlait au sien.

Il s'immobilisa à mi-chemin du lit, l'expression indéchiffrable. Seuls ses yeux recelaient cette chaleur qu'il lui réservait toujours. Sous les draps, sa peau se hérissa, frissonnante, et ses seins se tendirent comme s'ils recherchaient son contact.

Rosamund détourna précipitamment les yeux ; cependant, elle sentait peser sur elle son regard insistant. Elle devait parler, ne serait-ce que pour lui rappeler qu'elle n'avait nulle intention de se laisser séduire.

— Je ne veux pas…, commença-t-elle avant qu'il ne pose un doigt sur ses lèvres pour lui intimer le silence.

Ses yeux s'élargirent lorsqu'elle comprit — Alan les écoutait peut-être depuis le passage. Cette seule idée tendit ses nerfs à l'extrême. C'était tout à fait plausible, puisque Alan avait de bonnes raisons de ne pas lui faire confiance.

Elle n'avait plus protesté ce soir, mais elle ne comptait pas pour autant se soumettre à ses ordres.

Warrick traversa la pièce à pas lents et s'immobilisa au bord du lit. Rosamund se retrouva prisonnière et elle se maudit pour sa bêtise — elle s'était tellement emmitouflée entre les draps qu'elle était incapable de bouger.

Il s'assit près d'elle et le matelas s'enfonça sous son poids. Le cœur battant la chamade, elle attendit de découvrir quelles étaient ses intentions. Il se pencha et souffla tout près de son oreille.

— Veux-tu connaître les conditions que je l'ai forcé à accepter ?

Sa bouche se dessécha instantanément et elle ne répondit rien. Son pouls s'accéléra dans ses veines lorsque Warrick posa une main sur ses cheveux qu'il fit glisser sur toute leur longueur. Son geste éveilla au creux de son ventre la morsure du désir. Dans ses yeux bleus, la même tension sensuelle apparaissait.

— J'ai demandé trois nuits avec toi, murmura-t-il en effleurant ses lèvres d'un baiser.

— Je t'ai dit que je ne le voulais pas ! s'exclama-t-elle, ébranlée par le contact de ses lèvres.

— En effet, acquiesça-t-il, et j'ai également dit à Alan que je ne te prendrais que si tu me le demandes.

Elle se détendit légèrement à ces mots. Il lui laissait le choix.

— En ce cas, tu perds ton temps en restant ici car je ne changerai pas d'avis.

Son pouce suivit l'arc de son visage jusqu'à sa bouche.

— Peut-être pas. Seulement, si tu n'obéis pas à ton mari, il a dit qu'il trouverait un autre homme pour prendre ma place auprès de toi.

— Non, s'écria-t-elle horrifiée. Non, jamais je ne le permettrai !

Elle ne pensait pas Alan capable d'une telle chose, cependant la peur lui tenaillait les entrailles.

Avec des gestes lents, Warrick desserra les draps et les dégagea de sous son corps pour lui donner plus de liberté.

— S'il croit que tu acceptes de me laisser te toucher, ce sera suffisant pour l'heure. Il a accepté que nous ne… consommions pas forcément les deux premières nuits.

— Ni aucune nuit après, se raidit-elle.

Les draps toujours serrés contre son corps nu, elle se redressa et lança ses jambes hors du matelas pour s'asseoir.

— Je lui ai dit que j'obéirai, mais nous savons tous deux que c'était un mensonge.

Il ouvrit sa grande paume pour entourer sa nuque, les doigts profondément enfoncés dans sa chevelure.

— Vraiment ?

Lorsqu'il l'embrassa à nouveau, elle fut trop surprise pour réagir. Incapable de se détourner, elle s'efforça de garder la bouche close. Seulement, il mit toute sa science dans son baiser, caressant et mordillant ses lèvres avec sensualité. Sa main chaude massa doucement sa nuque, trouvant les points de tension douloureux et les faisant disparaître. C'était si bon, si réconfortant qu'elle manqua gémir de soulagement. Seigneur, elle avait oublié quelles sensations divines les baisers de cet homme provoquaient en elle.

Il savait comment prendre peu à peu possession de ses lèvres pour éveiller en elle un besoin primitif. Son esprit ne parvenait plus à réfléchir clairement, ses émotions se mêlaient en un tourbillon inextricable. Il continuait de l'embrasser comme s'il avait tout le temps au monde pour la goûter, et ses lèvres, d'abord serrées, commencèrent à s'entrouvrir malgré elle. Lorsqu'il glissa sa langue dans sa bouche, sa peau s'enflamma, comme parcourue de milliers d'étincelles. Bientôt, il s'écarta pour dessiner un chemin humide de baisers jusqu'à sa gorge. Les paupières à demi closes, Rosamund respirait avec difficulté. Entre ses dents serrées, elle parvint cependant à murmurer :

— Peu importe que tu m'embrasses, je ne changerai pas d'avis.

Rosamund se battait avec ardeur contre la montée du plaisir qui menaçait de faire chavirer sa résolution. Le contact de sa langue éveillait au creux de son ventre la sensation primitive d'être complète, envahie par ce plaisir qu'il lui prodiguait si savamment. Jamais elle n'avait pu oublier la félicité de ces instants bénis avec lui. Son premier époux.

Parce que c'est bien ce qu'il avait été, non seulement en son âme et conscience, mais aussi à la face de Dieu. Quels que soient les mensonges que son père l'avait obligée à proférer, elle ne pouvait nier la vérité de leurs vœux.

Pas une seule fois en trois ans de mariage Alan n'était parvenu à éveiller ne serait-ce qu'un lointain écho de ce qu'elle avait ressenti entre les bras de Warrick — de ce qu'elle ressentait à nouveau en dépit des soubresauts désespérés de sa conscience pour s'y soustraire.

Ses yeux se remplirent de larmes. Elle se détestait de ressentir un tel plaisir alors que leur relation était désormais vouée au péché. Elle voulait plus que tout rester insensible à cet homme… En vain !

Sa main passa lentement sur ses jambes par-dessus le fin tissu des draps et elle fut parcourue d'un long frisson sous le feu de sa paume. Comme elle n'avait plus la force de se soustraire à la volupté de ses baisers et de ses caresses, elle eut bientôt l'impression d'être redevenue la jeune fille qu'elle était au premier jour de leur rencontre. Celle qui avait aimé cet homme si désespérément qu'elle avait sacrifié son cœur et son bonheur en échange de sa vie.

Lorsque les larmes commencèrent à couler sur ses joues, elle abandonna le combat et lui rendit son baiser. Jamais elle n'aurait imaginé être aussi faible face à lui. Si seulement elle avait pu remonter le temps et défaire les choix qu'elle avait faits trois ans plus tôt…

Chapitre 7

Warrick guetta le cliquetis de la clenche du passage secret avant d'interrompre son baiser enfiévré avec Rosamund.

— Il est parti maintenant, haleta-t-il, son front contre le sien.

Ses joues étaient roses, ses lèvres gonflées et ses yeux étaient voilés de plaisir. Pour lui laisser le temps de reprendre pied avec la réalité — et mettre un peu de distance avec elle afin d'apaiser le feu qui lui fouaillait les reins —, il se baissa pour ramasser sa chemise et la lui tendit. Il se détourna et marcha jusqu'à la table à l'autre bout de la pièce.

— Tu peux te rhabiller.

Dans son dos, il n'entendit pas un bruit, comme si elle se demandait que faire. Elle était visiblement en pleine confusion. Après tout, elle ne savait pas qu'Alan l'avait prévenu qu'il serait témoin de leur première union, pour s'assurer qu'ils ne chercheraient pas à le tromper. Mais Warrick avait compté sur le fait qu'aucun époux ne pourrait supporter de voir sa femme coucher avec un autre. Il avait donc tout mis en œuvre pour convaincre Alan qu'ils étaient sur le point de s'unir en attendant qu'il s'éloigne.

Ce baiser était supposé n'être qu'une distraction. Cependant, il n'était pas un saint et s'écarter d'elle alors qu'elle était sur le point de céder le mettait à la torture. Un bruit de tissu froissé dans son dos lui indiqua qu'elle avait remis sa chemise. Puis le bruit de ses pas se rapprocha. Elle vint s'asseoir sur l'une des chaises autour de la table et le regarda, l'air méfiant.

— Tu m'as fait croire que je devrais…

Il l'interrompit en secouant la tête.

— Alan nous regardait.

Pour ne plus être tenté par sa silhouette ravissante et presque dévêtue, il contempla les flammes du foyer. Que faire à présent ? Ils devaient faire croire à son époux qu'ils avaient accompli leur devoir pour obtenir un peu de temps.

Plus encore que son corps, c'est la confiance de Rosamund que Warrick voulait retrouver. Si elle devait redevenir sa femme, Warrick refusait d'agir dans la précipitation en séduisant son corps sans avoir conquis son âme.

Il vint s'asseoir à côté d'elle, à la recherche de la solution la plus adaptée à leur situation impossible. Rosamund était une femme d'honneur et elle refuserait quoi qu'il advienne de parjurer en toute conscience ses vœux de mariage. Cependant, comment résister à la tentation qu'elle représentait ? La passion de son baiser avait diminué la colère et la rancœur qu'il nourrissait depuis des années, accroissant d'autant son désir. Il voulait cette femme, il voulait lui faire un enfant et vivre auprès d'elle pour le restant de ses jours. Il ne lui avait pas menti concernant les trois jours octroyés par Alan ; seulement, il craignait de la perdre s'il la séduisait contre sa volonté. Il avait l'impression d'être maudit, quelle que soit la voie qu'il choisissait.

Il regarda autour de lui, cherchant dans la chambre de Rosamund une distraction à son envie.

— As-tu un jeu ? Quelque chose qui nous permette de passer le temps ?

Elle cligna des yeux, stupéfaite.

— Tu veux dire que tu n'as vraiment pas l'intention de… de…

Il s'adossa dans son fauteuil, les yeux fixés sur elle.

— Je ne refuserai pas si tu me le demandes, ma douce, dit-il avec un sourire en coin.

Jamais il n'avait oublié le plaisir qu'il avait connu entre ses bras. Les moments sensuels partagés ce soir n'avaient fait que raviver ses souvenirs.

Elle croisa les bras, adorablement combative.

— Non, ce n'est pas ce que je veux, murmura-t-elle, mais son regard baissé et ses joues embrasées disaient tout autre chose.

Elle tira nerveusement le tissu de sa chemise sur ses genoux pour se couvrir autant que possible. En dépit de ses protestations, ils savaient tous deux qu'elle n'était pas restée indifférente à leur baiser.

— Il doit y avoir des dés dans la boîte, sur cette table, là-bas, indiqua Rosamund.

Il se leva aussitôt, accueillant avec soulagement cette distraction. Il devait à tout prix s'occuper l'esprit pour oublier que la femme qu'il convoitait était à peine vêtue et que son corps le désirait.

Sur la table, il vit une boîte ouvragée en fer et traça du doigt les motifs compliqués qui l'ornaient.

— Alan a acheté ce coffret à un croisé. Je me demande souvent quel âge il peut avoir.

À l'intérieur, Warrick trouva un jeu de dés en os et d'autres objets provenant de Jérusalem — une petite pochette de cuir contenant du sable et une branche d'olivier séchée.

Il soupesa les dés dans sa paume avant de les lui apporter.

— Et si nous pariions pour rendre le jeu plus intéressant ? proposa-t-il.

— Que veux-tu parier ?

Il aurait pu faire monter les enjeux — demander un baiser ou une caresse. Seulement, il ne parviendrait pas à résister à une telle tentation.

— Des réponses, proposa-t-il à la place. Celui qui perd doit répondre à une question avec sincérité.

Rosamund réfléchit un instant avant d'accepter. Elle se leva et le rejoignit près du feu, devant lequel il s'était assis à même le sol, sur une tapisserie fine. La lumière de l'âtre révélait en transparence les courbes sensuelles de sa silhouette sous sa chemise. Warrick avala avec difficulté en contemplant les pointes roses de ses seins qui tiraient le tissu devenu transparent. Il s'efforça de se concentrer sur leur jeu.

— Voyons qui gagne ce premier tour.

Ils jetèrent leurs dés l'un après l'autre, et Rosamund remporta la manche.

— Pose-moi ta question, invita-t-il.

Elle réfléchit un instant avant de demander :

— Pourquoi es-tu venu à Pevensham lorsque Alan t'a fait appeler ?

Il prit les dés dans sa main le temps de réfléchir à la réponse qui convenait. Jusqu'à quel point pouvait-il être honnête ? Sa venue n'avait rien à voir avec Owen ou Alan… Il n'était venu que pour elle… Même si ses sentiments à son égard étaient contradictoires et complexes.

— Parce que j'étais en colère, admit-il. Je te détestais pour m'avoir quitté et pour l'avoir épousé. Je voulais savoir s'il t'avait rendue aussi misérable que je l'ai été.

Il fit rouler pensivement les dés entre ses doigts.

— Ce n'est pas le cas, n'est-ce pas ?

— Dans mon malheur, mon père m'a forcée à épouser un homme qui était sincèrement amoureux de moi. Alan a fait de son mieux pour me rendre heureuse. Et, pendant un moment, cela a été suffisant.

Elle avait parlé calmement. Néanmoins, son expression traduisait sa tristesse. Il semblait bien que le foyer et les richesses qu'Alan lui avait octroyés n'aient pas suffi à faire son bonheur. Warrick en tira une satisfaction coupable.

Il tendit les dés à Rosamund qui les jeta, gagnant à nouveau.

— Qu'es-tu réellement venu chercher ici, Warrick ? Des terres ?

Il haussa les épaules.

— Oui, j'aimerais avoir un domaine qui m'appartienne.

Un endroit où exister loin de son père. Un endroit en paix. L'appel de l'Irlande était tentant ; pourtant, ce qu'il avait à gagner était bien plus que cela. La proposition d'Alan était en réalité une seconde chance qui lui était donnée d'obtenir la vie qu'il avait toujours voulue.

— Diriger Pevensham te donnerait le statut de lord, n'est-ce pas ?

— En effet.

Sans pour autant mentir, Warrick jugea préférable de lui laisser croire qu'il ne s'agissait que de terres. Puis il jeta les dés. Quand elle gagna une troisième fois, il crut voir une lueur d'amusement dans son regard. Sa suspicion s'éveilla et il lui reprit les dés.

— Ils sont truqués ! comprit-il.

Son sourire s'élargit.

— Bien sûr.

— Tu as triché !

Pourtant, il n'était pas en colère contre elle. Cette coquine l'avait bien eu. Ils échangèrent un sourire complice. Ses cheveux tombaient sur ses épaules et il revit un instant la jeune fille pure et fragile qui lui avait appartenu de trop courts instants. Pour l'heure, il brûlait de reprendre sa bouche, de s'allonger sur elle et de la faire crier de plaisir.

Son expression s'altéra comme si elle avait deviné ses pensées.

— Tu… tu me dois une autre réponse, souffla-t-elle.

— Je ne te dois rien du tout, répondit-il en posant tranquillement les dés.

Alors, il se pencha vers elle, posant une main de part et d'autre de son corps.

— Au contraire, ma lady, c'est vous qui méritez une punition pour votre tricherie.

Comme il avait gardé le ton de la plaisanterie, elle rit.

— Tu devrais avoir compris désormais qu'il est dangereux de parier avec moi. Il n'y aura aucune punition.

Il l'ignora et déclara :

— Demain matin, tu viendras faire une promenade à cheval avec moi. Comme nous le faisions autrefois.

Elle pâlit brusquement.

— Les gens parleront si je fais cela. Je ne peux pas.

— Tu diras que tu pars en promenade seule et je te servirai de garde. Je t'attendrai près des écuries.

Comme il avançait encore, elle dut poser ses mains sur ses épaules pour ne pas tomber en arrière.

— Dans quel but, Warrick ?

Il caressa sa joue de la jointure de ses doigts.

— Parce que je vais t'épouser et que tu dois apprendre à me connaître à nouveau, répondit-il avec une tranquille assurance.

Elle ne bougea pas à ces mots, elle ne cligna pas même des yeux.

— Pourquoi penses-tu que je t'épouserai ?

— Parce que cette fois je ne te laisserai pas partir.

Et, sans lui laisser le temps de réagir, il l'embrassa avec ferveur.

Rosamund resta éveillée presque toute la nuit. Ses pensées étaient si confuses et mêlées qu'elle n'était pas parvenue à trouver le sommeil. Elle se sentait écartelée entre deux hommes, entre les exigences de son cœur et celles de sa loyauté. D'une certaine manière, Warrick avait raison, les jours d'Alan étaient comptés et elle avait peur de tomber sous le contrôle d'Owen. Un mariage avec Warrick la protégerait automatiquement d'un tel sort. Sans compter que c'était également ce qu'Alan voulait.

Cependant, une peur viscérale lui nouait les entrailles à l'idée de porter à nouveau son enfant. Elle sentait ses os se glacer à la perspective de donner naissance à un autre enfant sans vie. Elle ferma les yeux un moment pour tenter de repousser l'obscurité qui menaçait d'envahir son âme.

Au petit matin, elle s'habilla dans la pénombre, le cœur lourd. Par la fenêtre, elle vit les lueurs rosées de l'aube prendre la place des nuages. Elle avait besoin d'échapper quelques heures à ces murs et au dilemme qui l'étouffait. Comme elle laçait sa ceinture favorite, Berta fit son entrée dans la chambre mais elle la renvoya se coucher.

Elle descendit au rez-de-chaussée sur la pointe des pieds. Dans la grande salle, les gens dormaient encore et elle les contourna en silence en priant pour que personne ne la remarque. Un seul soldat se redressa sur le banc et elle lui fit signe de ne pas se lever. Elle ne voulait pas que quiconque la suive. L'homme devait être tout juste rentré de son tour de garde car il était en armure et portait encore son casque sur la tête.

Hélas, arrivée devant la porte, elle réalisa qu'elle n'était pas assez forte pour parvenir à la pousser. Le soldat se leva alors pour lui apporter son aide. Il resta parfaitement silencieux et elle lui fit un signe de tête pour le remercier.

Son manteau serré autour d'elle, elle savoura un moment le silence matinal. Depuis toujours, c'était le moment de la journée qu'elle préférait, parce que c'était le seul où tout le monde était encore assoupi. Elle profitait enfin d'un peu de solitude.

Elle rejoignit l'écurie et éveilla un palefrenier afin qu'il prépare son cheval. Le soldat qui l'avait aidée dans la grande salle traversa la cour et fit signe au garçon de préparer sa monture. C'est alors qu'elle le reconnut. Warrick avait pris soin de garder son identité secrète et comptait bien l'accompagner pour la protéger comme il le lui avait dit la veille. Elle ressentit un plaisir coupable à cette idée.

Lorsque leurs chevaux furent prêts, elle prit la tête. Elle coupa à travers champs pour éviter le village et parvint enfin sur la prairie. Tout autour d'eux, elle contempla les champs de blé qui ondulaient sous la brise. Elle continua à avancer au trot, sentant peu à peu son appréhension et sa tension la quitter. L'aurore avait enflammé le ciel de couleurs chatoyantes, et cette lumière allégea son humeur maussade et la fatigue qui pesait sur ses épaules. Quand elle atteignit les frontières du domaine, elle était hors d'haleine et se sentait nettement mieux. Elle finit par arrêter sa monture près d'un grand étang et sauta à terre pour laisser la bête boire à son aise. Warrick garda ses distances et elle lui en fut reconnaissante. Elle comprenait qu'il ait voulu l'accompagner étant donné les circonstances, mais elle n'était pas d'humeur à converser.

Elle s'installa sur une large pierre plate au bord de l'eau, disposant ses jupes autour d'elle. De la bourse qu'elle avait accrochée à sa ceinture, elle tira son tambour de broderie et quelques fils. Bien que Warrick restât derrière elle, elle était parfaitement consciente de sa présence.

À la lumière du soleil levant, elle pouvait distinguer le motif qu'elle avait créé. Du brun, du bleu et du gris s'entremêlaient pour dessiner la mer. À la surface de celle-ci, elle se mit à broder des petits points dorés. Concentrée sur sa tâche et sur le spectacle du lever de soleil sous ses yeux, Rosamund sentit son âme troublée s'apaiser peu à peu.

Avec sa broderie, elle avait le pouvoir de créer de la beauté. En dépit de sa vie, qui était un entrelacs de fils impossible à dénouer, son travail lui permettait de trouver la paix. Son âme parvenait ainsi à échapper pour un temps au chaos de son existence.

Dans son dos, elle entendait la respiration profonde de Warrick, sentinelle immobile qui veillait sur elle. Ce n'est que lorsqu'elle eut terminé son ouvrage qu'elle se tourna vers lui. Il avait ôté son casque, révélant son beau visage aux traits bien dessinés.

— Merci d'avoir veillé sur moi. J'avais besoin de ce moment de calme.

Il se contenta de lui répondre d'un signe de tête.

— As-tu réussi à trouver le sommeil la nuit dernière ? demanda-t-elle.

Il secoua la tête et elle vit le léger sourire qui incurvait ses lèvres.

— Moi non plus, soupira-t-elle.

Elle se leva sur sa pierre pour ôter ses chaussures puis elle releva ses jupes pour plonger les pieds dans l'eau.

— Tu dois me croire folle de partir ainsi à l'aube à cheval, simplement pour venir broder ici…

— C'est ce que tu as toujours fait lorsque tu te sens troublée, répondit-il avec une évidence tranquille.

— J'ai peur de ce qu'il va advenir. Je ne veux pas qu'Alan meure. J'ai peur de ce qu'Owen fera de moi après sa mort, confia-t-elle soudain.

Elle marcha le long de la rive, désireuse de tout lui révéler de ses inquiétudes. Hélas, jamais il ne comprendrait la culpabilité qui rongeait son cœur. À chaque fois qu'elle avait décidé de suivre ses propres choix en défiant les ordres des autres, il n'en avait résulté que chagrin et tragédie.

— Je ne laisserai personne te faire du mal, assura-t-il.

Et elle savait qu'il le pensait. Ce fier guerrier la défendrait, quel que soit le nombre des ennemis qui tenteraient de l'atteindre.

— Tu ne peux pas me protéger de moi-même. Si j'étais une autre femme, peut-être pourrais-je mettre de côté mes sentiments, obéir à mon mari et concevoir un enfant dans le seul but de sauver Pevensham, seulement je ne peux pas.

— As-tu peur de moi ?

— Je… J'ai peur de ce que je ressens lorsque tu m'embrasses. Tes baisers me plongent à nouveau dans le passé.

Plus encore, elle avait peur de retomber enceinte de ses œuvres et que du bonheur intense de porter la vie ne résulte encore une fois que la mort. Même si elle savait que sa peur était en partie irrationnelle, il n'était pas rare que des femmes ne puissent jamais mener une grossesse à terme. Quelle raison légitime aurait-elle alors d'avoir bafoué son honneur pour mettre au monde un enfant qui ne vivrait pas ?

Le combat intérieur qui faisait rage en elle était d'autant plus difficile que la proximité de Warrick la replongeait trois ans en arrière. Il avait toujours su, d'instinct, comment la toucher, comment la séduire. Elle ne pouvait plus se fier à sa raison pour lui résister. Elle devait mettre de la distance entre eux, même si son corps et son cœur se révoltaient à cette idée. Elle se tourna pour lui faire face.

— J'ai besoin que tu partes, Warrick. Rentre chez toi, retourne auprès des tiens, je t'en conjure.

— Pourquoi ? demanda-t-il avec rudesse, révélant sa frustration.

— Parce que mon époux mérite une meilleure fin que celle-ci. Comment pourrais-je le trahir puis le regarder mourir ? Ce n'est pas juste.

— Non, ce n'est pas juste. Mais le laisser mourir dans la peur n'est pas plus juste. Alan veut savoir que tu seras protégée après sa mort.

— Alan est un homme bon, admit-elle, les paupières humides. Il méritait une épouse bien meilleure que je ne l'ai été. J'aurais souhaité être la femme qu'il voulait.

— Tu es celle qu'il voulait, Rosamund.

Elle se mordilla la lèvre, troublée, puis sortit ses pieds de l'eau pour venir à lui.

— Je ne peux plus attendre et laisser à nouveau d'autres commander mon existence. Même si c'est Alan qui me l'ordonne.

Certes, si elle refusait d'obéir, Pevensham tomberait légalement entre les mains d'Owen. Cependant, elle aurait toujours sa part du douaire. La seule question restait de savoir si Owen la laisserait en paix. Elle pouvait certes lui demander de partir s'installer en Irlande, même si cela signifiait laisser derrière elle les gens de Pevensham.

— Alors que veux-tu faire ?

Elle se rassit sur la pierre.

— J'aurais besoin de quelqu'un pour me protéger d'Owen.

Il vint s'asseoir à côté d'elle, et elle devina à ses épaules tendues qu'il n'était pas aussi calme qu'il voulait le laisser paraître.

— Et tu comptes m'engager comme garde, c'est cela ?

— Je te paierai, bien sûr, commença-t-elle, aussitôt interrompue par son regard dur.

— Je ne veux pas de ton argent, gronda-t-il. Et je refuse d'être sous tes ordres, de rester ou de partir en fonction de ton bon vouloir ! Je comprends que tu aies besoin de faire tes propres choix, et j'exige le même droit.

Sous ses doigts, la pierre froide et humide n'était pourtant pas aussi glacée que le froid qui l'envahissait.

— Que veux-tu, alors ?

— Je te veux pour femme, comme tu l'étais auparavant. Je veux sentir ta peau nue sous mes doigts et m'oublier en toi dans l'extase. Je veux te toucher jusqu'à ce que tu me supplies de te prendre. Je veux que nous redevenions l'un pour l'autre ce que nous étions et n'aurions jamais dû cesser d'être. Des âmes sœurs.

Son corps sembla prendre vie au fur et à mesure de ces paroles. Elle aurait voulu détourner les yeux pour échapper à son regard implacable, mais elle était comme envoûtée, incapable de se soustraire à l'appel sensuel qui vibrait entre eux.

— Je n'ai pas l'intention de laisser un autre homme t'enlever à moi une fois encore, Rosamund. Quand Alan mourra, j'ai l'intention de te faire mienne.

Il parlait comme un conquérant barbare, prêt à la prendre comme captive. Malgré ses efforts pour garder son calme, Rosamund sentit con cœur s'affoler, oppressée par le désir et la colère mêlés. Croyait-il qu'elle accepterait de se soumettre à sa domination sans lutter ?

— Et si je refuse ?

— Tu ne voudras pas refuser, assura-t-il calmement.

Il posa sa main sur sa joue avant de la faire glisser plus bas, jusqu'à sa gorge. Elle était terriblement consciente de son odeur virile et du contact doux de ses doigts posés sur la veine qui palpitait dans son cou. Il glissa ses doigts sous son collier qui reposait sur son corsage avant de se pencher pour poser ses lèvres sur les siennes.

Elle essaya désespérément de ne pas réagir, de ne pas répondre. Seulement, sa main descendit encore, caressant l'arrondi de son sein, et Rosamund se sentit perdre pied. Sa langue chaude l'envahissait tandis que de son pouce il agaçait la pointe tendue et sensible.

Elle gémit de plaisir lorsqu'il empoigna fermement son sein, envoyant des étincelles de plaisir dans tout son corps. Elle savait parfaitement ce qu'il faisait. Blessé par son refus de l'épouser, il cherchait à se venger en lui prouvant que son corps lui appartenait.

— Tu as toujours des sentiments pour moi, gronda-t-il en faisant descendre ses mains pour enserrer sa taille. Et je ne laisserai plus jamais un autre homme que moi te toucher. Aux yeux de Dieu, tu n'as jamais cessé d'être ma femme.

Haletante, elle posa les doigts sur ses lèvres enflées et sentit la honte la brûler. Elle voulait Warrick de chaque fibre de son être.

— Pourquoi agis-tu ainsi, Warrick ? Tu sais que ce n'est pas honorable.

Mais, quand elle affronta son regard, elle comprit. Il était dévoré par une jalousie possessive. Il avait éveillé son corps à la vie et aujourd'hui il réclamait ce qui lui appartenait.

— C'était une erreur de l'épouser et tu le sais. Il t'a ordonné de m'épouser après sa mort, et tu sais que tu dois le faire.

*
* *

Warrick ramena Rosamund plus tard au château et passa le reste de la matinée à surveiller Owen de Courcy. Il avait endossé le rôle du soldat, guettant les éventuelles menaces qui risquaient de fondre à tout moment sur la jeune femme. Il avait commandé à ses hommes de veiller également. Parmi les soldats d'Owen, personne ne parlait d'Alan ou de Rosamund, même s'ils rôdaient comme des vautours.

Alors qu'il s'était joint à un groupe de soldats, Owen finit par remarquer sa présence. Il vint aussitôt vers lui et Warrick s'efforça de garder une expression parfaitement neutre.

— De Laurent, je vous ai vu escorter Lady Pevensham tout à l'heure. Mon frère m'a appris qu'elle portait son enfant.

Owen arborait un air d'indifférence, pourtant Warrick percevait son ton coupant.

— Vraiment ?

Owen ralentit son pas pour les isoler du reste de la troupe. Puis il murmura, de manière presque inaudible :

— Pourquoi mon frère est-il toujours en vie ?

— Je vous ai déjà dit que je ne serais pas votre assassin. Je suis venu à la demande de Lord Pevensham.

— Et que voulait-il de vous ?

Warrick s'arrêta pour le fixer dans les yeux.

— Il m'a demandé de protéger sa femme après sa mort. Il veut que je l'épouse.

Owen haussa les épaules.

— Pevensham me reviendra tôt ou tard. Et, si vous me prouvez votre loyauté, je ne verrai aucune objection à votre mariage. En revanche, je ne laisserais pas un enfant menacer ce qui me revient. Elle a déjà perdu son premier enfant, elle perdra celui-là aussi.

Warrick sentit une brusque fureur changer son sang en lave. Il s'approcha à quelques centimètres du visage d'Owen, menaçant.

— Vous ne lèverez pas la main sur elle. C'est une promesse.

Owen lui répondit d'un sourire mauvais.

— Vous ne pouvez rien contre moi, de Laurent. Si vous tentez d'interférer dans mes plans, je ferai en sorte que vous soyez tenu pour responsable de la mort de mon frère.

Après son départ, Warrick resta plusieurs secondes immobile, le corps tremblant de rage. La toile mortelle tissée par Owen se resserrait inexorablement autour d'eux. Il ne pouvait plus rien pour Alan ; en revanche, il devait encore sauver Rosamund et lui-même. Il était hors de question qu'elle reste ici avec un homme aussi dangereux.

Il ne voulait qu'une chose — emporter la jeune femme loin d'ici et trouver refuge en Irlande. Seulement, s'il l'emmenait — en admettant qu'il parvienne à la convaincre —, il n'avait rien à lui offrir, pas même un toit. Elle en arriverait nécessairement à le mépriser, et cela, il ne pourrait le supporter.

Agacé par ses interrogations sans réponse, il secoua la tête. Inutile de se torturer pour le moment. L'essentiel était de parler avec Alan. S'il se croyait encore en sécurité entre ses propres murs, il devait être mis en garde. En traversant la cour, il croisa la servante de Rosamund, dont les traits tirés et les yeux gonflés témoignaient qu'elle venait de pleurer. Il se demanda avec inquiétude si l'état d'Alan avait empiré et l'arrêta pour lui demander des nouvelles.

— Comment va Lord Pevensham ?

La jeune femme blêmit et secoua la tête.

— Il est extrêmement faible, balbutia-t-elle avant de partir aussitôt, l'air bouleversé.

Warrick sentit son instinct le mettre en alerte. Quelque chose venait ou était sur le point de se produire et, même si la mort d'Alan n'était qu'une question de jours, il ne pouvait pas laisser faire sans agir. Il entra dans le donjon et grimpa quatre à quatre l'escalier qui menait à la chambre du seigneur. Deux gardes étaient postés devant sa porte.

— Laissez-moi passer. Je dois voir Lord Pevensham de toute urgence.

— Nous avons reçu l'ordre de ne laisser entrer personne. Notre lord se repose, déclara le premier qui arborait une cotte de maille et une lance.

Le second affichait une expression chagrine qui révélait une trace d'inquiétude sincère.

— Et qui a donné cet ordre ? demanda-t-il en s'adressant à ce dernier.

— Owen de Courcy, répondit le premier.

Warrick ne fut guère surpris. Visiblement, Owen était bien décidé à hériter au plus tôt. Il y avait toutes les chances qu'Alan soit seul en train de souffrir.

— Laissez-moi passer, insista-t-il.

Il allait entrer en force lorsqu'une voix l'en empêcha.

— Écartez-vous, mon époux l'a fait demander, ordonna Rosamund d'une voix douce et ferme.

Son arrivée sembla perturber les deux hommes ; cependant, ils n'obtempérèrent pas pour autant.

— Baissez vos armes et obéissez à votre lady, répéta-t-elle.

— Ma lady, nous avons reçu l'ordre de ne pas déranger votre époux.

L'expression de Rosamund se durcit d'un coup.

— Mon époux est en vie, ainsi que moi, trancha-t-elle d'un ton cinglant. Vous n'obéissez à nul autre qu'à nous. Écartez-vous immédiatement.

Elle avança entre eux et Warrick écarta les pointes de leurs lances.

À l'intérieur, Alan était allongé sur son lit, toussant à s'étouffer. Ses épaules étaient violemment secouées et Rosamund se jeta sur une coupe dans laquelle elle versa du vin.

— Buvez, cela vous aidera, mon époux, pria-t-elle en portant le gobelet à ses lèvres.

Warrick resta en retrait, observant attentivement la

pièce. Sur une petite table, il remarqua les restes du dîner d'Alan. Le pain et le fromage n'avaient rien de surprenant ; pourtant, en s'approchant, il remarqua qu'une poudre très fine avait été saupoudrée sur l'ensemble du plat. Tandis que Rosamund s'occupait d'Alan, il déposa quelques granules sur le bout de son doigt et le porta à sa bouche. Il remarqua une très légère amertume au goût, et sa méfiance s'accrut. Il se servit un verre de vin pour rincer sa bouche avant de le recracher.

Cela n'aurait rien d'étonnant de la part d'Owen d'user de poison. Peut-être l'un de ses soldats l'avait-il versé sur le plat ? De la sorte, Owen pourrait accuser quiconque de la mort de son frère, y compris en premier lieu Rosamund. Elle faisait ce qu'elle pouvait pour maintenir son époux en vie ; seulement, elle n'était plus guère en sécurité.

Quand la toux d'Alan se fut enfin apaisée, il tomba dans le sommeil, épuisé. À travers la pièce, Warrick fit signe à Rosamund de le rejoindre pour ne pas le déranger.

— Dorénavant, fais surveiller sa nourriture et sa boisson. Assure-toi qu'il ne mange que ce que tu auras préparé pour lui.

— Tu penses que quelqu'un l'empoisonne, comprit-elle en pâlissant.

— Il y a de grandes chances, oui. On cherche à hâter sa mort. Rosamund, cet endroit n'est plus sûr pour toi. Même si je suis à tes côtés, Owen trouvera tôt ou tard un moyen de t'atteindre.

— Ne me demande pas d'abandonner mon mari alors qu'il est à l'agonie ! Alan a besoin de moi !

Il s'attendait à ses protestations, néanmoins il en allait de sa sécurité. Il saisit ses mains dans les siennes et les serra.

— Je crains pour ta vie ! Ce matin même, Owen a menacé de s'en prendre à toi et à l'enfant que tu es supposée porter.

— Je refuse de fuir devant lui, rétorqua-t-elle avec

véhémence. Je suis la dame de ce château et je ne vois aucune raison de quitter ma maison.

Au son de sa voix, Alan s'éveilla. Il se redressa contre ses oreillers avant de parler d'une voix faible :

— Je suis peut-être faible, mais nullement sourd.

Rosamund accourut aussitôt à son chevet.

— Avez-vous besoin de quoi que ce soit ?

— Est-ce vrai ? Owen t'a-t-il menacée ?

— Non… Non, pas directement, assura-t-elle.

— Il a proféré ses menaces devant moi, expliqua Warrick d'un ton pressant. De plus, il donne des ordres à vos hommes afin de diminuer le pouvoir de Rosamund.

Les poings d'Alan se serrèrent nerveusement sur les draps.

— Alors vous avez raison, de Laurent. Rosamund doit quitter Pevensham afin qu'elle et l'enfant soient en sécurité.

— Et comment croyez-vous que nos gens prendront mon départ ? s'emporta la jeune femme. Si je pars avec lui, ils penseront que je vous abandonne pour un autre !

— Il ne partira pas avec toi. Il restera ici, parmi mes gardes.

Warrick se raidit aussitôt. Quoi qu'en dise Alan, il ne voulait pas la laisser partir sous la protection de soldats qui étaient peut-être à la solde d'Owen. Il voulait assurer sa protection lui-même. Néanmoins, il jugea plus sage de garder le silence pour l'heure.

Alan tendit sa main à Rosamund avant de poursuivre.

— Une fois que nous serons sûrs que tu portes un enfant, je t'enverrai en Irlande. Tu y resteras jusqu'à la naissance de l'enfant et je m'assurerai que l'héritage de ton fils est protégé d'Owen.

La consternation s'afficha sur le visage de la jeune femme.

— Vous m'ordonnez de vous quitter alors que vous êtes à l'agonie !

Alan porta sa main à ses lèvres.

— J'ai demandé au père Francis de transcrire par

écrit mon testament en mentionnant mon héritier. Tout le monde croira que cet enfant est légitime et tu seras sauve.

Elle sembla sur le point de protester mais garda le silence. Sa réticence n'échappa guère à Alan, cependant.

— Rosamund, si tu éprouves la moindre affection à mon égard, alors tu épouseras Warrick comme je te l'ai demandé. C'est la meilleure solution pour toi, et tu le sais. Ce soir, tu dois à nouveau partager sa couche. Le temps nous est compté.

Elle ne dit rien, même si la culpabilité s'affichait sur ses traits soucieux. Warrick s'approcha et ajouta à l'adresse d'Alan :

— Ensuite, il faudra l'envoyer au loin, là où elle pourra échapper à la menace que représente votre frère. J'attendrai un jour ou deux puis je la suivrai. Je n'ai pas confiance en vos hommes.

Alan croisa son regard, puis acquiesça. Quand il reporta ses yeux sur son épouse, Warrick remarqua sans l'ombre d'un doute la jalousie féroce qu'il tentait de masquer. Il ne pouvait que le comprendre. Eût-il été à la place d'Alan, il n'aurait pas été capable d'agir de même. Héritier ou pas, il aurait occis dans l'instant tout homme qui aurait voulu porter la main sur Rosamund.

Toutefois, il était dangereux de songer à elle avec une telle possessivité. Depuis qu'il était auprès d'elle, les années semblaient s'effacer de son esprit. Il avait l'impression étrange que le destin lui accordait une seconde chance de faire ce qui était juste.

— Je sens mes forces m'abandonner, reprit Alan d'une voix dure. Je ne sais pas combien de temps encore Dieu m'accordera, mais j'aurai cet héritier.

À ces mots, les yeux de Rosamund prirent la couleur des nuages avant une tempête.

— Et si Dieu choisissait de me donner de nouveau une fille ? s'exclama-t-elle avec colère. Elle ne pourrait pas hériter et je vous aurais trahi pour rien !

— C'est un risque que nous devons courir.

Elle se redressa brusquement, le corps tendu par la fureur. Warrick pouvait presque ressentir les efforts qu'elle déployait pour ne pas dire ce qu'elle pensait à son mari. Au lieu de parler, elle leur tourna le dos et quitta la pièce.

— Prenez le passage et rejoignez-la, exigea Alan.

Warrick sentait la colère de la jeune femme brûler en écho dans tous ses membres. Rosamund ne méritait pas cela. Il était clair qu'Alan la traitait comme un pion, la manipulant pour servir les intérêts d'un jeu auquel elle refusait de participer.

— Elle a dit non. Cela n'a-t-il donc aucun sens pour vous ? cracha-t-il durement.

— Non, répondit tranquillement Alan. Son refus n'a aucune importance. Elle fera ce que je lui ordonne et, si ce n'est pas avec vous, ce sera avec un autre.

Soudain, Warrick ne parvint plus à contrôler sa rage. Il saisit l'homme aux épaules, sans se soucier de la faiblesse de de Courcy.

— Elle n'est pas une jument reproductrice, éclata-t-il. Que je sois damné si je vous laisse lui faire du mal !

— Vous l'aimez encore ! accusa Alan.

Ses paroles lui coupèrent le souffle. Depuis la trahison de Rosamund, il s'était juré de ne plus jamais se laisser aller à de tels sentiments. Il secoua la tête pour rejeter cette idée absurde lorsque de Courcy reprit :

— Peu importent vos sentiments envers elle. C'est moi qu'elle a épousé, pas vous, et je me suis montré suffisamment patient avec elle. Nous n'avons plus le temps ! Elle m'obéira, même si je dois pour cela m'assurer qu'elle se donne à vous.

— Vous vous préoccupez bien plus de Pevensham que d'elle, comprit Warrick, écœuré. Vous la jetteriez sans regret aux loups si cela pouvait sauver votre précieux domaine.

Une expression inattendue de douleur tordit le visage d'Alan.

— Vous ne savez pas ce que j'ai vécu ces trois dernières années. Vous ne savez pas ce que c'est d'épouser une femme qui pleure un autre homme — vous, en l'occurrence. De prendre son corps en sachant que cela lui répugne.

Alan haletait et son ton s'affaiblit lorsqu'il murmura :

— Je l'aime autant que je la hais.

Warrick recula, choqué par la haine et le ressentiment que trahissaient ces paroles. Le regard de de Courcy était éloquent. C'était un homme dévoré par la jalousie et la frustration.

— J'irai rejoindre ma femme ce soir après minuit quand il fera suffisamment sombre dans sa chambre. Elle pensera que c'est moi qui viens consommer notre union, et vous vous débrouillerez pour concevoir un héritier.

Warrick s'apprêtait à refuser, sachant pertinemment que Rosamund ferait immédiatement la différence entre eux deux, y compris dans l'obscurité. Cependant, la haine d'Alan l'inquiétait.

Sans compter que son désir insatisfait menaçait de le rendre fou. Il n'en pouvait plus de côtoyer la femme qu'il désirait depuis tant d'années sans pouvoir la posséder.

En vérité, il se moquait bien que ce soit un péché — d'ailleurs, pourquoi leur union aurait-elle été un péché alors qu'elle l'avait épousé le premier ? — ; il avait besoin de sentir sa peau s'éveiller sous ses doigts, sa langue caresser la sienne, son corps se tendre jusqu'à ce qu'elle le supplie de la prendre.

Alors, il quitta la chambre de de Courcy sans jeter un regard en arrière.

Chapitre 8

Il faisait presque nuit noire lorsque Rosamund entendit le cliquetis du passage secret. Immédiatement, elle se raidit dans son lit.

— Ce n'est que moi, entendit-elle Alan murmurer.

Soulagée, elle s'apprêta à s'asseoir lorsque sa voix l'arrêta.

— Non. Reste allongée.

Il s'approcha et elle sentit son instinct la mettre en garde. Dans l'obscurité, il écarta les draps pour la découvrir.

— Retire ta chemise.

Elle hésita, soudain glacée. Envisageait-il sincèrement de coucher avec elle ? Un frisson de répulsion la traversa. Seulement, sa conscience lui rappela que l'union conjugale était un devoir auquel elle n'avait pas le droit de se soustraire. Son désir importait peu. Si elle n'argumentait pas, cela ne durerait pas longtemps.

— Allez-vous suffisamment bien ? demanda-t-elle.

— Cesse de parler, la réprimanda-t-il. Je veux que tu ôtes ta chemise et que tu t'allonges sur le ventre.

Rosamund sentit ses joues s'enflammer. Après tout, cette position était peut-être plus confortable pour lui étant donné sa faiblesse. Dans le noir, elle ne pouvait discerner son visage, mais elle entendit ses pas se rapprocher.

Seigneur, elle ne voulait pas de cet acte charnel ! L'idée qu'il la prenne, nue et offerte, l'écœurait. Cependant, elle serra les dents et retira sa chemise. Lentement, elle fit ce qu'il lui ordonnait et se positionna sur le ventre, les jambes légèrement écartées.

Elle serra fort les paupières, espérant qu'il ne parvienne pas à la prendre en raison de sa faiblesse, qu'il se sente trop épuisé et finisse par abandonner l'idée de lui faire l'amour.

Au même instant, elle sentit une main large et chaude se poser sur ses fesses et son corps se hérissa de plaisir. Ce n'était pas la main d'Alan. Elle sut à l'instant même que c'était Warrick qui caressait sa peau nue, son corps l'avait reconnu. La trahison d'Alan la choqua profondément.

— Alan, attend…

— Tais-toi, ordonna-t-il d'une voix dure. Ne parle pas, ne bouge pas. Je suis ton époux, tu dois m'obéir.

La main descendit lentement sur ses fesses et elle sentit les muscles de son ventre se tendre en réponse. Elle était trop stupéfaite pour réfléchir correctement. Sa conscience ne cessait de lui dire que la situation était immorale et scandaleuse, tandis que son corps se réchauffait sous la paume brûlante de Warrick. Lorsque ses doigts descendirent plus bas entre ses jambes entrouvertes, un besoin presque douloureux enflamma ses reins et ses muscles intimes se contractèrent, envoyant une onde de plaisir à travers son corps.

Un voluptueux besoin la fit trembler lorsque les doigts de Warrick effleurèrent son intimité. Pendant de longues secondes, il se contenta d'aller et venir contre sa chair avec une lenteur implacable, lui donnant envie de crier de frustration. Puis son pouce décrivit des cercles de plus en plus précis autour du centre de son plaisir.

Rosamund serra les dents pour ne pas crier. Tous ses muscles étaient tendus pour empêcher son corps d'onduler de volupté sous le toucher savant de Warrick. Elle savait pourquoi il agissait de la sorte cette nuit. Ce n'était ni pour la soumettre ni pour obéir à Alan.

Non. Il agissait par vengeance.

Enfin, ses doigts la pénétrèrent. Non pas profondément, à peine au contraire, si bien qu'elle aurait voulu hurler de frustration tandis qu'il jouait avec son corps en expert. Ses doigts allaient et venaient à l'orée de sa féminité, la torturant délicieusement. Elle ne put s'empêcher de gémir sourdement, haletant de plus en plus à mesure qu'il la menait irrémédiablement vers la jouissance.

Voilà trois ans que son corps n'avait pas ressenti ces merveilleuses sensations et elle était incapable de le contrôler, même si son esprit savait que ce qu'elle faisait était mal. Lorsqu'il posa son autre main sur ses reins pour maintenir ses hanches, elle fut incapable de ne pas se cambrer pour mieux sentir ses doigts s'insérer en elle. Désespérée de perdre ainsi le contrôle d'elle-même et excitée au-delà de toute raison, elle pria pour qu'Alan mette enfin un terme à cette folie.

— Alan ? supplia-t-elle.

— Reste immobile que j'en finisse, gronda-t-il avec rage.

Alors elle comprit que sa jalousie ne l'empêcherait pas d'aller jusqu'au bout de son plan immoral. Il voulait si désespérément un héritier qu'il était prêt à tout pour l'obtenir.

Entre ses jambes, la tension était devenue insoutenable tandis que Warrick maîtrisait chacune des sensations qui résonnaient en elle. Les mains qui la caressaient n'étaient ni brutales ni menaçantes. En réalité, Warrick agissait exactement comme il lui avait promis de le faire. Il s'évertuait à lui montrer tout ce qu'elle avait manqué pendant ces trois dernières années. Bientôt, ses doigts toujours en elle s'immobilisèrent tandis qu'il appliquait une nouvelle pression autour du centre de son plaisir. Son corps se mit à trembler doucement ; pourtant, une fois encore, il ne la laissa pas atteindre l'extase que son corps réclamait. Il la fit rouler sur le dos sans interrompre ses caresses intimes.

Sa main gauche remonta le long de son ventre jusqu'à ses seins. Lorsqu'il commença à jouer avec leurs pointes dressées, elle poussa un cri de volupté et se cambra contre sa main droite qui continuait son délicieux assaut entre ses jambes. Les yeux clos, la tête rejetée en arrière, elle ne parvenait plus à contrôler les gémissements étouffés qui s'échappaient de sa gorge, tandis qu'elle essayait de ne pas prendre de plaisir à ces caresses.

Enfin, elle entendit le cliquetis du passage secret qui se refermait et comprit avec un intense soulagement qu'Alan était parti. Il ne comptait pas assister à la suite, Dieu merci.

Cependant, son départ l'obligeait à prendre une décision. Si elle voulait tout arrêter maintenant, elle en avait encore la possibilité. Alan ne saurait jamais qu'il ne s'était finalement rien passé.

Rosamund se sentait déchirée, elle ne savait plus discerner ce qui était juste de ce qui était mal. Était-ce une erreur d'obéir à Alan en s'unissant à l'homme qui avait été son premier époux ? Elle se sentait tellement confuse ! Elle avait prononcé des vœux devant Warrick et Dieu, légitimant leur amour. Puis son père l'avait forcée à briser ses épousailles en se mariant avec Alan. Mais peut-être était-elle toujours mariée à Warrick ? Peut-être son mariage avec Alan n'avait-il jamais été valide ?

À moins que son esprit confus et enfiévré ne cherche seulement une excuse pour s'abandonner enfin au plaisir que Warrick diffusait en elle. Une excuse pour s'abandonner au péché et à la luxure.

La bouche de Warrick vint prendre la place de ses doigts sur sa poitrine, et un tourbillon de plaisir grandit en elle. Ses mains agrippèrent les draps et elle retint son souffle, incapable de respirer. De sa langue et de ses doigts, il la mena au bord du plaisir avant de ralentir à nouveau le rythme pour l'empêcher d'atteindre l'extase. Rosamund émit un sanglot de frustration. Son corps tout entier vibrait comme un cœur qui bat et elle le voulait si violemment qu'elle avait envie de pleurer.

— Je t'en prie, je t'en prie…, supplia-t-elle, éperdue.

Alors il mordilla légèrement la pointe de son sein jusqu'à ce qu'elle se soulève contre sa bouche, exigeant plus. Il s'écarta moins d'une seconde et elle entendit un bruit de tissu. Puis il revint près d'elle et elle sentit sa virilité brûlante se presser à l'entrée de son sexe. Impatiente et fiévreuse, elle voulut le guider en elle, mais il saisit ses poignets d'une seule main pour la clouer au matelas, tandis qu'il reprenait ses caresses diaboliques de son autre main, refusant de la pénétrer.

Il voulait encore jouer de son désir pour lui prouver combien elle avait eu tort de l'abandonner.

La voix de la raison en elle lui hurlait de mettre un terme à cette folie. Seulement, une autre part d'elle-même se sentait exaltée par la liberté qu'elle prenait en se donnant volontairement à l'homme qu'elle aimait. Elle était furieuse que son mari osât la traiter de la sorte. Alan se moquait bien de ses sentiments et de son honneur. C'est lui, après tout, qui avait commencé cette nuit. La croyait-il stupide au point de ne pas reconnaître l'homme qui la caressait ?

Chaque fibre de son corps avait reconnu le toucher de Warrick et elle tenait là sa propre vengeance contre son statut impuissant d'épouse et de femme.

Alors, elle s'abandonna enfin, corps et âme, au flot de sensations qui la submergeait. Enfin, son corps obtenait ce plaisir dont il avait été privé si longtemps, et la violence de la jouissance fut si forte que ses larmes coulèrent tandis qu'elle ondulait encore et encore sous les vagues successives du plaisir.

Lorsque l'orgasme reflua, elle sentit le membre imposant de Warrick se presser contre son sexe. Il s'inséra à peine en elle. Alors, avant de recouvrer la raison et de changer d'avis, elle libéra ses poignets pour poser ses mains sur ses fesses musclées et l'attira d'un seul coup en elle, unissant leurs corps comme ils brûlaient de l'être. Ils gémirent en même temps tandis que la sensation délicieuse infusait un besoin primitif dans leurs deux corps enfin réunis.

Pourtant, Warrick ne la prit pas sauvagement. Au lieu de cela, il se retira presque entièrement avant de la pénétrer à nouveau très lentement, afin qu'elle sente chaque centimètre de son sexe envahir son corps. Il la prit avec tendresse et elle accompagna chacun de ses va-et-vient en cambrant les reins.

Très vite, la tension devint à nouveau insupportable, tout son corps appelant la délivrance. Elle n'avait plus conscience de rien, sinon du plaisir puissant qui montait en elle. Il prit la pointe de son sein dans sa bouche et cela suffit à la faire basculer dans un océan de volupté.

Quand elle revint peu à peu à elle, elle sentit que Warrick perdait à son tour le contrôle, accélérant ses va-et-vient, la respiration saccadée. Elle voulait qu'il perde lui aussi toute notion du bien et du mal pour la rejoindre dans cet univers hors du temps où seul existait le bonheur de leurs corps réunis. Elle tendit ses jambes contre les siennes, exerçant une pression plus importante autour de son membre, ce qui le fit gronder de plaisir. Ses coups de reins ne pouvaient plus être aussi profonds et cela devait le rendre fou. À présent, leurs souffles haletants se répondaient en écho tandis qu'il l'entraînait toujours plus haut vers les cimes du plaisir.

Soudain, il se retira pour la faire tourner sur le ventre. Quand il replongea en elle, elle sut qu'il avait perdu tout contrôle, la pénétrant toujours plus vite et plus fort. Rosamund gémissait sans discontinuer, sous l'effet d'un plaisir indicible. À chacun de ses va-et-vient, elle avait la sensation enivrante de se libérer des chaînes que son époux avait voulu lui imposer.

Elle sentit le moment précis où Warrick rencontrait enfin la même félicité qu'il lui avait offerte. Alors elle s'abandonna une fois encore, laissant la vague l'emporter. Il jouit en elle, avant de gronder sourdement, terrassé par le plaisir.

Un long moment, il resta allongé contre son corps,

enserrant ses membres souples de ses muscles rigides. Rosamund ne parlait pas, laissant une douce félicité l'envahir après les décharges de plaisir qui continuaient de faire trembler son corps.

Trop tôt hélas, la paix disparut pour laisser la place au chaos de ses émotions. Et un terrible sentiment de culpabilité lui amena les larmes aux yeux lorsqu'il se retira avec douceur.

Warrick ne dit pas un mot, il tira simplement le drap sur son corps délicieusement meurtri et quitta la pièce.

Quand elle fut seule, Rosamund laissa ses larmes couler librement tout en maudissant Alan, Warrick et elle-même pour ce qu'ils avaient fait.

Au petit matin, elle s'éveilla seule. Les souvenirs de la nuit passée la submergèrent tandis que la rage et la honte l'assaillaient. Jamais elle ne s'était sentie aussi furieuse de toute son existence.

Tu aurais pu dire non, lui rappela cruellement sa conscience. C'était vrai. Elle savait parfaitement ce qui se passait et elle avait permis que les choses aillent aussi loin. Elle avait péché en toute conscience.

Et un enfant pourrait advenir de ce péché.

Avec brusquerie, elle défit les draps pour les rouler en une boule qu'elle jeta rageusement à l'autre bout de la pièce. Qu'ils soient tous maudits ! Elle détestait se sentir aussi impuissante, aussi manipulée, incapable de prendre la moindre décision concernant sa propre vie.

Elle enfila sa chemise et sa robe, bataillant avec les lacets du corsage. Elle ne savait pas où était passée Berta mais elle était heureuse qu'elle n'ait pas été dans les parages la veille. Comme elle se dirigeait vers la cheminée pour ranimer le feu, elle marcha sur quelque chose de dur. Par terre, elle découvrit l'un des dés truqués. Submergée par une vague d'émotions, elle s'assit à même le sol en le tenant entre ses doigts. Il était sculpté dans de l'os et alourdi sur un côté afin de tomber toujours sur la face de son choix en fonction de l'inclinaison qu'elle lui donnait.

Si seulement elle avait pu arranger de même sa vie en lui faisant suivre exactement le chemin qu'elle voulait. Elle resta un long moment à terre, ses jupes enroulées autour de ses jambes, incapable de trouver la force de se relever.

Jamais Alan ne s'était montré autoritaire avec elle en trois ans de mariage. Or, elle venait de découvrir une nouvelle facette dominatrice de sa personnalité, une part sans scrupules qu'elle n'appréciait pas du tout. Il l'avait manipulée. Sans compter qu'il l'avait traitée comme une idiote. Galvanisée par la colère, elle retrouva suffisamment d'énergie pour se relever, serrant toujours le petit dé dans sa paume. Un coup à la porte la sortit de ses sombres méditations. Sans doute était-ce Warrick envoyé par son mari.

Elle ouvrit brutalement la porte, l'air peu amène, et se figea brusquement en reconnaissant Owen de Courcy. Il portait des vêtements de voyage au lieu de son armure et une fine épée pendait à sa ceinture.

Il entra dans la pièce sans y avoir été invité et commanda :

— Fermez la porte, Rosamund.

Aussitôt, ses nerfs se tendirent. Cet homme représentait un danger pour elle. Elle tenta de calmer les battements angoissés de son cœur pour cacher sa peur.

Rosamund ne bougea pas de l'entrée, cherchant une issue. Comme elle tentait de le contourner pour sortir de la chambre, il avança, la repoussant à l'intérieur, avant de fermer la porte dans son dos.

— Vous ne devriez pas être dans ma chambre, dit-elle d'un ton sec. Si vous souhaitez me parler, nous pouvons le faire ailleurs. Dans la chambre de mon époux ou dans la grande salle.

— Je ne veux pas que quiconque entende notre conversation, prétendit-il avec une douceur terrifiante.

Rosamund sentit sa peau se glacer, parce qu'elle avait

compris la menace contenue dans son ton doucereux. Seigneur, elle n'avait pas d'armes dans sa chambre, aucun moyen de se défendre.

— J'ai placé un garde devant notre porte afin que nous soyons en sécurité, ajouta-t-il, mielleux.

En d'autres termes, elle n'avait aucun moyen de lui échapper, comprit-elle. Son sang courait dans ses veines. Que devait-elle faire ? Rester immobile afin de ne pas s'éloigner de la porte ou bien s'écarter de lui ?

— Que voulez-vous ? articula-t-elle avec difficulté.

— Votre époux m'a appris que vous attendiez un enfant.

Que valait-il mieux lui répondre ? Après la nuit dernière, il y avait en effet une possibilité qu'elle attende un enfant.

— Je le pense, même s'il est encore trop tôt pour en être sûr, balbutia-t-elle.

Le regard d'Owen la détailla, s'attardant de façon désagréable sur sa poitrine et ses hanches.

— Ainsi, peut-être que vous mettrez au monde un bâtard, conçu par Warrick de Laurent ? Et vous espérez le faire passer pour l'héritier d'Alan.

Tout en parlant, il l'avait contournée, la bloquant entre lui et la porte. Elle refusa de se laisser impressionner.

— Sortez de ma chambre, s'exclama-t-elle.

Elle tenta d'atteindre la poignée, mais Owen l'en empêcha en la serrant contre le mur. Il poussa son corps contre le sien, l'empêchant de respirer avant de se pencher à son oreille.

— Le seul bâtard que je t'autoriserai à porter sera le mien.

Ecœurée, elle sentit sa virilité se presser contre son ventre. De toutes ses forces, elle le repoussa mais il la saisit durement par la taille, l'emprisonnant entre ses bras.

— Je t'ai voulue depuis le premier instant où je t'ai vue, Rosamund. Je jure qu'un jour tu seras mienne.

— Au nom du ciel, vous avez perdu l'esprit, ce serait

de l'inceste, cria-t-elle. Nous sommes de la même famille, j'ai épousé votre frère !

Il se contenta de rire.

— Oh ! je n'ai pas l'intention de t'épouser. Tu recevras ta partie du douaire, comme promis. En échange, je viendrai te rendre visite chaque nuit, ma délicieuse belle-sœur.

Ses mains se posèrent sur sa poitrine et elle en profita pour glisser un genou entre ses jambes. Malheureusement, il se déplaça à temps pour éviter son coup sans pour autant relâcher sa prise.

— Ne me touchez pas !

Owen recula alors, la libérant du mur. Hélas, elle comprit trop tard ses intentions et reçut son poing dans la joue. Elle tomba à terre, sonnée par une douleur intense.

Sa tête bourdonnait et elle avait la nausée. Elle discerna vaguement la porte qui s'ouvrait d'un coup et des silhouettes qui se déplaçaient. Elle était à peine consciente, mais elle reconnut la voix de Warrick qui grondait d'un timbre sauvage qu'elle ne lui connaissait pas.

— Si vous posez encore la main sur elle, je vous ouvrirai en deux.

Elle se força à se concentrer et vit Warrick lever son poing pour l'envoyer dans le visage d'Owen. Ce dernier s'écroula et Warrick continua de le frapper jusqu'à ce que ses poings soient en sang.

L'un des gardes entra alors dans la chambre et tenta de s'interposer. Warrick le désarma en quelques secondes et jeta ses armes à travers la pièce. Il brandit son épée vers le soldat, les yeux brillants d'une rage meurtrière.

— Tu te prétends loyal à ta maîtresse ? Espérais-tu une récompense de de Courcy ?

Le garde recula prudemment et s'enfuit en laissant la porte grande ouverte. Warrick accourut auprès d'elle.

— Comment vas-tu ? lui demanda-t-il d'un ton angoissé.

Elle ne parvint pas à répondre ; seulement, sa joue et sa mâchoire douloureuses devaient avoir pris une couleur et une taille éloquentes. Il l'emporta dans ses bras pour rejoindre la chambre d'Alan.

Elle savait que c'était l'endroit le plus sûr, mais, pour l'heure, elle tremblait encore de peur et ne voulait être nulle part ailleurs qu'à l'abri du grand corps de Warrick. Dire qu'elle avait pensé pouvoir continuer à vivre en paix en dépit d'Owen de Courcy ! Elle venait de découvrir qu'elle s'était lourdement trompée. Elle s'était illusionnée en pensant qu'il ne convoitait que Pevensham. À présent, elle comprenait qu'il désirait pour lui toutes les possessions de son frère, y compris sa femme.

Quand ils entrèrent dans la chambre, Alan dormait et ne se réveilla pas lorsque Warrick l'installa sur une chaise près du feu. Il avait sans doute pris un somnifère pour n'avoir pas été réveillé par le vacarme.

Warrick s'éloigna pour revenir un instant plus tard avec un linge trempé dans de l'eau fraîche qu'il posa sur sa joue meurtrie.

— Maintiens-le contre ta joue.

Elle obéit et le froid apaisa quelque peu la douleur.

— Merci.

Ce dont elle avait réellement besoin, c'était des bras de Warrick pour la rassurer et la protéger. Elle se sentait glacée de peur rétrospective et son corps brûlait de se blottir contre lui. Toutes les défenses qu'elle avait bâties pour protéger son corps de cet homme semblaient s'être effondrées. Que se passerait-il entre eux désormais ?

Elle sentit ses joues s'enflammer mais se força à le regarder.

— Ce qui s'est passé la nuit dernière… c'était une erreur.

Son expression resta parfaitement impassible et, plutôt que de lui répondre, il commanda :

— Reste ici et ferme la porte derrière moi.

Le message était clair. Il ne lui présenterait aucune excuse parce qu'il ne regrettait absolument pas ce qui s'était passé. Son regard sombre soutint le sien un moment avant de glisser lentement le long de son corps en une caresse sensuelle. Aussitôt, ses seins se tendirent et une sourde pulsation s'éveilla entre ses jambes. Elle savait que Warrick était parfaitement conscient de chacune de ses réactions et qu'il l'utilisait sans pitié comme une arme contre elle.

— Je reviens bientôt, annonça-t-il d'un ton calme et implacable.

— Où vas-tu ?

— Verrouille la porte, répéta-t-il sans daigner lui répondre.

Puis il passa tendrement sa main dans ses cheveux avant de partir.

Elle ferma soigneusement le verrou. Un intense sentiment d'abandon et de solitude l'envahit après son départ. Elle avait cru être en sécurité au milieu de ses gens, elle avait cru qu'ils la défendraient contre Owen ; malheureusement, elle découvrait qu'ils étaient bien trop effrayés eux-mêmes pour trouver le courage de s'élever contre lui.

Il était désormais évident qu'elle ne pouvait pas rester ici car Owen trouverait sans peine un moyen de l'atteindre, quand bien même elle se barricaderait dans ses appartements.

Agitée, elle vint s'asseoir au chevet d'Alan. Il était mortellement pâle et semblait si faible qu'il paraissait impossible qu'un souffle s'échappe encore de son visage exsangue. Avant ce jour, elle avait cru de son devoir de rester auprès de son époux jusqu'à la fin pour veiller sur lui. Mais elle ne savait plus où était son devoir. Elle avait l'atroce sensation que Dieu la punissait pour être tombée amoureuse de la mauvaise personne. Alan lui avait offert une vie de confort et de douceur ; hélas, elle n'avait pas su lui donner en retour autre chose que son amitié. Une amitié qui semblait dangereusement en péril aujourd'hui. Elle ne ressentait plus que colère envers cet époux qui l'avait manipulée pour l'offrir à un autre.

Était-il à ce point prêt à tout pour obtenir un héritier ?

Hier soir, il n'avait pas tenu compte de ses protestations, lui imposant le silence. Comment avait-il trouvé la force de venir jusqu'à sa chambre et de rester debout si longtemps pour s'assurer que le marché diabolique qu'il avait passé avec Warrick était accompli ? Une soudaine faiblesse la submergea. Elle se sentait si confuse, si épuisée.

— Rosamund, murmura Alan au même instant en cherchant sa main.

Elle l'écarta précipitamment, incapable de supporter le moindre contact avec lui.

— Je suis là, répondit-elle sans parvenir à cacher la colère qui couvait en elle.

La douleur dans sa mâchoire ne faisait qu'attiser son ressentiment — elle n'avait pas demandé à se retrouver ainsi prise au piège dans cette guerre fratricide.

— Je suis désolé, murmura Alan, cependant, je ne regrette pas ce qui s'est passé. Il le fallait.

Sa voix était faible et il referma les paupières. Rosamund serra violemment ses mains l'une contre l'autre. Elle s'était méprise sur le sens de son existence tout entière. À commencer par son mariage. Elle avait cru qu'Alan l'aimait sincèrement. Seulement, un époux épris de sa femme ne la forçait pas à coucher avec un autre homme. Son cœur saignait à cette seule pensée.

Rosamund le contempla un moment et elle prit soudain conscience qu'il n'y avait rien d'étonnant à ce que ses soldats se soient détournés d'Alan au profit d'Owen. Elle était au chevet de son époux depuis si longtemps, les gens de Pevensham n'avaient plus personne vers qui se tourner. Elle avait cru que son devoir était de veiller sur lui. Toutefois, en agissant ainsi, elle avait laissé ses gens démunis. Ils avaient besoin d'un guide fort et puissant pour leur assurer une protection contre leurs ennemis et pour gérer les disputes intestines. Or, elle s'était cachée au lieu de prendre la place de son époux au grand jour.

Elle était restée dans l'ombre d'Alan et l'absence d'un

dirigeant à la tête du domaine avait sans aucun doute incité Owen à se l'approprier. Elle devait agir au plus tôt pour contrecarrer son pouvoir.

— Je vais vous laisser vous reposer, dit-elle à Alan en se relevant.

Elle utilisa le passage pour rejoindre sa chambre. Berta n'était toujours pas en vue, aussi se lava-t-elle le visage avant de nouer ses cheveux elle-même.

Elle se redressa et son regard tomba sur la lance du soldat que Warrick avait jetée à travers la pièce. Jamais elle n'avait tenu une arme entre ses mains. Cette fois, ses doigts se refermèrent sur le manche avec fermeté. Elle ne serait plus jamais la victime d'Owen. Elle refusait qu'il dirige sa vie ou celle de quiconque sur son domaine. Il n'avait aucun droit d'être ici et elle le ferait partir.

Warrick emporta le corps inconscient d'Owen au bas de l'escalier puis dehors jusqu'à la muraille intérieure. Quelques soldats tentèrent de s'approcher pour l'arrêter avant de reculer prudemment en croisant son regard meurtrier. De fait, il ne faisait rien pour masquer la haine que lui inspirait de Courcy. Cet ignoble individu avait osé attaquer Rosamund dans sa propre chambre et il était hors de question qu'il le laisse demeurer un instant de plus à Pevensham.

Le besoin de protéger la jeune femme avait pris le dessus sur tout autre sentiment en lui. La nuit dernière, il avait simplement eu l'intention de la punir en la soumettant au plaisir sensuel qu'il savait déclencher en elle. Il ne s'était guère soucié des conséquences. Cependant, son univers avait été transformé lorsqu'elle l'avait volontairement accepté en elle.

Elle l'avait reconnu au premier contact, il l'avait intuitivement senti. Pourtant, lorsque Alan était parti, au lieu de lui demander d'arrêter comme il s'y était attendu, elle l'avait accueilli en elle avec une faim et une possessivité vibrantes qui l'avaient profondément bouleversé. L'intensité de leur union, l'abandon avec lequel elle s'était donnée à lui, enserrant son corps avec passion, l'avaient ébranlé jusqu'au tréfonds de l'âme.

Depuis lors, il avait bien du mal à organiser ses pensées. Une seule certitude s'imposait à lui : il ne laisserait plus jamais aucun homme la lui prendre ni poser la main sur elle. Alan était sur le point de mourir et lui avait demandé de prendre soin d'elle. Ce qu'il ferait bien entendu. Cela n'était toutefois pas suffisant. D'une façon ou d'une autre, il trouverait un moyen de lui offrir la vie qu'elle méritait. Il pourrait par exemple devenir mercenaire pour gagner suffisamment d'argent.

Cette fois, peu importait l'intervention de son père, il ne la perdrait pas à nouveau. Il comptait faire tout ce qui était en son pouvoir pour redevenir l'époux qu'elle méritait.

Il traversa la cour à grands pas, ballottant sans ménagement Owen sur son épaule. En le voyant passer, les hommes commencèrent à se rassembler. Il demanda un cheval d'une voix tonnante avant de se tourner vers eux. Une douzaine de guerriers d'Owen l'encerclaient, leurs épées et leurs lances à la main.

— Votre lord a attaqué Lady Pevensham, annonça-t-il d'une voix forte mais calme. Elle lui ordonne de quitter le domaine sur-le-champ. Je vous laisse votre seigneur pour que vous le rameniez à Northleigh.

Les hommes restèrent parfaitement immobiles, jusqu'à ce que le commandant d'Alan ordonne :

— Saisissez-le !

Abasourdi par la trahison du commandant de Pevensham, Warrick mit un quart de seconde à réagir. Comme ils s'approchaient dangereusement de lui, il n'eut d'autre choix que de s'emparer du corps inconscient d'Owen pour lui mettre une lame sous la gorge.

— Baissez vos armes.

Owen reprit conscience lorsque ses pieds touchèrent le sol et il cligna plusieurs fois des yeux en gémissant. Warrick garda son poignard fermement pressé sur son cou. C'est alors qu'il sentit la pointe d'une lame s'enfoncer dans son dos, discret signal pour lui intimer l'ordre de relâcher son prisonnier. Seulement, s'il le faisait, ils le tueraient dans l'instant. Alors il pressa sa lame sur la peau d'Owen jusqu'à ce qu'un mince filet de sang coure le long de sa gorge. Il les avertissait ainsi qu'il ne plaisantait pas et était prêt à tuer le chien qui s'en était pris à Lady Pevensham.

— Dites-leur de reculer, gronda-t-il à Owen qui retrouvait peu à peu son équilibre.

— Arrêtez cela, tous autant que vous êtes, lança une voix féminine.

Warrick tourna la tête et vit Rosamund approcher. Elle avait la démarche d'une reine, ou plutôt de l'une de ces guerrières mythologiques, car dans sa main gauche elle tenait une lance. Les soldats semblèrent surpris de la voir, et plusieurs se rassemblèrent autour d'elle. Lorsqu'elle fut accompagnée d'une quinzaine d'hommes, elle déclara :

— Mon époux n'est pas encore dans la tombe ! En tant que Lady Pevensham, je suis la seule qui commande légitimement nos soldats !

Elle avança plus près des hommes d'Owen.

— Baissez vos armes !

Le soldat qui tenait sa lance contre son dos n'obéit pas.

— Ma lady, cet homme…

— Warrick de Laurent a été témoin de l'attaque lâche d'Owen de Courcy contre moi. Les règles de l'hospitalité ont été bafouées et je ne tolérerai pas un tel manque de respect.

D'un geste de la main, elle indiqua à ses soldats, qui surpassaient en nombre les forces d'Owen, de s'avancer. Ils encerclèrent à leur tour les soldats d'Owen.

— Je vous ordonne de ramener Owen de Courcy à Northleigh, déclara-t-elle aux soldats ennemis.

Finalement, elle se tourna vers Warrick. Dans ses yeux, il lut une détermination sans mélange et une force inconnue. Les épaules fièrement rejetées en arrière, elle lui commanda :

— Laissez-le partir afin que ses hommes le ramènent chez lui.

Elle se détourna sans attendre sa réponse, pour bien marquer qu'elle n'attendait nulle désobéissance, et s'adressa de nouveau aux hommes d'armes :

— Je veux que chacun de ses hommes quitte Pevensham sur-le-champ. Veillez à ce qu'ils partent avec tous leurs chevaux. Quant à ceux qui choisissent de lui offrir leur loyauté, vous pouvez partir avec eux ; alors, vous ne remettrez plus les pieds ici tant que je serai la lady de ce domaine. Ensuite, je veux vous voir tous dans la cour intérieure. J'ai des choses à vous dire.

Impressionné par l'autorité qui émanait d'elle, Warrick attendit néanmoins que les soldats d'Owen se soient écartés pour baisser sa lame. Soudain, il sentit plus qu'il ne vit un mouvement brusque et arrêta au dernier moment la pique de la lance qui cherchait à l'atteindre, envoyant l'arme au loin. Il frappa durement l'homme à la tête et celui-ci tomba à terre en crachant du sang.

Après cette petite démonstration de force, les autres obéirent sans rechigner et reculèrent prudemment. Rosamund resta droite au milieu de la cour jusqu'à ce qu'ils aient tous enfourché leurs chevaux. Warrick jeta Owen sur sa monture avant d'envoyer celle-ci rejoindre les autres d'une tape sur la croupe. Puis il monta la garde, toujours menaçant, jusqu'à ce qu'ils aient quitté la forteresse.

Il ne se faisait pas d'illusion, Owen reviendrait en force. Pour l'heure, Rosamund était parvenue à reprendre le contrôle de Pevensham. Il vint se poster non loin d'elle pour assurer sa protection. Bientôt, elle s'écarta pour monter sur les marches et dominer les hommes qui s'étaient rassemblés dans la cour à son appel. Sans se presser, elle les regarda un par un.

— Lord Pevensham est votre seigneur, ce qui fait de moi votre lady. Par devoir féodal, votre loyauté nous revient, et non à son frère cadet Owen. Je me moque qu'il soit l'héritier de Pevensham et des domaines de son frère. Il n'a aucun droit de me frapper, moins encore sous mon propre toit. Quiconque parmi vous n'honorera pas le vœu d'allégeance fait à mon époux sera sévèrement puni ou banni.

Après ce discours aussi sévère que juste, un silence tomba sur la foule. Warrick remarqua que la défiance n'avait pas quitté les yeux du commandant et il posa sur lui un regard d'avertissement peu amène. Puis, en signe de soutien, il se mit à taper sa lance sur le sol, bientôt suivi par les soldats rassemblés. Rosamund les contempla un long moment de ses yeux d'émeraude aussi durs que la pierre avant de gravir les marches du donjon.

Warrick sentit une intense fierté irradier son âme face à cette sublime guerrière qui n'avait plus rien de l'épouse apeurée vivant dans l'ombre de son mari. Sa magnifique Rosamund venait de sortir victorieuse de sa première bataille.

Il attendit dans la cour que chacun retourne à ses tâches avant de la suivre à l'intérieur. Il la trouva à la place d'honneur, sous le dais de la grande salle. Elle s'apprêtait à rompre le jeûne et Warrick s'assit dans le coin le plus proche pour veiller sur elle. Elle mangeait calmement et en silence. Cependant, en l'observant attentivement, il remarqua que ses mains tremblaient légèrement. Sans doute ne s'était-elle jamais adressée à ses soldats jusque-là. Elle venait de comprendre qu'il lui faudrait obtenir leur soutien pour vaincre Owen.

Le scélérat était parti mais il reviendrait sous peu. Et alors, Rosamund aurait fort à faire pour protéger ses biens et sa personne de sa convoitise.

***

Rosamund s'efforça de manger devant ses gens, même si chaque bouchée avait un goût de cendres. Jamais jusqu'à aujourd'hui elle n'avait dû s'adresser à tant de monde réuni et elle avait usé de toutes ses ressources pour paraître calme et autoritaire devant eux.

Grâce à Dieu, elle était sauve et en sécurité pour le moment. Owen ne serait plus autorisé à pénétrer dans l'enceinte de la forteresse tant qu'Alan vivrait. C'était l'essentiel. Néanmoins, elle était désormais consciente que son sentiment de sécurité était illusoire. Le danger rôdait entre les murs de Pevensham.

Elle aperçut Berta qui traversait la pièce, portant un plateau garni de nourriture qu'elle portait sûrement à Alan. Rosamund lui fit signe de la rejoindre.

— Mon seigneur se repose. Je lui apporterai son repas moi-même.

Suivant les conseils de Warrick, elle comptait examiner la nourriture. Étrangement, la servante resta plantée à quelques mètres, visiblement mal à l'aise. Intriguée, elle l'observa avec attention. Berta était à son service depuis si longtemps qu'elle lui faisait une confiance aveugle. Toutefois, la vie d'Alan était en jeu et elle ne devait rien laisser au hasard. Elle fit signe à Berta de la rejoindre et celle-ci finit par obtempérer, non sans qu'elle ait entrevu la peur briller dans son regard.

— Quelque chose ne va pas ? demanda-t-elle.

— Non, non, ma lady.

Du coin de l'œil, Rosamund remarqua que Warrick se levait et se dirigeait vers le dais, accompagné de deux hommes en armes. Tandis que les deux gardes se plaçaient de part et d'autre de la servante, Warrick vint face à elle. Un lourd silence tomba dans la salle tandis que tous se tournaient vers le dais.

— Vous avez servi Lord Pevensham depuis des années, notamment en lui portant sa nourriture, n'est-ce pas ?

Visiblement accablée, Berta acquiesça.

— Goûtez la nourriture qui est sur ce plateau, ordonna Warrick. Si vous êtes loyale, comme vous le prétendez, prouvez-le devant votre lady.

— Je n'ai pas faim, balbutia-t-elle en blêmissant.

Par pitié, pas Berta ! pria Rosamund qui sentit une colère glacée envahir son corps. La suspicion de Warrick était justifiée. Elle se leva brusquement de son siège.

— Je me moque que tu aies faim, lança-t-elle, glaciale. Tu mangeras tout ce que tu voulais servir à mon époux.

À ces mots, la servante lâcha le plateau en éclatant en sanglots.

— Je suis désolée, ma lady. Owen de Courcy m'a forcée à vous trahir ! Il m'a juré qu'il tuerait mon fils si je n'obéissais pas à ses ordres.

Rosamund ne ressentit aucune pitié pour cette femme qu'elle pensait fidèle et loyale.

— Et tu n'as pas cru bon de venir m'en parler pour me demander mon aide ? Après toutes ces années, tu as préféré nous trahir plutôt que de te fier à nous.

Berta continua de sangloter en hoquetant des excuses indistinctes. Rosamund s'efforça d'écarter ses émotions pour réfléchir posément. La servante avait tenté d'assassiner son seigneur et il n'y avait qu'un châtiment en réponse à un tel acte. Elle le savait. Cependant, elle savait aussi que Berta aurait pu tuer Alan avec une seule dose de poison. Pourquoi alors lui avoir donné des doses qui n'étaient pas mortelles ?

— Forcez-la à manger la nourriture ! cria un homme dans la foule.

D'autres renchérirent et elle comprit qu'ils mettraient Berta en pièces si elle n'intervenait pas rapidement.

— Emparez-vous d'elle et conduisez-la dans la salle du premier étage, ordonna-t-elle.

Comme des cris de protestation s'élevaient, elle leva une main autoritaire pour obtenir le calme. Alors, elle suivit du regard les gardes qui emportaient sa servante en conservant un visage impassible. À l'intérieur, elle avait envie de pleurer tant la trahison de sa servante la blessait. Combien d'autres parmi ces murs étaient prêts à les tuer, Alan et elle, au premier ordre d'Owen ?

Elle revint à la table et choisit quelques provisions dans son plat avant de les emporter à l'étage.

Pourquoi hésitait-elle de la sorte ? Après tout, la domestique était coupable d'une tentative d'assassinat sur son seigneur. Elle devrait la faire exécuter, car un tel acte ne méritait aucune pitié. Toutefois, Berta ne l'avait pas tué. Voilà pourquoi Rosamund doutait encore de la punition qu'il convenait de lui infliger.

La servante avait admis qu'Owen avait pris son fils. De fait, elle n'avait pas revu Martin depuis plusieurs mois, alors qu'il venait souvent rendre visite à sa mère auparavant. Elle pouvait croire sans peine qu'Owen utilisait le garçon pour contrôler sa mère. Avant d'entrer dans la pièce, Rosamund s'appuya un instant contre le mur pour tenter d'y voir plus clair. Hélas, elle n'eut guère de temps car, déjà, les gardes rouvraient la porte et elle dut entrer. Elle avait à peine fait deux pas que Berta vint se jeter à ses pieds.

— Pardonnez-moi, ma lady. Je n'ai jamais voulu faire de mal à mon seigneur ! Comprenez-moi ! Martin n'est qu'un enfant. Il n'a que neuf ans et Owen a menacé de lui trancher la gorge si je n'obéissais pas ou si j'en parlais à quiconque. Qu'aurais-je pu faire ?

Rosamund inspira pour rester calme. Elle ne voulait pas que ses émotions interfèrent dans sa décision.

— Quand as-tu commencé à empoisonner mon époux ?

— Il… il y a quelques mois. Je ne voulais pas qu'il meure, je vous le jure ! Je savais que Lord Pevensham retrouverait la santé ensuite. J'ai pensé que, s'il tombait malade, cela convaincrait Owen de mes efforts et qu'il laisserait mon fils en paix. Et puis, il l'a emmené et maintenant…

— Comment puis-je le soigner ? demanda Rosamund d'un ton froid.

— Donnez-lui du lait. Cela arrêtera les effets du poison.

Rosamund leva les yeux vers Warrick qui était resté dans la pièce pour veiller sur elle, se demandant comment agir. Si elle faisait tuer Berta, Owen l'apprendrait et il tuerait Martin. Il lui rendit son regard sans rien dire. C'était une décision qu'elle devait prendre seule.

— Je… je ne mérite pas votre pitié, ma lady, pleura Berta. Mais je vous en conjure, faites retrouver mon fils et éloignez-le d'Owen. Ce n'est qu'un enfant innocent.

Comment pouvait-elle se sortir de ce dilemme ? Elle se sentait impuissante. Les faits cependant étaient clairs : Berta aurait pu facilement tuer Alan au cours des mois précédents sans que personne ne la soupçonne et elle ne l'avait pas fait. Elle lui avait laissé la vie sauve, sans doute méritait-elle la même chose.

Alors, elle se tourna vers Warrick.

— Envoyez quelques-uns de vos hommes pour escorter Berta jusqu'à Northleigh et laissez-la à quelques miles de la forteresse.

Puis elle s'adressa à Berta d'une voix dure.

— Nous savons toutes les deux que je devrais te faire exécuter sur l'heure. Seulement, tu n'as pas pris la vie de mon époux quand tu en avais l'occasion, c'est l'unique raison pour laquelle je te laisse la vie sauve. Une fois à Northleigh, tu auras une chance de sauver ton fils. Si tu échoues, je n'aurai pas ton sang sur mes mains. Tu ne remettras plus jamais les pieds à Pevensham.

À cette annonce, Berta sanglota plus fort.

— Dieu vous bénisse, ma lady, pour votre pitié.

Rosamund sentit son cœur se serrer. Il y avait peu de

chance que la servante parvienne à survivre, moins encore à sauver son fils.

Lorsqu'elle pénétra dans la chambre d'Alan peu après sa confrontation avec Berta, elle le trouva éveillé. À sa vue, il fronça les sourcils.

— Qu'est-il arrivé ? Qui t'a frappée ?

Elle lui expliqua tous les événements qui s'étaient déroulés depuis le matin, en terminant par le rôle que Berta avait joué depuis des mois dans son empoisonnement. Peu à peu, l'expression d'Alan se transforma, passant de la rage la plus forte à une sorte de sidération.

— Cela signifie que je peux recouvrer la santé, articula-t-il lentement. Que je peux retrouver ma force et vivre.

Rosamund entendit nettement un nouvel espoir percer dans sa voix. Hélas, elle ne parvint pas à s'en réjouir autant que lui. Si Alan vivait, elle ne pourrait pas partir avec Warrick, quand bien même elle portait son enfant. Une fois encore, elle se retrouverait seule, prise au piège d'un mariage dont elle n'avait jamais voulu. Déjà, les couleurs revenaient sur le visage d'Alan, comme si la seule annonce de sa guérison lui redonnait le désir de vivre.

— J'en suis heureuse, Alan, murmura-t-elle.

Hélas, à sa grande honte, ses mots étaient en partie un mensonge. Des larmes de douleur embuèrent ses yeux à la pensée qu'elle ne reverrait plus Warrick. Dieu les punissait une fois encore en les séparant. Peut-être était-ce là un nouveau châtiment pour avoir bafoué ses vœux de mariage. Seigneur, elle n'était pas sûre d'y survivre cette fois-ci ! Elle avait du mal à respirer et son cœur la faisait atrocement souffrir.

Face à elle, le visage d'Alan se tendit, comme s'il lisait dans ses pensées. Pourtant, c'est au sujet de Berta qu'il lui fit des reproches.

— Le bannissement était un châtiment trop doux.

Tu aurais dû me laisser la juger. Ce n'était pas à toi de décider de son sort.

— Et pourquoi non ? Je suis Lady Pevensham, après tout.

— Ton devoir en tant que Lady Pevensham est de veiller à la gestion de la maisonnée. Rendre la justice relève de mon autorité. De plus, tu n'avais pas à donner des ordres à mes hommes concernant Owen.

Rosamund le regarda, incrédule.

— Si vos propres gardes permettent à Owen de me frapper au cœur même de la forteresse, devrais-je l'accepter ? Je suis fatiguée de rester toujours en retrait pendant que vos hommes font ce que bon leur semble.

Les soldats lui devaient loyauté et soumission aussi bien qu'à Alan. Si elle avait permis d'être frappée et humiliée sans réagir, la situation n'aurait fait qu'empirer.

— Tu n'avais pas à interférer, Rosamund.

— Vous attendez de moi que je reste simplement assise à broder ou à tisser pendant que notre maison s'écroule autour de nous ? Eh bien, je refuse.

D'un air dégagé qui l'exaspéra, il se mit à manger la nourriture qu'elle lui avait apportée.

— Tu as toujours aimé broder. Je ne vois aucune raison que tu arrêtes. Je compte parler à Warrick afin de lui demander de prendre le commandement des hommes d'armes. Il saura nous débarrasser des éléments déloyaux. Puis, quand nous serons assurés que notre garde est sûre, je pourrai le renvoyer chez lui.

Rosamund avala avec difficulté. Ainsi, Alan avait l'intention d'utiliser Warrick avant de le renvoyer. Il le traitait comme un pion, exactement comme il l'avait fait avec elle. Elle ne pensait pas pouvoir le supporter, mais sagement elle retint sa langue.

— Je vais le faire chercher, dit-elle simplement.

Elle quitta la chambre, frustrée et malheureuse. Sa vie n'était plus qu'un chaos insensé et ses propres émotions s'agitaient en elle avec la violence d'une tempête. Elle avait désespérément besoin d'air pour respirer librement, tant ces murs l'étouffaient. Elle se hâta le long d'un étroit corridor qui menait directement sur les remparts.

Là-haut, l'air frais du soir calma sa fièvre et elle apaisa son esprit en contemplant le défilé des gardes qui se tenaient à intervalles réguliers le long de la muraille.

Dans son dos, la porte s'ouvrit et Warrick apparut. Il portait sa cotte de maille et tenait son heaume sous le bras.

— Tu es perturbée, comprit-il en la voyant. Est-ce ce qui s'est passé avec ta servante ou y a-t-il autre chose ?

Elle détourna le regard en sentant ses yeux se remplirent de larmes. C'était bien plus que la trahison de Berta. Elle se sentait totalement perdue face à l'avenir. Si Alan vivait, elle devrait retourner à l'existence solitaire et morose qu'elle avait connue pendant trois ans. Seulement, à présent qu'elle avait repris vie entre les bras de Warrick, comment supporterait-elle cette existence de l'ombre ? La seule présence de cet homme suffisait à enflammer tout son être. Hélas, elle n'avait pas le droit de l'avouer.

— Je me sens tellement impuissante sous mon propre toit, soupira-t-elle. Alan vient de me dire que je n'étais pas en position de donner des ordres aux soldats.

— S'il est trop faible pour le faire lui-même, qui le fera ? s'étonna-t-il, les sourcils froncés.

Elle se renfonça dans un angle pour s'appuyer contre la muraille, soudain épuisée par les émotions qui l'avaient ravagée depuis quelques heures.

— Moi, évidemment. Seulement, lui pense que c'est toi qui devrais diriger nos hommes le temps qu'il se remette de son empoisonnement.

Le visage de Warrick resta parfaitement stoïque. Il vint s'appuyer contre le mur près d'elle avant de demander :

— Est-ce aussi ce que tu souhaites ? Que je prenne les commandes ?

Rosamund chercha ses mots, peinant à exprimer sa frustration.

— Je sais qu'il essaie de te donner du pouvoir.

— Je ne compte pas prendre le pouvoir sur toi, Rosamund. Toutefois, une telle position de contrôle me donnerait les moyens de t'offrir ma protection. Je sais comment entraîner des hommes et je pourrais également assurer ta sécurité.

Il n'y avait pas à douter de sa sincérité évidente, aussi accepta-t-elle.

— Je suppose que je n'ai guère d'autre choix de toute façon. Mes hommes ne m'obéissent pas et, sans le soutien de mon mari qui me croit incapable de les diriger, ma tentative est vouée à l'échec. Alan est en colère parce que j'ai puni Berta moi-même. Pourtant, il aurait agi comme moi à ma place.

— Ou plutôt moins bien, confirma Warrick.

Il la fixa un moment avant de baisser la voix pour lui demander :

— T'a-t-il maltraitée ?

Elle secoua la tête.

— Non il est seulement fâché. Je ne l'ai pas vu aussi furieux depuis longtemps, et jamais après moi, voilà tout.

En fait, Alan se comportait comme un époux jaloux. Alors que tout cela était entièrement sa faute ! Il l'avait entraînée dans cette situation intenable en faisant venir Warrick. À présent, il était trop tard pour défaire ce qui s'était passé entre eux.

— Je dois y aller, murmura-t-elle. J'avais seulement besoin d'un moment pour m'éclaircir les idées. Tu peux aller parler aux hommes si tu le souhaites.

Il saisit sa main et la serra doucement.

— Je me moque qu'il soit ton époux, Rosamund. Je ne le laisserai pas te blesser.

— Il ne le fera pas, assura-t-elle, puis elle serra sa main en retour. Merci pour l'aide que tu nous apportes.

Son geste se voulait purement amical, pourtant il ne relâcha pas sa main. Très vite, elle devint terriblement consciente de la chaleur de sa paume contre la sienne, de la puissance de ses doigts. Des doigts qui l'avaient tendrement menée à la jouissance. Rosamund ferma les yeux, savourant le souvenir merveilleux et choquant de ses doigts à l'intérieur d'elle.

Lorsqu'elle les rouvrit, ses yeux rivés sur elle la brûlèrent. Néanmoins, aucun d'eux ne parla de ce qui s'était produit la veille. Comme si ne pas en parler pouvait garder enfouie la culpabilité. Elle savait que ce n'était qu'une illusion. Ils avaient tous les deux accepté de s'abandonner l'un à l'autre et ils ne pouvaient revenir en arrière. D'ailleurs, elle ne voulait pas revenir en arrière.

— Je ne suis pas ici pour Alan, ma douce, souffla-t-il avant de poser un baiser sur son front. Je suis ici pour toi.

Chapitre 9

Warrick demanda à ses propres hommes, dont la loyauté ne faisait aucun doute, de l'accompagner.

— Surveillez mes arrières, murmura-t-il à Godfrey et à Bennett.

Il y avait peu de chance que le commandant ordonne une attaque ; cependant, aucun des hommes de Pevensham n'accueillerait de bon cœur les changements qu'il s'apprêtait à imposer.

Il s'approcha de l'homme massif et barbu qui avait ordonné aux hommes d'Owen de l'encercler et garda prudemment une main sur son épée avant de parler.

— Vous êtes le commandant des troupes de Pevensham, n'est-ce pas ?

— En effet, répondit l'homme en tentant de le dominer, mais face à face, il lui manquait une bonne tête pour se mesurer à lui. Je m'appelle Aldred Fitzwarren.

— Vous êtes relevé de votre commandement, Fitzwarren. Je vous remplace, sur ordre de Lord Pevensham. Je dois veiller à l'entraînement de ses troupes.

Sur ces mots, Aldred tira son épée, fou de rage.

— Vous n'avez aucun droit d'usurper ma place !

— Si ! Quand vous avez laissé Lady Pevensham être attaquée sous son propre toit, ou quand vous l'avez empêchée de rendre visite à son époux, vous avez failli dans votre mission — vous assurer que les hommes obéissent à vos ordres, détailla-t-il d'un ton froid avant de tirer son épée. Il n'y aura bientôt plus d'hommes à Pevensham qui soient loyaux envers Owen de Courcy. Seuls resteront ceux qui jureront allégeance à Lord Pevensham.

— J'exige de parler avec mon lord. Je ne le croirai pas tant que je ne l'aurai pas entendu de sa bouche.

Warrick ne s'attendait pas à une autre réaction.

— Je vais vous escorter jusqu'à lui. D'abord, rangez votre arme.

Fitzwarren fit comme s'il n'avait rien entendu. D'une voix brève et coupante, il ordonna :

— Prenez vos hommes et quittez Pevensham, de Laurent. Avant que j'ordonne aux soldats de vous jeter dehors.

— Il semble qu'il préfère la méthode forte, souffla Warrick en direction de ses hommes, qui répondirent d'un petit rire.

— Nous ferions mieux d'aller parler à Lord Pevensham, proposa-t-il à Fitzwarren. Je n'ai aucune envie de vous humilier devant vos hommes.

— M'humilier ? Essayez donc pour voir, ricana l'homme. Cela fait plus de dix ans que j'entraîne les soldats et…

Warrick l'interrompit en lui envoyant un coup de bouclier — que venait de lui jeter Bennett — dans la figure. L'homme roula à terre. Aussitôt, trois hommes chargèrent Warrick. Mais il leva son épée en l'air.

— Non ! C'est entre Fitzwarren et moi. Je ne fais qu'obéir aux ordres de Lord Pevensham. Allez le lui demander vous-même.

Comme il faisait un signe en direction du donjon, l'un des hommes se dirigea vers le château. Parfait, il allait pouvoir revenir en confirmant ses dires.

Warrick garda son épée bien en main tout en laissant le commandant reprendre son équilibre. Du sang coulait de sa bouche et la fureur bouillonnait dans son regard. Il poussa un grondement guerrier avant de le charger, l'épée levée. Warrick détourna le coup avec son bouclier. Il se maintint fermement sur ses jambes tandis que son adversaire faisait de nouveau tournoyer son épée.

Il était conscient que tous les yeux étaient braqués sur eux et qu'il n'aurait pas le droit à une seconde chance. Toutefois, il avait passé les trois dernières années à entraîner au combat les plus fiers soldats du roi en Normandie. Fitzwarren avait peut-être de l'expérience ; lui avait appris à enfreindre les règles.

Pendant un moment, il joua habilement avec son adversaire, évitant chaque coup, jusqu'à l'épuiser. Chacun de ses mouvements était défensif et il laissa le combat durer. Pour obtenir le respect de tous, il devait gagner à la loyale. S'il battait son adversaire en quelques minutes, l'effet ne serait pas le même.

La sueur coulait sur la figure de Fitzwarren et il grognait en projetant son arme en avant. Après un nouveau coup, Warrick poussa de toutes ses forces sur son bouclier pour faire reculer l'autre. Le commandant avait toutes les peines du monde à le tenir à distance maintenant qu'il était pressé par son poids.

Il était temps d'en finir. Warrick virevolta abruptement, si bien que Fitzwarren tomba en avant. Il posa son pied sur sa main armée et orienta la pointe de sa lame sur sa nuque.

— Rendez-vous, ordonna-t-il avec calme.

— Je me rends, marmonna l'homme à regret.

Warrick ne bougea pas tout de suite sa lame et l'un des soldats revint en courant du donjon. Il arriva à bout de souffle pour déclarer d'une voix forte :

— De Laurent dit vrai. Lord Pevensham a fait de lui le nouveau commandant.

Parfaitement immobile, Warrick croisa le regard de chaque soldat et vit le respect s'afficher sur les visages. Alors seulement, il rangea son épée dans son fourreau et tendit la main à Fitzwarren pour l'aider à se remettre debout.

Trois jours plus tard

En début de soirée, Rosamund se décida à retourner dans la chambre d'Alan pour prendre de ses nouvelles. Chaque jour, il semblait retrouver un peu plus de force et d'énergie. Quand elle entra, il se redressa seul dans le lit.

— J'ai entendu dire que Warrick faisait un excellent travail avec mes hommes, commença-t-il.

— En effet. Je crois qu'il passe la majeure partie de la journée à les surveiller pendant qu'ils s'entraînent.

Rosamund prenait grand soin de garder les yeux fixés sur ses mains afin de ne pas trahir ses pensées. Elle avait beau tenter de garder ses distances avec Warrick, elle ne pouvait oublier la puissance et la sensualité qui se dégageaient de lui quand il combattait. Tous les hommes avaient rapidement accepté qu'un guerrier aussi exceptionnel les dirige.

Quant à elle, jamais personne n'avait eu autant d'emprise sur elle. Elle avait beau lutter, elle ne parvenait pas à oublier les sensations magiques de sa bouche sur sa peau. En cet instant encore, elle sentait le plaisir se répercuter sans fin dans ses veines. Les barrières de l'honneur semblaient avoir été définitivement détruites et, en dépit de sa volonté, elle ne pouvait plus combattre le besoin violent qu'elle avait de lui.

— Parfait ! s'enthousiasma Alan.

Elle sentit qu'il l'étudiait un moment.

— Je me sens beaucoup mieux à présent. Je pourrai bientôt quitter mon lit.

— Je suis heureuse de l'entendre, sourit-elle, rongée par la culpabilité de ne pas entièrement souscrire à ces paroles.

— Vraiment ? demanda-t-il avec une pointe de soupçon. Sans ta servante, je ne serais jamais tombé malade.

Rosamund leva sur lui un regard interdit. Était-il réellement en train de l'accuser d'avoir participé à tout cela ?

— Je n'avais pas la moindre idée des agissements de Berta ! J'avais une confiance aveugle en elle !

— Pourtant, malgré sa trahison, tu lui as laissé la vie, fit-il remarquer.

Sa méfiance était un affront insoutenable alors qu'elle avait passé des heures à son chevet depuis des mois.

— Comment aurais-je pu faire autrement ? Croyez-vous sincèrement qu'Owen aurait laissé son fils vivre s'il avait appris sa mort ? Et puis, la mort est une punition plus douce que d'avoir perdu son unique enfant. J'ai connu cette femme toute ma vie, je me suis contentée de lui laisser une chance, en mémoire de la personne qu'elle était autrefois.

— Je suppose que nous lui faisions tous confiance, admit-il dans un soupir.

Ses paroles ressemblaient plus ou moins à des excuses. Toutefois, elle se pencha pour le fixer droit dans les yeux.

— Croyez-moi, elle n'a jamais eu l'intention de vous tuer. Elle essayait seulement de sauver la vie de son fils.

— Quoi qu'il en soit, en m'empoisonnant tout ce temps, elle a fait croire à tous que je me mourais. Elle m'a pris toutes mes forces, si bien que je n'ai pas pu concevoir d'héritier.

Alan se rapprocha pour s'asseoir à côté d'elle sur le bord du lit. Elle eut instinctivement envie de s'écarter et se força à ne pas bouger. Il posa les doigts sur sa joue, mais leur contact froid ne lui inspira qu'un vague dégoût. Elle avait envie de les repousser.

Au nom du ciel ! Elle n'avait aucune raison de le rejeter. Elle était sa femme et il avait le droit d'user comme bon lui semblait de son corps.

Seulement, l'idée de retourner à son ancienne existence, loin de Warrick, lui donnait l'impression de se noyer. Elle ferma les yeux pour repousser ses émotions. Hélas, Alan lut la culpabilité sur son visage.

— Tu as fait ce que je t'avais ordonné, n'est-ce pas ? Tu l'as laissé prendre possession de ton corps cette nuit-là ?

Elle ne répondit rien, car ils connaissaient tous deux la vérité. Une violente grimace tordit son visage et elle reconnut sur ses traits une violente jalousie. Rosamund retint un mouvement d'exaspération. Après tout, c'était son idée depuis le début ! Jamais elle n'avait eu l'intention de lui être infidèle. Et voilà qu'il semblait en colère après elle, alors qu'il était responsable de cette machination.

— Tu attends peut-être un enfant, reprit-il, le regard sauvage.

Elle fut incapable de répondre. Alan caressa son menton et se pencha pour prendre ses lèvres en un baiser possessif. En elle-même, elle tentait de se persuader qu'elle aurait dû être reconnaissante au ciel d'avoir rendu la santé à son époux. Cependant, elle ne parvint pas à lui rendre son baiser. Elle sentit sa gorge se serrer tandis qu'une étrange sensation de vide emplissait son esprit. Elle ne parvenait pas à retrouver l'ancienne complicité amicale qu'elle avait autrefois partagée avec Alan. À présent, elle lui en voulait de l'avoir obligée à se soumettre à la tentation et, ce faisant, d'avoir détruit les barrières de protection qui entouraient son cœur.

— Va dans ta chambre, ordonna-t-il d'un ton sec. Ce soir, je viendrai te voir. Nous tenterons de concevoir un enfant.

Rosamund ne parvint pas à cacher le choc que cet ordre produisait sur elle. Elle cligna plusieurs fois des paupières avant de demander :

— Allez-vous suffisamment bien ?

— Je vais très bien à présent que je ne suis plus empoisonné, assura-t-il d'un ton lugubre. Si tu portes un fils, je veux pouvoir imaginer qu'il s'agit du mien.

Elle se força à acquiescer, les yeux baissés, alors qu'une

atroce nausée lui nouait la gorge. Il exigeait qu'elle couche avec lui comme si l'acte charnel n'avait aucun sens à ses yeux. Il voulait reprendre possession de son bien après l'avoir laissée à Warrick, comme si elle n'était rien d'autre qu'un objet.

Non ! Elle était une personne et elle ne se laisserait pas traiter de la sorte !

Sans lui jeter un regard, elle quitta la pièce. Son âme était partagée entre des sentiments contradictoires. Elle se retrouvait acculée au mur et elle devait faire un choix entre ces deux hommes — l'un qu'elle désirait de toute son âme, l'autre avec lequel elle était liée aux yeux des hommes et de Dieu. D'ailleurs, le Seigneur n'avait-il pas aussi validé les vœux qu'elle avait formulés avec Warrick ? Une telle pensée était à la fois douce à son âme torturée et terriblement dangereuse.

Elle pria intensément Dieu de la guider. Bientôt, Alan retrouverait la santé et, avec elle, son pouvoir sur Pevensham. Il s'attendait sans doute à ce que tout redevienne comme avant. Pourquoi se serait-il attendu à autre chose ?

Hélas, son péché de chair avec Warrick pesait sur son âme. Elle ne serait plus jamais la même. Elle souffrait de la punition divine — Dieu lui avait accordé ce que son cœur désirait, seulement pour le lui retirer aussitôt. Des larmes de douleur et de chagrin gonflèrent ses paupières tandis qu'elle essayait de reprendre le contrôle de ses émotions.

Rosamund marcha lentement vers la grande salle. Elle devait se réjouir que ses prières concernant la santé d'Alan aient été exaucées. Peu importait ce qu'elle voulait au plus profond d'elle-même. Le mariage était un sacrement qu'elle devrait supporter puisqu'elle en avait prononcé les vœux.

Il était trop tard pour se protéger à nouveau contre les sentiments du passé. Aussi admettait-elle en son âme et conscience qu'elle aimait de toutes ses forces Warrick, l'homme que le destin lui refusait une fois de plus.

Soudain submergée par l'émotion, elle dut s'arrêter et

s'appuya au mur du corridor. Alors, elle s'autorisa enfin à verser des larmes pour ce qui ne serait jamais. Elle prit douloureusement conscience qu'elle ne reverrait plus jamais Warrick une fois qu'Alan l'aurait renvoyé chez lui. Bientôt, de violents sanglots silencieux secouèrent son corps.

Pourquoi le destin l'éprouvait-il ainsi ? Pourquoi avait-il fait en sorte qu'elle retombe éperdument amoureuse pour la laisser une fois encore seule et désespérée ?

Elle avait consacré tant d'efforts pour se protéger de ses propres sentiments, en vain ! La nuit merveilleuse passée entre les bras de Warrick lui avait rappelé qu'elle avait passé les dernières années enfermée dans une coquille vide. Et voilà qu'Alan voulait qu'elle y retourne.

Rosamund était tellement aveuglée par la douleur qu'elle ne vit pas l'homme approcher. Lorsqu'il posa brutalement sa main sur sa bouche, elle se pétrifia de peur. Alors, il lui murmura à l'oreille :

— Votre mari ne passera pas le mois, ma lady. Owen de Courcy est le seul seigneur légitime de Pevensham. De Laurent ne mettra pas la main sur ce qui lui appartient, je le tuerai avant.

Terrifiée, elle reconnut la voix de Fitzwarren. Elle tenta de se soustraire à sa poigne, alors il resserra son bras autour de sa gorge.

— Mes hommes me resteront fidèles, gronda-t-il. De Laurent a peut-être volé ma place mais je reste leur chef.

Et, sur ces mots, elle le vit lever le poing au-dessus de son visage. Le coup partit et elle tomba dans un trou noir où elle ne ressentait plus rien.

Warrick découvrit le corps inconscient de Rosamund dans le couloir. Affolé, il courut vers elle et la retourna sur le dos. Heureusement, il sentit aussitôt son souffle et remercia le ciel avec ferveur.

— Rosamund, ma chérie, souffla-t-il en caressant sa joue.

C'est alors qu'il remarqua la bosse qui marquait sa tempe et comprit qu'elle avait été frappée. Au même instant, elle gémit et reprit doucement conscience entre ses bras. Warrick tremblait tant il était furieux. Dieu lui en soit témoin, il allait tuer le chien qui lui avait fait cela.

Avec douceur, il la prit dans ses bras et l'emmena vers sa chambre. Là, il l'allongea sur son lit. Il revint verrouiller la porte avant de tremper un linge dans l'eau fraîche pour lui bassiner les tempes.

Elle papillonna des yeux un moment avant de parvenir à les fixer sur lui.

— Qui ? demanda-t-il seulement d'une voix rauque.

Réalisant qu'il semblait en colère contre elle, il s'efforça d'adopter un ton plus doux.

— Vas-tu bien ?

Elle grimaça et parvint à acquiescer.

— Il semble que je sois la cible favorite des hommes qui cherchent sur quoi taper en ce moment. Cette fois, c'était Fitzwarren. Il a déclaré que Pevensham appartenait à Owen et qu'Alan ne vivrait plus d'ici la fin du mois.

La fureur de Warrick ne connut plus de bornes lorsqu'il comprit que les soldats n'avaient pas obéi à ses ordres sur-le-champ en raccompagnant l'ancien commandant aux portes. Jamais il n'aurait dû pouvoir échapper à leur surveillance ! Hélas, il ne pouvait s'en prendre qu'à lui-même pour son imprudence. Bennett et Godfrey l'avaient mis en garde — la plupart des soldats avaient été menacés par Owen. Ils étaient bien trop effrayés pour agir contre lui, alors qu'ils étaient persuadés qu'il prendrait bientôt les rênes de Pevensham.

Il reviendrait bientôt et la tension serait alors à son comble parmi les soldats, qui ne manqueraient pas de se diviser en deux camps. Il devait écarter Rosamund de Pevensham avant que cela ne se produise.

— Je vais t'emmener ailleurs, quelque part où tu seras en sécurité, gronda-t-il. Où Owen ne pourra pas t'atteindre.

Elle se redressa, tenant le linge contre sa tempe contusionnée.

— Je ne peux pas partir avec toi, Warrick. Ma place est ici.

Il s'apprêtait à argumenter avec elle lorsqu'il lut l'intense tristesse qui habitait ses yeux. Il sentit un sombre pressentiment le traverser.

— Que s'est-il passé ? demanda-t-il avec inquiétude.

Elle leva les yeux vers lui et une grosse larme coula sur sa joue qu'il essuya tendrement.

— Alan recouvre ses forces. Je sais que je devrais en être heureuse, seulement… Il veut venir dans mon lit ce soir, pour essayer de concevoir un enfant.

Warrick eut l'impression qu'on lui plantait une dague en plein cœur.

— Non !

Il se moquait bien d'Alan de Courcy ! Maudit soit-il ! Malheureusement, aux yeux de tous, Rosamund lui appartenait. Le cœur au bord des lèvres, il saisit la jeune femme par la taille.

— Je ne le permettrai pas, tempêta-t-il.

— Il est mon époux, il en a le droit, murmura-t-elle, au désespoir.

La fureur et la jalousie enflammaient son sang.

— Et tu voudrais que je te laisse repartir de mes bras pour retourner dans les siens ? gronda-t-il, fou de rage. Je t'ai déjà laissée partir une fois, Rosamund. Je ne te laisserai plus m'abandonner !

Brutalement, il se pencha sur elle et l'embrassa. Elle devait comprendre que ce qui les liait allait bien au-delà de l'honneur ou des sacrements d'un mariage forcé. Ils étaient faits l'un pour l'autre et il préférait mourir que de laisser Alan la toucher.

Soudain, il se moquait bien de n'avoir ni statut ni richesses à lui offrir. Il se moquait que Harold de Beaufort ne l'accepte jamais. Seuls importaient Rosamund et ce qu'elle ressentait pour lui.

En dépit de ses mains tremblantes sous les siennes, elle lui rendit son baiser avec la même fougue. Il goûta le sel de ses larmes et la renversa sur l'oreiller.

— Tu n'aurais jamais dû l'épouser, murmura-t-il contre sa bouche. Nous appartenons l'un à l'autre et tu le sais.

Sa bouche descendit le long de sa gorge palpitante jusqu'à ce que ses mains agrippent ses cheveux pour l'obliger à s'écarter. À contrecœur, il releva la tête pour plonger dans ses iris verts, emplis de culpabilité et de regret.

— J'ai vraiment cru que mon père te tuerait. Tu ne comprends pas, Warrick. J'aurais été prête à épouser le diable en personne pour te sauver la vie.

— J'ai survécu.

Il s'écarta un instant pour ôter sa tunique puis guida les doigts fins de Rosamund sur les cicatrices qui marbraient son dos.

— Je porterai ces marques jusqu'à la fin de mes jours, dit-il en la contemplant avec intensité. Et je pourrais supporter ce châtiment dix fois pour être avec toi.

Elle traça le contour des cicatrices du bout des doigts, intensifiant son désir. Incapable de refréner son ardeur, il délaça hâtivement les lacets de son corsage. Il avait besoin de s'oublier en elle, de lui faire ressentir l'urgence et la violence de sa passion. Sans demander la permission, il enfouit ses mains sous son corsage pour saisir la rondeur de ses seins. Elle haleta sourdement à ce contact ; alors il caressa les pointes roses qui se tendirent aussitôt sous ses pouces.

— Tu as su tout de suite que c'était moi l'autre nuit, n'est-ce pas ?

— Oui, admit-elle dans un souffle, les yeux à demi clos sous l'afflux de la volupté. Je… je n'aurais jamais dû permettre ce qui s'est passé. Seulement, il y avait tes mains sur moi… Et puis, j'étais tellement en colère contre Alan, je ne parvenais plus à réfléchir.

Ses joues rosirent lorsqu'il tira sur le tissu de sa chemise pour découvrir la soie pâle de ses seins. Sa peau était délicieusement douce lorsqu'il se pencha pour saisir une pointe entre ses lèvres. Aussitôt, elle s'arqua contre lui.

— Warrick, non, je t'en prie, il ne faut pas, supplia-t-elle en gémissant.

Mais il ne l'écoutait pas. Il voulait qu'elle ressente la souffrance qu'il avait endurée quand elle l'avait quitté. Il voulait qu'elle regrette chacun des instants qu'elle leur avait enlevés en l'abandonnant. Sa main glissa sous ses jupes et remonta lentement le long de ses cuisses jusqu'à la douce chaleur entre ses jambes. Quand il glissa un doigt en elle, elle poussa un cri éperdu.

— J'étais en toi, comme maintenant, tu te rappelles ?

Tout en parlant, il faisait aller et venir ses doigts en elle en mordillant les pointes dressées de ses seins.

— Je ne laisserai plus jamais un autre homme te toucher, tu m'entends ? Tu es mienne.

Sur ces mots, il sentit son corps se raidir, emporté par la jouissance. Il l'emporta toujours plus loin jusqu'aux cimes de l'extase, avant que son corps ne se détende enfin. Elle était toujours traversée de violents frissons et il reprit sa bouche, se délectant de sa suavité.

Repue de plaisir et de volupté, elle se laissa aller sur l'oreiller, les yeux dans le vague, la bouche enflée, les cheveux épars. Elle était si belle qu'il en eut le cœur serré.

— Je t'emmène loin de cet endroit, promit-il. Et loin d'Alan. Il ne posera plus jamais la main sur toi.

***

Rosamund mit du temps à retrouver une respiration normale après le départ de Warrick. Son corps était encore alangui par le plaisir qu'il lui avait donné. Hélas, son âme était plus fragilisée encore par ce nouvel assaut.

Que Dieu lui vienne en aide, elle avait envie de se rouler en boule pour pleurer toutes les larmes de son corps. S'abandonner ainsi entre ses bras lui rappelait le mariage qu'elle avait souhaité avec lui et l'amour profond qu'elle éprouvait encore pour Warrick.

Il avait raison, épouser Alan avait été une erreur et elle en payait à présent le prix. Elle avait l'impression que son esprit s'était fracassé en mille morceaux. Elle pouvait se mentir tant qu'elle voulait en prétendant que Warrick avait pris possession de son corps sans sa permission, elle connaissait la vérité aussi bien que lui. Il savait ce dont elle avait envie et il le lui avait donné. Si elle avait réellement voulu qu'il s'arrête, aujourd'hui comme la nuit précédente, il l'aurait fait.

Elle avait trahi ses vœux et compromis son honneur. Qu'était-elle supposée faire à présent ? Elle ne pouvait pas supporter l'idée qu'Alan la touche à nouveau ; cependant, elle ne pouvait pas plus rejoindre Warrick.

Bientôt, Alan se présenterait pour exiger qu'elle accomplisse son devoir conjugal et elle chercha désespérément une issue. Où pourrait-elle aller ? Tout le château était endormi à présent.

Incapable de rester sagement à l'attendre, elle se leva, revêtit un manteau de laine et tira la capuche sur son visage. En sortant dans le couloir, elle tomba sur un garde qui hocha la tête en la reconnaissant.

— Ma lady, quelque chose ne va pas ?

Elle aurait voulu répondre que rien n'allait, sa vie tout entière était un chaos. Au lieu de quoi, elle murmura :

— Je me rends à la chapelle. Vous pouvez m'escorter si vous le voulez.

S'abîmer en prières ne résoudrait sans doute rien ; néanmoins, elle en tirerait un léger réconfort.

Le garde la suivit à travers les couloirs et l'escalier silencieux. Il était tard, mais une large lune rousse éclairait la forteresse.

Arrivée dehors, Rosamund inspira profondément, sentant l'air frais apaiser les battements frénétiques de son cœur. Quand elle atteignit enfin la chapelle de pierre qui se dressait contre la muraille intérieure, elle fut assaillie par l'odeur de l'encens. Le garde resta à l'entrée, la laissant pénétrer seule dans le lieu saint. Il faisait froid à l'intérieur et elle resserra les pans de son manteau autour d'elle.

À sa grande surprise, elle découvrit qu'elle n'était pas seule. Le père Francis était à genoux devant l'autel. Rosamund approcha sur la pointe des pieds pour ne pas le déranger dans son recueillement. Elle alla s'agenouiller un peu à l'écart et se laissa envahir par le sentiment de paix qui régnait.

Les yeux clos, elle tenta de ressaisir ses pensées confuses. Le devoir exigeait d'elle qu'elle envoie Warrick au loin et se soumette à Alan. Pourtant, elle sentait un sentiment de rébellion lui intimer de prendre en main son existence.

Lorsqu'elle n'était qu'une jeune fille terrifiée, elle s'était pliée aux ordres de son père. Malgré son amour pour Warrick, elle n'avait pas osé se dresser contre la volonté de Harold. Or, rien de bon n'en avait résulté. Depuis le jour de son mariage, elle n'avait plus adressé la parole à son père. À cause de lui et de sa propre faiblesse, elle avait perdu trois ans de sa vie aux côtés d'un homme qu'elle n'aimait pas, et qu'elle n'était même plus sûre de respecter. Comment pouvait-elle supporter le reste de ses jours dans cette vie sans but et sans amour ?

Devant elle, le prêtre se releva et vint à elle. Il fit le signe de croix au-dessus d'elle et chuchota :

— Que Dieu vous bénisse, ma lady.

— Je vous remercie, mon père. Pardonnez-moi de vous avoir dérangé.

— Toutes les âmes sont les bienvenues, assura-t-il avec un sourire chaleureux. Dieu écoute chacune de nos prières, même celles qui ne peuvent passer nos lèvres et restent encloses dans nos cœurs.

Rosamund avait désespérément besoin de se confesser, mais elle n'avait jamais entretenu ce genre de rapport avec le père Francis. De surcroît, elle suspectait qu'il lui conseillerait de faire pénitence et de rester auprès de son époux.

Il lui offrit un nouveau sourire avant de s'agenouiller près d'elle.

— J'imagine que vous vous inquiétez pour l'enfant que vous portez.

Elle resta un instant stupéfaite. De toute évidence, Alan avait déjà annoncé la soi-disant nouvelle au prêtre. Il était bien trop tôt pour savoir si elle était enceinte. Pourtant, son mari semblait prêt à raconter des mensonges à un homme de Dieu dans l'espoir de protéger Pevensham. Si elle se confessait, elle mettrait au jour les mensonges d'Alan. Hélas, elle ne pouvait rien lui avouer de ses peines.

Le père Francis attendait patiemment qu'elle parle, aussi choisit-elle ses mots avec soin.

— J'ai peur de ce qui nous attend. Je ne sais pas quoi faire, en particulier à propos de son frère, Owen. Il représente une menace mortelle.

Le prêtre s'assombrit à cette mention.

— Je comprends. Vous craignez pour votre enfant, car, si un garçon vient au monde, Owen perdra sa place d'héritier. Il faut que vous ayez confiance en Dieu, il protégera votre famille.

Elle soupira. Si seulement tout était si simple.

— Je veux faire ce qui est juste. Seulement, je ne sais pas dans quelle direction aller.

Elle ne pouvait pas lui en confier plus. L'honneur

commandait qu'elle fasse pénitence et retourne vivre auprès d'Alan, cependant son cœur voulait tout autre chose. Il exigeait qu'elle parte avec Warrick pour vivre ses jours auprès de celui qu'elle aimait. Aucun de ces deux choix ne semblait juste.

— Lord Pevensham est venu parler avec moi. Je ne peux bien sûr pas partager avec vous le secret de sa confession, je peux seulement vous dire qu'il a fait en sorte que vous soyez à l'abri du besoin. Il tient sincèrement à vous, ma lady.

Ses paroles se voulaient rassurantes, pourtant elles ne firent qu'aggraver la culpabilité qui lui rongeait le cœur.

Elle n'avait guère avancé dans ses décisions ; néanmoins, elle s'abîma en prières au côté de ce prêtre bienveillant avant de repartir vers le donjon.

Lorsqu'elle sortit de la chapelle, le garde l'attendait. Elle se mit en marche avant de s'arrêter brusquement. Quelque chose n'allait pas. Elle regarda attentivement autour d'elle et comprit ce qui l'avait mise en alerte. Des sentinelles se tenaient sur les remparts ; toutefois, certaines parties de la muraille ne semblaient pas surveillées. Elle fronça les sourcils et se tourna vers le soldat.

— Ne devrait-il pas y avoir un homme en faction en haut de ce mur ?

L'homme sembla parfaitement indifférent.

— Il est courant que les gardes délaissent un moment leur poste pendant la nuit. C'est sans conséquences.

La suspicion de Rosamund ne diminua pas pour autant. Elle savait que Warrick n'aurait jamais laissé passer une telle imprudence. Pourtant, elle ne pouvait pas risquer d'aller le trouver après ce qui s'était produit entre eux dans sa chambre.

Néanmoins, elle pouvait faire appel à ses hommes de confiance.

— Je veux parler à Bennett et à Godfrey. Envoyez-les-moi.

— Ils ne sont pas en service, ma lady, répondit le garde après une hésitation.

— Alors, allez les réveiller, s'impatienta-t-elle.

Elle sentait que quelque chose se passait, sans parvenir à mettre le doigt dessus.

— Je ne sais pas où ils sont, ma lady. Peut-être les trouverez-vous dans la grande salle, proposa-t-il.

Son comportement était déconcertant et elle soupçonna qu'il lui mentait. Apparemment, elle n'avait d'autre choix que de s'en remettre directement à Warrick. Pour donner le change, elle afficha un air serein tandis qu'il l'escortait jusqu'au donjon.

— Je vous souhaite la bonne nuit, dit-elle d'un ton dégagé.

Quand elle eut atteint l'escalier, elle se mit à courir. Elle n'irait pas se coucher tant qu'elle n'aurait pas découvert ce qui se tramait entre ces murs.

Warrick se réveilla abruptement en sentant une main se poser sur son bras. Il fut sur pied en une seconde pour découvrir Rosamund devant lui. Elle portait un manteau et ses longs cheveux se déployaient librement sur ses épaules. Son visage arborait une expression soucieuse.

— Viens avec moi, chuchota-t-elle.

Et, sans attendre sa réponse, elle s'éloigna. Il attacha en hâte sa ceinture et son épée. Il était minuit passé et il n'y avait pas à se méprendre — Rosamund était effrayée. Dehors, rien ne semblait sortir de l'ordinaire et il se laissa conduire jusqu'à l'un des murs d'enceinte.

— Je suis passée tout à l'heure ici et aucune sentinelle ne gardait ce mur, expliqua-t-elle. J'ai demandé des comptes au soldat qui m'escortait, il s'est contenté d'éluder mes questions.

À présent, deux gardes patrouillaient. Néanmoins, il ne prit pas ses inquiétudes à la légère.

— Je vais trouver ce qui s'est passé.

— Attends, ce n'est pas tout. Je crois que Bennett et Godfrey ont disparu.

Cette fois, il sentit un frisson d'alerte courir le long de sa colonne vertébrale. Jamais ses hommes n'abandonneraient leur poste. Le danger était sérieux. Il la prit par la main.

— Retourne dans ta chambre et enferme-toi à clé.

— Que comptes-tu faire ? demanda-t-elle en serrant nerveusement ses doigts dans les siens.

— Je vais trouver ce qui cloche. Si Owen et Fitzwarren sont impliqués, je mettrai un terme à leurs agissements.

Elle blêmit mais acquiesça sans mot dire. Elle s'apprêtait à partir lorsqu'il garda sa main un peu plus longtemps.

— Tout va bien, Rosamund ?

Il s'en voulait de l'avoir touchée aussi intimement un peu plus tôt. En vérité, la colère et la jalousie à l'idée qu'Alan puisse la prendre l'avaient presque rendu fou. Il avait perdu le contrôle de lui-même. Elle rougit violemment en comprenant de quoi il voulait parler.

— Oui, souffla-t-elle enfin. Je suis juste un peu… perturbée.

Ses lèvres s'entrouvrirent sensuellement et il dut se retenir pour ne pas l'embrasser. Elle avait de toute évidence besoin d'être réconfortée.

— Va dans ta chambre. Je te rejoins au plus vite.

Il n'aimait pas l'éloigner de lui, seulement elle serait plus en sécurité là-haut. Elle acquiesça et s'éloigna.

Même après son départ, il pouvait encore sentir la suave fragrance de sa peau. Si seulement Dieu voulait bien lui permettre de la garder pour toujours… Allons, ce n'était pas le moment de soupirer après ce qui n'était pas !

Il se mit en quête de ses hommes. Même si les remparts semblaient à présent bien surveillés, il avait confiance en l'instinct de Rosamund.

Bientôt, il eut confirmation que Bennett et Godfrey restaient introuvables. Cela n'avait aucun sens puisqu'il leur avait demandé d'alterner leur tour de garde afin que l'un d'eux soit toujours en poste. En passant sur les remparts, il observa les réactions des soldats, notant lesquels se raidissaient imperceptiblement à son approche, lesquels ne paraissaient pas affectés.

En bas du mur que Rosamund lui avait indiqué, il trouva une torche tombée au sol. Armé d'un flambeau, il se baissa pour examiner la torche éteinte. C'est alors qu'il découvrit des traces de pas dans la poussière. En levant le regard, il découvrit un peu plus haut un bout de corde qui pendait le long du mur.

Ainsi, quelqu'un était entré à l'intérieur du château sans passer par la porte. Et les sentinelles l'avaient laissé passer volontairement en quittant leur poste. Voilà comment Fitzwarren était entré. Était-il seul ? Il pouvait très bien être revenu accompagné d'autres hommes.

Un bruit attira soudain son attention. Un son rythmique, comme si quelqu'un tapait sur une porte. Il suivit la source du bruit jusqu'à l'une des tours qui étaient utilisées pour enfermer les prisonniers. L'entrée en était si étroite que deux hommes n'auraient pu y tenir côte à côte. Juste après la porte, une fosse avait été creusée pour y jeter les prisonniers, fermée d'une lourde grille de fer. Warrick se pencha et appela dans l'obscurité.

— Bennett !

— Warrick ! Je suis là et Godfrey aussi !

En jurant, il descella la grille et jeta l'échelle de corde dans la fosse lorsqu'un mouvement attira son attention. Il se rua sur la porte au moment où un soldat cherchait à la fermer.

Après l'avoir violemment repoussé, Warrick se jeta sur lui et le pressa contre le mur. Il ne reconnut pas son adversaire.

— Qui es-tu ?

L'homme se débattit et ne répondit pas, alors il plaça son autre main sur sa gorge.

— Qui d'autre est venu avec toi ?

— Aldred Fitzwarren, hoqueta laborieusement le soldat.

Warrick jura entre ses dents. Où était ce maudit Fitzwarren à présent ?

— Combien d'autres ?

Le soldat grimaça, étouffé par sa prise.

— Que je vous dise deux ou dix, vous ne me croirez pas.

Il avait raison, évidemment. Il n'avait aucun moyen de savoir avec certitude combien d'hommes étaient restés loyaux à Alan. Comme Godfrey et Bennett sortaient de la fosse, il se tourna vers eux.

— Jetez-le là-dedans et gardez-le pour l'interroger.

Autour de lui, il ne discerna rien de suspect. Rien qui aurait pu lui indiquer ce que trafiquait Fitzwarren. Cependant, il n'avait pas besoin de beaucoup réfléchir pour savoir qui courait le plus grave danger — Alan.

Ses hommes entraînèrent le soldat avec eux tandis qu'il courait vers le donjon. Son cœur battait à grands coups lorsqu'il songeait à Rosamund. Avait-elle pu rejoindre sa chambre en toute sécurité ? Il grimpa quatre à quatre les marches de l'entrée. Une fois dans la grande salle, il perçut un mouvement à l'autre bout. Une silhouette empruntait l'escalier qui menait aux appartements. Aussitôt, il la suivit.

Rosamund manqua crier de frayeur lorsque la porte du passage s'ouvrit sur Alan alors qu'elle venait tout juste de verrouiller la porte d'entrée. Elle posa sa main sur son cœur pour apaiser ses battements frénétiques.

— Dieu du ciel, vous m'avez fait peur !

— Attendais-tu quelqu'un d'autre ? Warrick peut-être ?

Elle sentit le sang lui monter aux joues mais ne se laissa pas désarçonner.

— Non.

Il l'observa un long moment comme s'il n'en croyait pas un mot.

— Dans ce cas, pourquoi portes-tu encore ton manteau ? Où étais-tu ?

Son ton jaloux et péremptoire l'agaça au plus haut point. Comment se permettait-il d'être aussi désagréable alors qu'il avait lui-même déclenché ce chaos ?

— Je suis venu plus tôt et tu n'étais pas là, accusa-t-il.

— Je suis allée prier à la chapelle. Je viens tout juste de rentrer. Vous n'avez qu'à demander confirmation au père Francis si vous ne me croyez pas.

Et, sans plus s'occuper de lui, elle retira son manteau. Devait-elle lui parler de ses soupçons concernant les gardes absents sur les remparts ? Non, décida-t-elle. Elle n'avait guère envie de le voir s'éterniser alors qu'il se comportait de façon aussi imprévisible.

— Il est tard, nous devrions tous deux aller dormir, dit-elle.

Elle se dirigeait vers son lit lorsqu'elle comprit à son attitude qu'il n'avait pas l'intention de partir. Un brusque inconfort se répandit dans ses veines tandis qu'il l'observait sans bouger.

— Je suis épuisée, Alan, pria-t-elle.

Il traversa la pièce et son regard brûlant ne laissait guère planer de doute sur ses intentions. Rosamund sentit son cœur s'affoler. Elle ne voulait pas coucher avec lui. Pas maintenant, sans doute plus jamais.

— Retournez vous reposer dans votre chambre, répéta-t-elle. La journée a été éreintante.

Il ne l'écouta pas et continua de marcher jusqu'à se retrouver face à elle. Sans lui demander la permission, il tira sur les lacets qui fermaient son corsage. En quelques secondes, la robe tomba jusqu'à sa taille, révélant sa chemise. Le contact de ses doigts sur sa peau la glaçait et elle voulut couvrir son corps.

— Allonge-toi, ordonna-t-il.

Elle ne bougea pas. Son esprit n'était plus habité que par la peur et le dégoût. Elle savait seulement qu'elle ne voulait pas partager la couche d'Alan. Instinctivement, elle saisit les pans de sa robe pour la remettre en place.

— Je vous en prie, partez.

Pour toute réponse, il la saisit par la taille et l'attira vers lui. Il agrippa le haut de sa robe et tira brutalement dessus. Rosamund poussa un cri, choquée.

— Que faites-vous, Alan ?

Il la retourna brusquement, si bien que son dos était désormais pressé contre son torse. Elle sentit sur ses reins la pression de son érection et retint un sanglot.

— Tu es mon épouse, Rosamund. Si je veux te prendre, je n'ai pas besoin de ta permission.

Une brusque bouffée de rage lui donna la force de lutter contre son emprise. Hélas, bien qu'il ne fût pas aussi imposant que Warrick et qu'il fût resté longtemps alité, il restait bien plus fort qu'elle. Il gronda à son oreille :

— Peut-être que tu étais partie le rejoindre. Tu voulais être avec ton amant, n'est-ce pas ?

Cette fois, la fureur fut la plus forte et elle se dégagea.

— C'est vous qui nous avez conduits dans cet enfer ! hurla-t-elle, hors d'elle. Je suis restée à votre chevet, jour après jour, à prier pour que vous viviez ! C'est vous qui avez envoyé chercher Warrick ! Vous encore qui m'avez forcée à coucher avec lui sans jamais vous préoccuper de mes sentiments !

Elle redressa le menton et le fixa sans faiblir tout en rattachant son corsage.

— Comment osez-vous exiger que je me donne à vous après tout le mal que vous avez causé ? Pourquoi voudrais-je que vous posiez encore la main sur moi ?

Lorsqu'il tenta de la saisir à nouveau, son instinct fut plus rapide. Elle saisit son couteau posé sur une table non loin et le tendit vers lui, le regard assombri par la rage.

— Retournez dans votre chambre et laissez-moi en paix !

Ses yeux brillèrent d'un éclat dangereux lorsqu'il déclara :

— Je vais le renvoyer chez lui et tu ne le verras plus jamais.

Cette fois, elle ne se laissa pas impressionner. Toute sa vie, elle s'était montrée obéissante et réservée. Elle n'avait cessé de se soumettre aux ordres d'hommes qui l'avaient utilisée comme un pion. Elle avait obéi sans protester à son père puis à son époux. Désormais, elle en avait fini avec cette passivité.

— Partez, répéta-t-elle d'une voix froide.

Il sembla ébranlé par sa froideur et sa force, et elle s'en réjouit. Elle lisait de la haine dans son regard. Toutefois, il devait encore lui rester un peu d'honneur, parce qu'il partit enfin. Lorsque le passage se referma sur lui, elle poussa une lourde table devant l'ouverture pour s'assurer qu'il ne puisse plus revenir.

Nerveusement épuisée, elle se jeta sur le lit et éclata en sanglots. Elle pleura sur les trois années qu'elle avait perdues auprès d'un homme qu'elle n'aimait pas. Elle pleura sur ce mariage dans lequel Alan et elle étaient piégés — lui, parce qu'il la désirait avec un désespoir proche de la haine, elle parce qu'elle était irrémédiablement séparée de l'homme qu'elle aimait.

À moins qu'elle n'accepte de fuir avec Warrick. Aurait-elle le courage de tirer un trait sur son honneur ? Oserait-elle construire une nouvelle vie ? Ce serait un défi aux vœux qu'elle avait prononcés devant tous ceux qu'elle connaissait.

Un coup frappé à la porte la tira de ses interrogations funestes. Elle refusa cependant d'aller ouvrir, elle ne voulait plus être confrontée à Alan ce soir. Mais les coups reprirent, plus fort, et elle entendit la voix de Warrick.

— Rosamund ? Est-ce que tout va bien ?

Elle sécha précipitamment ses larmes et sauta hors du lit.

— Je vais bien, assura-t-elle pour ne pas l'inquiéter.

— Ouvre la porte.

Comme elle n'avait pas la force de refuser, elle lui obéit et en un instant le visage de Warrick s'assombrit.

— Que s'est-il passé ? Dis-moi.

Il referma la porte derrière lui et attendit, le regard farouche.

— Alan est venu dans ma chambre, balbutia-t-elle.

— Je vais le tuer, gronda Warrick en serrant les poings.

— Non ! Je… je l'ai fait partir, ajouta-t-elle en posant une main apaisante sur son torse.

Ses yeux se posèrent sur sa main qui tremblait encore et ses mâchoires se crispèrent.

— Que t'a-t-il fait, Rosamund ?

— Rien ! s'exclama-t-elle en sentant un haut-le-cœur lui tordre le ventre. Il… il a essayé de me toucher, et je ne l'ai pas laissé faire, admit-elle finalement.

Aussitôt Warrick la serra contre lui, posant le menton sur ses cheveux. À l'abri entre ses bras solides, elle se sentit réconfortée. Elle refusa de penser à l'avenir et se contenta d'inhaler avec bonheur son odeur virile qui faisait vibrer chaque fibre de son être.

Au bout d'un moment, il écarta ses cheveux de son front et leva son visage vers le sien.

— Tu avais raison pour le mur. Fitzwarren a réussi à rentrer et il a amené avec lui des partisans d'Owen. Ils ont enfermé Bennett et Godfrey.

Elle se raidit entre ses bras.

— Que vas-tu faire ?

Il l'écarta doucement de lui pour la regarder.

— Je vais faire mon possible pour protéger Pevensham. Et toi.

Elle s'accrocha désespérément à ses mains, effrayée. Il n'avait aucune idée du nombre d'hommes qui comptaient les trahir et il était seul contre eux !

— Fais attention, supplia-t-elle.

À cet instant, ils entendirent un bruit sourd non loin,

comme si un meuble était tombé. Elle sursauta violemment et il serra ses doigts dans les siens.

— Je vais voir ce que c'est.

— Attends... Si tu vas le voir, je crains qu'Alan ne s'en prenne à toi. Il n'est pas dans son état normal...

— Il y a des intrus dans le château. Je veux juste m'assurer qu'ils ne s'en prennent pas à lui.

— Vas-y, accepta-t-elle à contrecœur.

Lorsqu'il sortit de la chambre, un silence lourd s'installa. Elle alla s'asseoir sur son lit, le menton calé sur ses genoux. Elle ne pouvait s'empêcher de frémir, comme si un malheur s'apprêtait à fondre sur eux. Un pressentiment la glaçait jusqu'aux os tandis que ses mains tremblaient.

Soudain, elle se redressa. Mue par son instinct, elle enfila son manteau. Elle devait rejoindre la chambre d'Alan au plus vite. Quelque chose n'allait pas. Elle avait beau se convaincre qu'elle réagissait comme une idiote, elle sortit en hâte et avança dans le couloir.

La porte de la chambre seigneuriale était ouverte. Comme envoûtée, elle passa le pas de la porte et vit Warrick agenouillé près du corps d'Alan.

Il leva les yeux vers elle.

— Il a été étranglé. Ton mari est mort.

Chapitre 10

Pendant un moment, Rosamund sembla ne pas l'avoir entendu. Son visage était mortellement pâle et elle avança comme un spectre dans la pièce.

— C... comment ? balbutia-t-elle enfin.

Son corps était secoué de tremblements incontrôlables lorsqu'elle le rejoignit près du lit où il venait de déposer le corps inerte. La gorge d'Alan était rouge et marquée par les traces d'une corde. Il avait visiblement essayé de se défendre car ses ongles s'étaient profondément enfoncés dans son cou par endroits.

Prudemment, il s'écarta du corps, sentant que Rosamund devait le voir de ses propres yeux.

— J'imagine que Fitzwarren est responsable. Je te promets que nous trouverons le coupable.

Il était furieux que les soldats de Pevensham aient échoué à protéger leur seigneur, qui plus est sous son commandement. Ce domaine avait été tellement délaissé que les hommes n'avaient plus de loyauté envers leur dame ou leur seigneur malade, ils avaient préféré se soumettre à un meurtrier.

Warrick ne pouvait laisser Rosamund entre ces murs sans danger. Owen risquait de l'emprisonner, ou même pire. Il s'exhorta au calme pour organiser les choses qui devaient être faites. À commencer par les plus urgentes

— organiser une messe pour Alan et l'enterrer. Aussitôt après, il devait épouser Rosamund au plus vite afin de la mettre à l'abri.

Le principal souci était qu'il ne pouvait se fier à quiconque entre ces murs. À tout moment, les habitants pouvaient se retourner contre eux pour soutenir Owen. Il avait d'abord voulu emmener Rosamund le plus loin possible, jusqu'en Irlande ; il n'était plus question de cela désormais. Il devait la mettre en sûreté plus près d'ici. Peut-être chez son père ? Elle ne voudrait sans doute pas retourner sur les terres de Harold de Beaufort ; cependant, son père ne laisserait jamais sa fille sans protection.

Pour l'heure, elle était agenouillée sur le lit auprès d'Alan, caressant ses cheveux et réajustant son habit.

— Envoie chercher le père Francis, il saura quoi faire, dit-elle.

Son visage était marqué par l'angoisse et le chagrin. Aussi, Warrick comprit que, quel qu'ait été ce mariage, elle en porterait le deuil. Malgré sa jalousie possessive, il devrait lui laisser le temps de se remettre de sa perte.

— Je vais le faire appeler, assura-t-il.

Il refusait de la laisser seule un instant alors que l'intrus n'avait pas été démasqué. Sa vie était en danger, qu'elle en soit consciente ou non.

Il sortit dans le couloir en prenant bien soin de fermer la porte sur le corps d'Alan avant d'appeler une servante pour lui demander de trouver le père Francis et de l'amener au plus vite. Il comptait garder la mort d'Alan secrète tant que leur ennemi n'était pas découvert.

Rosamund faisait désormais les cent pas dans la chambre, les mains serrées l'une contre l'autre.

— Je ne sais pas quoi faire, Warrick. Je me sens responsable de tout cela. J'aurais dû… J'aurais dû être avec lui.

— Tu serais morte si cela avait été le cas, répondit-il farouchement.

— Je n'arrive pas à croire que ce soit réellement

arrivé. Je suis certaine qu'Owen est impliqué dans ce meurtre ! Seulement… j'ai peur que d'autres croient que je souhaitais sa mort.

Elle interrompit brusquement sa marche pour le fixer intensément.

— Peu importent mes sentiments à ton égard. Je n'ai jamais voulu qu'il meure !

Lui non plus ne l'avait pas souhaité. L'assaillant était parvenu à passer leurs lignes de défense parce qu'il avait été distrait par Rosamund. Il était bel et bien responsable de la mort d'Alan, même si ce n'était pas délibéré. Il aurait dû être plus en alerte pour parer le danger qui fondait sur eux.

Tremblante, Rosamund gardait les bras serrés autour de ses épaules. Il traversa la pièce pour la prendre dans ses bras.

— Nous ne pouvons pas rester à Pevensham. L'endroit n'est sûr ni pour toi ni pour moi.

— Je sais. Cependant, j'ai peur que si nous partons cela nous rende coupables aux yeux des gens.

Warrick se moquait éperdument de ce que les autres pensaient — la seule chose qui importait, c'était que Rosamund soit mise en sûreté. Ensuite seulement, il ferait tout son possible pour faire punir l'assassin d'Alan, même si cela impliquait d'en appeler au roi.

— Tu n'as rien fait de mal, souffla-t-il, apaisant. Nous n'avons pas le choix, nous partirons dès que le prêtre arrivera.

Comme il caressait ses cheveux, elle se serra contre lui, agrippant sa chemise comme si elle se noyait.

— Et si Owen arrive ? Je t'en supplie, tu ne dois pas le laisser passer ces portes !

Il la serra plus fort contre lui. Il aurait été prêt à tout pour empêcher cet assassin de venir à Pevensham. Hélas, ils savaient tous deux qu'il était désormais l'unique héritier de la forteresse. Warrick n'avait d'autre choix que de lui abandonner le domaine.

— Je trouverai un moyen de le retarder au maximum, promit-il.

Il relâcha son étreinte et elle retourna auprès de son mari, le visage défait.

Dans l'heure, le père Francis arriva. À peine entré, il poussa un cri de stupeur et se signa précipitamment en voyant le corps allongé d'Alan.

— Je soupçonnais un drame lorsque vous m'avez fait appeler à cette heure, ma lady, souffla-t-il avant de murmurer une prière. J'ai cru que je devrais administrer les derniers sacrements. Hélas, je suis arrivé trop tard. Je vais prier pour le repos de son âme.

Rosamund se leva du lit, le visage baigné de larmes.

— Mon père, que dois-je faire ? Lord Pevensham a été assassiné.

Et, sur ces mots, elle révéla aux yeux du prêtre le cou contusionné du mort. Une fois l'instant de stupeur passé, le prêtre lança un regard à Warrick avant de s'avancer jusqu'à lui. Il s'agenouilla devant le prêtre qui portait un rosaire au poignet et embrassa sa main avec respect.

— Mon père, je vous jure sur la croix du Christ que je n'ai rien à voir avec la mort d'Alan de Courcy. Je suis venu à l'appel de ma lady et nous l'avons trouvé ainsi.

Il entreprit de faire au père Francis le récit de l'invasion nocturne qu'avait subie le château et des soupçons qui pesaient sur Owen et Fitzwarren, avant de conclure :

— Lady Pevensham n'est plus en sécurité ici. Si elle reste, l'ennemi invisible qui a pénétré dans l'enceinte de Pevensham trouvera un moyen de l'atteindre. Je ne peux pas laisser une telle chose se produire.

Le prêtre garda le silence un moment.

— Je suis d'accord, admit-il finalement. Lord Pevensham a donné des ordres afin que son enfant à naître soit protégé. Il m'a affirmé qu'il voulait que vous emmeniez ma lady pour son bien. Eh bien, Lord Pevensham souhaitait que sa femme vous épouse après sa mort, précisément pour la mettre sous votre protection.

En entendant ces paroles, Warrick se sentit à la fois intensément soulagé et surpris. Rosamund, elle, leva un regard égaré dans leur direction. Elle ne parvenait visiblement pas à croire ce qu'elle entendait.

— Mon père, croyez-vous sincèrement que je pourrais me marier alors que mon époux vient de mourir voilà une heure ? balbutia-t-elle.

— Bien sûr, dans une situation ordinaire, l'Église ne le permettrait pas, hésita-t-il. Il faudrait d'abord dire une messe pour votre époux et honorer son âme. Seulement, Lord Pevensham a été très clair sur le fait que vous deviez quitter la forteresse avant qu'Owen n'en prenne possession. Et il a insisté pour que vous épousiez Warrick de Laurent au plus vite. Bien entendu, il faut que vous donniez votre accord. Mais je vous conjure de vous rendre aux arguments de la raison, ma lady.

Le cœur battant, Warrick observa les émotions se succéder sur son visage. Elle ferma les paupières, comme si elle tentait d'échapper à tout ce qui l'entourait. Une brutale flambée de joie l'anima lorsqu'il lut sur ses traits — au-delà du chagrin et de la stupeur — un intense espoir. Elle inspira profondément et parla d'un ton voilé.

— Êtes-vous d'accord avec cela, mon père ? En votre âme et conscience ?

— Oui, ma lady. Si le frère de Lord Pevensham est impliqué dans ce meurtre, je pense que vous devriez vous soumettre aux ordres de feu votre époux et vous marier au plus vite.

— Pas comme cela, murmura-t-elle.

Sur ce point, Warrick la rejoignait entièrement. Aucune femme n'aurait dû être contrainte de se marier alors que le cadavre de son mari était encore chaud. Il l'épouserait, mais seulement une fois qu'ils auraient quitté cet endroit.

En attendant, il devait prendre ses dispositions et, pour ce faire, il ne pouvait compter que sur deux hommes.

— Restez ici avec le père Francis, ma lady. Ne laissez personne entrer jusqu'à mon retour. Mon père, vous pourrez ainsi administrer les derniers sacrements à Lord Pevensham pendant que je rassemble mes hommes et prépare notre départ. Je vais m'assurer qu'on emballe également vos affaires, ajouta-t-il à l'adresse de Rosamund. Dès mon retour, nous partirons de ce château.

Rosamund se sentait comme une feuille d'automne ballottée par les vents — vide et creuse. Tandis qu'elle restait auprès du corps sans vie d'Alan, une culpabilité insoutenable l'envahissait.

À son côté, le prêtre murmurait ses prières en latin et sa voix monotone apaisait quelque peu ses tourments. Elle laissa ses larmes couler librement sur ses joues. Jamais elle n'avait voulu que toute cette histoire se termine de la sorte. Bien sûr, la maladie d'Alan l'avait préparée à sa fin, certainement pas à une mort violente et criminelle.

Sans prononcer les mots à voix haute, elle adressa à Alan un dernier adieu. *J'ai tenté de vous offrir le meilleur mariage possible. Je suis désolée de n'avoir pas été l'épouse qu'il vous fallait.*

En vérité, son chagrin était plus fait de regret que de douleur. Elle comprenait à présent qu'Alan avait été malade de jalousie et de colère après sa nuit avec Warrick. Une fois qu'il avait cru vivre, il n'avait pu leur pardonner ce qui s'était passé, ni à lui-même ce qu'il avait déclenché. Elle se sentait soudain épuisée par les émotions des derniers jours et cette maudite culpabilité qui lui rongeait le cœur. Quel droit avait-elle de connaître le bonheur après tous ses péchés ?

Les chandelles diminuèrent avant que Warrick ne

réapparaisse, accompagné par Godfrey et Bennett. Il l'entraîna à l'écart.

— Fitzwarren a été pris alors qu'il tentait de s'échapper. Il a avoué le meurtre et tes hommes se sont débarrassés de lui.

Rosamund n'en tira aucun réconfort. L'homme avait été embauché par Owen et elle ne se faisait guère d'illusion sur sa sécurité. Un assassin avait été éliminé ; néanmoins, il y en aurait d'autres.

Le père Francis se releva et vint à eux.

— Je vais rester en prières pour veiller son corps toute la nuit. Vous devez emmener Lady Pevensham loin d'ici, de Laurent. C'est le vœu de feu Lord Pevensham que sa femme et son enfant à naître soient protégés d'Owen de Courcy.

Rosamund n'avait rien à opposer à l'homme de Dieu puisqu'il se contentait de suivre les demandes d'Alan. Son époux avait prévu le danger qu'elle courrait et avait veillé sur elle. Elle lui était reconnaissante de sa prévoyance. Elle lui adressa une prière de remerciements silencieuse.

— Je vais l'emmener jusque chez son père. Elle sera à l'abri chez Harold de Beaufort.

Rosamund sursauta violemment. Elle ne voulait pas trouver asile chez son père. Elle ne lui avait jamais pardonné son interférence dans son histoire avec Warrick. Elle prit le temps d'inspirer avant de déclarer très calmement :

— Pas là-bas.

Il affronta son regard.

— C'est plus près que l'Irlande. Et votre père vous protégera, plus encore si vous portez un héritier.

Il avait parlé au bénéfice du prêtre ; néanmoins, elle ne put réprimer le frisson d'angoisse qui la traversait. En son cœur, elle ne pensait pas être enceinte. Le père Francis avait cru la confession d'Alan et il ferait ce qui était en son pouvoir pour s'assurer qu'elle soit protégée. Or, en dépit des mensonges qui avaient mené à la situation actuelle, elle avait besoin de cette protection.

Elle acquiesça donc à contrecœur.

— Je suppose que je dois faire ce qui est nécessaire pour l'héritier d'Alan. Puisque je ne peux pas avoir confiance en mes propres hommes, je n'ai d'autre choix que de partir.

— C'est seulement pour quelque temps, la rassura Warrick. Je vous ramènerai à Pevensham quand le moment sera venu.

Il lui tendit la main pour l'escorter hors de la chambre, mais elle hésita à la prendre. Lentement, elle marcha jusqu'au corps d'Alan. Malgré leurs différends, elle voulait le voir une dernière fois. Son visage portait encore une expression de stupéfaction, comme un homme que la mort avait surpris. Elle posa sa main sur la sienne, déjà froide.

— Adieu, Alan.

Pardonnez-moi, chuchota-t-elle.

Elle avait le cœur lourd lorsqu'elle partit. Warrick l'attendait à la porte et posa sur ses épaules son chaud manteau de laine sombre. Comme elle ne parvenait plus à réfléchir normalement, elle se contenta de le suivre en silence. Bennett et Godfrey les accompagnaient et elle avança sur la pointe des pieds dans l'escalier qui menait à la grande salle. Elle avait du mal à respirer tant la tension l'oppressait. S'ils éveillaient les habitants, leur fuite serait compromise.

Warrick avançait sans bruit parmi les silhouettes endormies, la faisant finalement traverser les lourdes portes de chêne.

Leurs chevaux les attendaient dehors et elle remarqua qu'un lourd baluchon était attaché à la selle du sien — ses possessions. Elle ressentit une bouffée d'amour et de tendresse pour l'homme qui l'escortait. En dépit des événements et de l'urgence de la situation, il faisait en sorte qu'elle dispose de ses effets personnels et elle lui en était infiniment reconnaissante. Warrick l'aida à monter en selle avant d'en faire de même.

Elle mit sa jument au pas en direction des portes du château, Warrick juste derrière elle. Le dos droit malgré son cœur battant, elle avança jusqu'aux deux gardes qu'elle reconnut. Elle leur fit signe de lui ouvrir. Aucun d'eux ne bougea.

— Laissez-nous passer, ordonna-t-elle d'une voix miraculeusement ferme.

Comme aucun ne s'exécutait, Warrick répéta :

— Lady Pevensham vous a ordonné de vous écarter.

Les soldats semblèrent hésiter, comprenant qu'ils risquaient d'affronter un cavalier menaçant. Ils s'écartèrent enfin, gardant néanmoins leurs lances dressées.

Enfin, ils atteignirent l'extérieur de l'enceinte et elle pressa les flancs de sa monture, impatiente de s'enfoncer dans l'obscurité. Elle n'avait aucune idée de l'endroit où Warrick comptait leur faire passer le reste de la nuit ; cependant, elle était parfaitement consciente de la nécessité de s'éloigner au plus vite de Pevensham.

À l'en croire, il comptait la conduire chez son père. Pour sa part, elle doutait que ce dernier soit un allié sincère après ce qui s'était produit trois ans plus tôt. Elle ne lui avait plus parlé depuis le jour de ses noces.

Rosamund se sentait irrémédiablement… perdue. Elle savait qu'elle aurait dû simplement se réjouir de leur évasion réussie et de la protection rassurante de Warrick. Seulement, sa vie venait une nouvelle fois d'être chamboulée et elle avait perdu tout contrôle sur sa propre existence. Avait-elle tort de vouloir prendre ses propres décisions plutôt que de rester auprès de son père ? Elle n'avait même plus la réponse à cette question.

La gorge serrée, elle songea que pour l'heure il leur fallait traverser la nuit et prier pour qu'Owen de Courcy ne les trouve pas.

*
* *

Lorsque l'aurore parut à l'horizon, teintant le ciel d'or, Warrick ralentit enfin l'allure. Rosamund était si fatiguée qu'elle tenait à peine les rênes de sa jument. Elle avait besoin de se reposer.

En dépit de son impatience, Warrick savait que le moment était difficilement propice à un nouveau mariage. Tout au long de leur chevauchée, elle était restée muette, presque inerte. Il aurait tant voulu la réconforter, la serrer dans ses bras et lui promettre que tout irait bien. Pourtant, il gardait ses distances car quelque chose lui échappait. Certes, elle avait semblé pleine d'espoir lorsque le prêtre avait annoncé la nécessité de leur mariage. Toutefois, il était certain de l'avoir vu violemment frissonner à la mention de l'héritier d'Alan, comme si l'enfant à venir lui faisait peur. Que devait-il penser d'une telle réaction ? Un enfant serait en réalité une bénédiction pour elle, il lui permettrait d'écarter définitivement Owen de Pevensham et de conserver sa maison. N'était-ce pas ce qu'elle souhaitait ?

Il s'inquiétait sans doute pour rien. Peut-être était-elle seulement perturbée par les événements récents qui s'étaient clos sur la mort brutale de son époux ? Avec le temps, elle l'accepterait.

Toutefois… une part de lui-même se demandait si ce n'était pas son bébé à lui qu'elle ne voulait pas porter. Aussitôt, il repoussa cette pensée désagréable.

Bientôt, ils arrivèrent en vue de Kingsmere, un domaine prospère qui appartenait à l'un de ses amis. La forteresse n'avait certes pas la taille de Pevensham, mais un solide mur de pierre entourait le château muni d'une seule tour carrée. Le village s'étalait hors des murs. Warrick avait toute confiance en David, il leur offrirait l'hospitalité le temps qu'il puisse épouser Rosamund.

Il voulait célébrer leur union avant de repartir le lendemain, même si c'était beaucoup exiger de Rosamund. Elle était encore sous le choc de la mort inattendue d'Alan, or il refusait que le souvenir de leurs épousailles soit terni par son chagrin. Cependant, il ne pouvait pas la conduire chez Harold de Beaufort sans l'avoir épousée au préalable, puisque son père ferait tout pour les séparer à nouveau. Il devait trouver une solution à ce dilemme.

Une fois dans la cour, il démonta et demanda à ses hommes d'organiser leur arrivée. Bennett et Godfrey partirent pour le village, le laissant seul avec Rosamund.

— Où sommes-nous ? demanda-t-elle en descendant de selle.

Elle vacilla d'épuisement en se dirigeant vers lui, les rênes à la main. Il la prit par la main pour la conduire vers les écuries.

— Nous sommes à Kingsmere. Un ami à moi vit ici. Nous serons à l'abri pour un moment.

Elle observa la forteresse. Ses cheveux dénoués s'étalaient librement sur ses épaules et dans son dos. Cette image à la fois sensuelle et magnifique lui fit prendre brutalement conscience que très bientôt ils seraient enfin l'un à l'autre. Le danger rôdait encore autour d'eux, mais, pour quelques jours au moins, ils pourraient être ensemble.

— Est-ce que tu vas bien ? demanda-t-il.

Elle s'efforça de lui adresser un faible sourire.

— Tout ce que je veux pour l'heure, c'est un lit, une couverture et des heures de sommeil.

Warrick s'arrêta et lâcha les rênes pour caresser sa joue, traçant les contours de sa mâchoire. Impuissant face au désarroi qu'elle ressentait, il se pencha pour l'embrasser, tentant de l'apaiser sans paroles. Il voulait simplement qu'elle sache qu'il prendrait soin d'elle et la protégerait.

Elle l'embrassa en retour, même si sa réponse n'était pas aussi passionnée qu'il l'espérait. Elle semblait… sur la réserve. Lui mourait d'envie de se perdre en elle, il avait dépéri pendant trois ans loin d'elle. Seulement, il n'était pas sûr de lire clairement ses sentiments dans son regard troublé. Bien sûr, aucune femme n'aurait voulu d'un mariage dans de telles circonstances, pressé par le danger et le deuil.

Dans quelques heures, un prêtre célébrerait leur union. Était-ce seulement ce qu'elle voulait ?

— Je vais t'emmener à l'intérieur et te trouver un endroit au calme où te reposer.

Il prit sa main dans la sienne et inspira avant de reprendre :

— Ce soir, je veux t'épouser, Rosamund.

À peine avait-il prononcé ces mots qu'il se reprit, honteux de sa maladresse.

— Je veux dire… Je pense qu'il serait mieux que nous nous mariions rapidement. Pour ta protection.

Son expression se fit hésitante bien qu'elle ne protestât pas. Elle n'avait pas refusé, même s'il n'était pas certain que cela signifiait qu'elle acceptait. Il la guida jusqu'à l'entrée du château et fit envoyer un mot à David. Quand ils pénétrèrent dans la forteresse, Warrick sentit son assurance vaciller. Il n'était plus certain que Kingsmere soit finalement un si bon choix. Même si les lieux semblaient toujours bien défendus, l'intérieur affichait des signes de négligence. Surtout, il ne semblait pas y avoir beaucoup de femmes dans les environs.

Il donna les rênes de leurs montures à un palefrenier en prenant soin de garder Rosamund près de lui. Un soldat les guida jusqu'à la grande salle où ils trouvèrent David écroulé sur l'une des tables. Warrick remarqua aussitôt que son ami avait perdu du poids et que ses cheveux étaient tout ébouriffés. Le pichet vide et le gobelet renversé à côté de lui indiquaient clairement qu'il s'était enivré jusqu'à l'inconscience.

Warrick lui secoua l'épaule, sans succès. Alors il s'empara d'un pichet d'eau qu'il lui jeta au visage. David se redressa brusquement en crachotant.

— Qu'est-ce que c'est ? Je dormais, grogna-t-il d'une voix pâteuse.

— Tu ne dormais pas, tu étais ivre, répondit calmement Warrick en reposant le pichet sur la table.

David leva enfin des yeux vitreux sur lui avant de marmonner :

— Je devrais te jeter dehors pour avoir osé me réveiller comme cela.

Puis ses yeux s'étrécirent en voyant Rosamund.

— Et qui est-ce ?

— Voici Lady Rosamund de Pevensham. Nous avons l'intention de nous marier ce soir avant de nous rendre à la demeure de son père.

David arbora un visage sombre.

— Tu aurais pu choisir un meilleur lieu pour un mariage, de Laurent. Ma lady, je crains que Kingsmere ne soit plus le même depuis le décès de mon épouse.

Warrick sentit son cœur se serrer. Il ne savait rien de la mort de Catherine. Le malheur était sans doute récent à en juger par l'état déplorable de David. Il comprenait mieux les efforts de son ami pour rester constamment ivre.

— Je suis désolé de l'apprendre, David. J'espère que notre visite ne te dérange pas dans ton deuil.

David haussa les épaules d'un air indifférent.

— Je vais vous trouver une pièce où dormir et notre prêtre pourra célébrer votre mariage.

— Je vous remercie pour votre gentillesse, Lord Kingsmere, dit Rosamund avec douceur.

Il leva une main vague et soupira douloureusement.

— Je suis navré de ne pouvoir vous offrir un meilleur accueil. Je vais essayer de vous aider autant que faire se peut. Ma lady, vous pourriez sans doute trouver une robe qui vous convienne parmi les affaires de mon épouse. Je sais qu'elle en aurait été heureuse.

Warrick et Rosamund murmurèrent leurs remerciements tandis que David se redressait avec difficulté. Il les conduisit à l'arrière de la grande salle derrière une séparation de bois à l'intérieur de laquelle avait été installé un lit étroit.

— Ce n'est pas grand-chose mais c'est tout ce que j'ai à vous offrir, s'excusa-t-il.

Rosamund posa un regard d'envie et de reconnaissance vers le lit.

— Pourquoi ne dormirais-tu pas et je viendrais te réveiller dans quelques heures ?

Sans même lui répondre, elle s'allongea sur le lit et tomba immédiatement endormie. Il aurait aimé pouvoir serrer son pauvre corps épuisé contre le sien, seulement il devait songer aux préparatifs du mariage. Cela allait lui prendre toute la journée car il voulait que cette cérémonie en soit une vraie, à la différence de leur premier échange de vœux.

Il se retira avec David et, après lui avoir présenté ses condoléances pour la perte de sa femme, il ajouta :

— Nous ne sommes pas en sécurité ici, mon ami.

Il lui expliqua les circonstances de leur arrivée chaotique en insistant :

— Rosamund doit rester sous bonne garde. Owen de Courcy ne veut pas laisser vivre l'héritier de son frère Alan.

Il avait parlé de l'enfant comme si son existence était certaine, et en son cœur il se demanda si c'était le cas. Ils n'avaient passé qu'une nuit ensemble. Une chose était sûre néanmoins, si enfant il y avait, c'était le sien. Une vague d'émotion le submergea à cette idée, une joie sans mélange, en dépit du fait que Rosamund semblait craindre la perspective d'un bébé.

Pour sa part, jamais il ne s'était autorisé à envisager de fonder une famille. Après qu'il avait perdu Rosamund, il avait abandonné tout espoir d'un foyer, parce qu'elle était la seule femme qui avait accepté de le regarder avec amour, malgré sa situation de cadet sans fortune. Son père ne l'avait jamais considéré autrement que comme un poids indésirable.

Cependant, il devait se montrer prudent dans son désir de famille. Rosamund ne semblait guère enthousiaste à l'idée de se remarier avec lui et moins encore de porter son enfant.

— Les hommes d'Owen sont à votre poursuite ? demanda David.

— Cela ne fait aucun doute. Ne t'inquiète pas, nous ne resterons pas suffisamment longtemps pour mettre Kingsmere en danger. Il faut juste célébrer ce mariage avant que je l'emmène en sécurité.

Tout en réfléchissant à ce qu'il lui restait à organiser, Warrick espérait de toute son âme que Rosamund saurait trouver le bonheur avec le peu qu'il pourrait lui offrir.

Chapitre 11

Les nerfs tendus à l'extrême, Rosamund marcha vers la chapelle de pierre. David lui avait donné une robe qui avait appartenu à sa femme, dont le bliaut couleur émeraude lui allait à la perfection. Les longues manches moulaient élégamment ses bras et la jupe s'évasait sur le sol. Ses cheveux sombres avaient été ramenés en une tresse sophistiquée dans son dos et parés d'un voile blanc translucide. À ses côtés, Bennett et Godfrey l'escortaient.

Tout dans ce mariage tenait de l'extraordinaire. Pour commencer, les cérémonies avaient en général lieu au matin, après quoi les mariés faisaient donner un banquet. Elle se mariait le soir, à la nuit tombée.

Le cœur battant à tout rompre, elle atteignit la petite bâtisse en réprimant les tremblements qui l'assaillaient. Son cœur semblait littéralement coupé en deux. Une partie était submergée de joie et de bonheur à l'idée d'appartenir enfin à Warrick, l'autre assombrie par l'incertitude et le danger qui les guettaient. D'une certaine manière, elle avait la sensation de ne pas mériter ce bonheur.

Warrick l'attendait au côté du prêtre à l'entrée de la chapelle, de même que David et d'autres habitants. Warrick tenait une chandelle allumée dans une main et, tandis qu'elle avançait vers lui, il passa parmi les invités pour allumer leurs chandelles. Émerveillée, Rosamund comprit alors que tous tenaient une chandelle à la main si bien que la nuit fut bientôt éclairée de toutes ces lueurs ondoyantes. Cela avait dû lui coûter une fortune ! Elle sentit son cœur se soulever de bonheur à l'idée qu'il avait fait cela pour elle, pour que cette soirée reste inoubliable. À présent, la cour du château ressemblait à un océan de lumières. Son attention lui réchauffa le cœur. Même si elle n'avait pas eu le choix dans ce mariage, elle savait que Warrick ferait tout pour la rendre heureuse. Elle lui adressa un sourire, se sentant soudain beaucoup plus à son aise.

Ils entrèrent dans la chapelle côte à côte. Quand ils s'agenouillèrent devant le prêtre qui commença son office, elle prit sa main dans la sienne. Elle était aussi glacée que la sienne. Lui aussi était nerveux en dépit de son expression indéchiffrable.

Lorsque ce fut son tour de prononcer ses vœux, elle sentit une paix intense envahir son âme. Cette fois, nul besoin de retenir ses larmes. Elle avait toujours voulu ce mariage et parlait aujourd'hui en son âme et conscience. Peu importait ce qui les attendait, puisqu'ils le traverseraient ensemble.

À son tour, Warrick prononça ses vœux, et ses mains se serrèrent sur les siennes lorsqu'il promit de la prendre pour femme. Son regard intense l'embrasait et, lorsqu'il lui donna le baiser qui scellait leurs promesses, une intense chaleur se répandit dans ses veines, comblant le vide qui l'habitait depuis tant d'années.

Le prêtre bénit leur union et, après la messe, ils rejoignirent les villageois pour le repas de noces. Warrick resta auprès de ses hommes, mais l'encouragea à danser et à s'amuser. Elle était parfaitement consciente qu'il gardait constamment un œil sur elle pour la protéger de leurs ennemis.

Très vite, elle le rejoignit pour prendre sa main dans la sienne.

— Es-tu inquiet qu'ils nous retrouvent ?

— Je sais qu'ils nous retrouveront ; la question, c'est : « Quand ? »

Son visage sombre n'avait rien de rassurant et elle sentit une ombre se profiler sur la fête. Elle ne voulait pas songer aux dangers qui les guettaient, pas cette nuit. Pour l'heure, elle voulait écarter les soucis et regarder vers l'avenir. Elle tira Warrick pour l'entraîner au milieu des danseurs.

— Viens danser avec moi, lui enjoignit-elle avec un sourire séducteur.

— Je ne sais pas danser, se récria-t-il en regardant les danseurs comme s'il aurait mille fois préféré qu'on lui jette des couteaux plutôt que de rejoindre la ronde.

— Ce n'est pas aussi horrible que tu sembles le croire ! Les pas sont très simples.

Elle les lui montra mais il se contenta de lui jeter un regard noir.

— Très bien, admit-elle en riant. Si tu danses avec moi, je te donnerai un baiser.

Les plis de sa bouche se décrispèrent légèrement.

— Tu m'as déjà embrassé.

Avec un sourire coquin, elle se dressa sur la pointe des pieds pour murmurer à son oreille.

— Je n'ai pas précisé *où* je comptais t'embrasser.

Aussitôt, ses yeux flamboyèrent et, sans un mot, il la saisit dans ses bras et l'emporta loin de la foule au milieu des hourras. Tandis qu'il couvrait la distance de la cour en quelques enjambées, elle rit de son ardeur.

— Que comptes-tu faire, Warrick ?

— Tu n'espérais quand même pas me dire une chose pareille et que je reste tranquillement parmi les invités ? gronda-t-il d'une voix rauque.

Elle se pencha et déposa un chaste baiser sur sa joue.

— Voilà, tu as reçu ton baiser.

Il la fit glisser contre son corps pour lui permettre de se tenir debout, sans ôter ses mains de sa taille.

— Est-ce là que tu comptais déposer ton baiser ? Sur ma joue ?

Elle eut un sourire de triomphe, amusée par sa supposition.

— À moins que je ne t'embrasse ici, murmura-t-elle en amenant ses lèvres contre les siennes, aussitôt grisée par leur chaleur.

Sa langue brûlante pressait sa bouche et elle s'ouvrit pour lui. Le désir la fit frémir des pieds à la tête. Trop tôt, il mit fin à leur baiser.

— Il y a encore bien d'autres endroits où tu pourrais m'embrasser, suggéra-t-il avec un sourire en coin.

— Laisse-moi deviner… Tu veux parler d'ici, proposa-t-elle en portant sa paume à ses lèvres.

— Non. Plus bas, murmura-t-il d'une voix rauque. Et sache que, quel que soit l'endroit où tu poseras tes lèvres, j'en ferai de même pour toi, ma douce.

Il saisit son poignet et déposa un baiser à l'intérieur sans la quitter du regard. Soudain, elle fut traversée par des images de sa bouche sensuelle courant sur son corps et sa peau se hérissa.

Warrick la reprit dans ses bras pour lui faire traverser l'entrée de la grande salle. À grands pas, il la conduisit au fond de la pièce, dans la petite chambre séparée où elle avait dormi la journée. Le lit étroit avait été garni de douces fourrures. L'endroit était petit, et elle le trouva incroyablement confortable et accueillant.

Cependant, en dépit de son envie de profiter librement de cette nuit de bonheur qu'elle avait attendue depuis trois ans, elle se sentait encore retenue par la mort toute récente d'Alan. La culpabilité le disputait au plaisir dans son âme, parce qu'elle avait honte de s'être remariée aussi vite, et qui plus en est d'en être heureuse.

— As-tu peur ? demanda doucement Warrick.

Elle secoua la tête. Non, elle n'avait pas peur de lui. En revanche, elle avait peur de la violence des sentiments qui la traversaient. Elle ne pouvait pas nier à quel point elle avait envie et besoin de cet homme, de le sentir la posséder et la combler. De fait, leur mariage n'aurait aucune validité tant qu'il n'aurait pas été consommé.

Warrick retira sa tunique, laissant le vêtement tomber à terre. La peau dorée de son torse brillait doucement à la lumière des torches.

Comme envoûtée, elle s'approcha pour caresser ses muscles saillants, à la fois durs comme la pierre et doux comme la soie. Sa main continua sur son épaule pour arriver à son dos, dont elle traça les cicatrices, la gorge soudain serrée.

— J'aurais tellement voulu que cela n'arrive pas.

— Il y a eu un temps où je t'ai maudite pour ces marques, murmura-t-il. Parce que tu as épousé Alan malgré ces coups de fouet.

— Mon père n'allait pas s'arrêter là. Il t'aurait tué et il m'aurait forcée à assister à ta mise à mort, dit-elle d'une voix sourde. Je ne pouvais pas le laisser faire.

Elle descendit lentement le long de sa colonne vertébrale avant d'enrouler les bras autour de sa taille.

— Il a seulement dit cela pour te manipuler et que tu obéisses à sa volonté.

Elle redressa le menton pour croiser son regard.

— Tu te trompes. Il a dit que ton père lui avait donné la permission de te faire fouetter.

À ces mots, il se raidit. Cependant, elle voulait lui faire comprendre que la menace était sérieuse.

— Je ne pouvais pas supporter l'idée de te savoir mort, Warrick.

Elle posa une main sur sa nuque pour l'attirer à elle.

— Embrasse-moi… Embrasse-moi jusqu'à ce que j'oublie les années où j'ai été séparée de toi, supplia-t-elle.

Sans se faire prier, il l'emporta dans un baiser brûlant. Leurs langues se mêlaient en un ballet sensuel et il posa ses mains sur ses reins, la serrant si fort contre lui qu'elle sentit la raideur de son membre. En réponse, la tension s'accrut au creux de son ventre.

Warrick remonta ses mains jusqu'à son corsage qu'il délaça. Il fit glisser la robe et la chemise en même temps de façon à dégager sa poitrine palpitante. Les manches serrées bloquaient ses bras le long de sa taille.

Warrick ne cacha pas la faim que ce spectacle déclenchait en lui.

— Tu es magnifique, Rosamund.

Elle vibrait tant de désir que la tension en devenait douloureuse.

— Je t'en prie, touche-moi, haleta-t-elle, suppliante.

— Où cela, ma belle ? souffla-t-il avec une lenteur affolante.

L'air frais de la nuit durcissait les pointes de ses seins.

— Mes seins, ordonna-t-elle d'un ton plaintif. Je veux sentir tes doigts et ta bouche sur mes seins.

Il lui obéit, prenant un sein en coupe avant d'en agacer le téton. Une lave brûlante se répandit en elle à ce contact et elle cambra les reins, la tête rejetée en arrière. Puis il saisit ses rondeurs à pleines mains avant de se pencher pour sucer une pointe tendue. La chaleur de sa bouche la fit trembler, et elle sentit ses genoux se dérober sous elle ; alors il la retint fermement du bras.

Rosamund se mit à gémir tandis qu'il envoyait des vagues de volupté depuis ses seins jusqu'à ses extrémités. Au bout d'un moment, il s'écarta pour l'aider à se libérer complètement de sa robe, puis, d'un effleurement sensuel le long de son corps, il la débarrassa de sa chemise. Elle se tenait nue devant lui, incapable de se sentir intimidée tant le désir lui donnait d'audace. Il se déshabilla à son tour et elle sentit sa gorge se serrer face au spectacle de ce corps splendide. Cela faisait si longtemps qu'elle n'avait plus admiré cet homme. Il n'avait pu que lui faire l'amour dans le noir, alors aujourd'hui elle se délectait de pouvoir l'admirer tout son soûl.

Seigneur ! Elle l'aimait aussi fort que trois ans plus tôt. Elle posa une main sur son torse avant de la laisser descendre plus bas, elle passa derrière, caressant la courbe de ses fesses. Warrick imita ses gestes, pressant entre ses larges paumes l'arrondi de son derrière. Elle savoura la sensation excitante de son érection contre son ventre.

Lentement, Rosamund laissa ses mains revenir devant et prit son sexe brûlant entre ses doigts. En écho à ses caresses, ses doigts se posèrent avec délicatesse sur son sexe. Elle inhala brusquement à ce contact électrisant. Lorsque ses doigts se refermèrent autour de son membre avant d'aller et venir doucement, elle sentit les doigts de Warrick s'insérer au cœur de sa féminité.

La sensation fut si puissante qu'elle poussa un cri de volupté. Puis elle reprit ses mouvements de va-et-vient et il se cala sur son rythme, ses doigts la pénétrant tandis que de son pouce il effleurait doucement le centre de son plaisir.

— Je suis à toi, haleta-t-il à son oreille. Tout ce que tu me feras, je te le ferai en retour.

Sa voix rauque et ses paroles intensément érotiques accrurent encore sa convoitise. Elle voulait le toucher intimement, elle voulait lui faire ressentir le même besoin primitif qui la tenaillait.

— Allonge-toi sur les couvertures, ordonna-t-elle d'une voix fiévreuse en écartant sa main.

Si elle le laissait continuer ses caresses, elle ne pourrait bientôt plus tenir debout. Surtout, ses promesses avaient piqué sa curiosité. Parviendrait-elle à lui faire atteindre l'extase comme il y parvenait en jouant de son corps ?

Warrick obéit, s'allongeant sur le petit lit. Enhardie par le pouvoir qu'il lui donnait, Rosamund s'agenouilla au-dessus de lui, une jambe de chaque côté de sa taille. Ses mains explorèrent encore une fois ses muscles déliés et en réponse il posa les siennes sur ses seins exposés, les caressant et les pinçant jusqu'à ce qu'elle ne puisse plus contrôler les ondulations de ses hanches. Alors, elle laissa glisser ses mains plus bas, serrant entre ses paumes son membre gonflé et dur.

Warrick grogna avant d'exiger d'un ton impérieux :

— Tourne-toi dans l'autre sens.

Elle ne comprit pas ce qu'il entendait par là mais il la guida jusqu'à ce qu'elle se tienne sur lui, le dos tourné. D'un mouvement ferme et souple, il tira sur ses jambes jusqu'à ce que ses cuisses se trouvent au niveau de son visage et que son souffle chaud caresse son intimité offerte. Alors, elle comprit l'endroit où il voulait l'embrasser et elle sentit ses joues s'embraser en même temps que la tension au creux de ses reins croissait.

Envoûtée par le désir, elle se pencha vers sa virilité dressée et posa les lèvres au sommet de son membre. Warrick embrassa son sexe.

— Warrick ! s'exclama-t-elle, à la fois troublée et choquée par l'intimité de leurs baisers.

Sans se préoccuper de ses protestations, il recommença. Et la sensation était si intense, si délicieuse, qu'elle ne résista plus. Affolée de plaisir, elle se pencha pour passer sa langue le long de son sexe, tremblant de plaisir lorsqu'il fit de même sur le sien. Audacieuse, elle prit alors son membre dans sa bouche. En réponse, il caressa de la langue la perle de son plaisir, lui arrachant des petits cris étouffés. Bientôt, la sensation fut tellement forte qu'elle en devint douloureuse, jusqu'à ce qu'enfin son corps entier explose de plaisir.

Encore palpitante d'extase, elle se redressa pour amener sa féminité au-dessus de son érection. Dans son dos, Warrick se redressa pour s'adosser au mur. Quand elle se plaça au-dessus de lui, son membre la pénétra d'un seul mouvement souple et un sanglot de pure extase lui échappa. Enfin, il était en elle, il était à elle.

Elle resta un instant immobile, haletante, savourant le simple fait de se sentir emplie par l'homme qu'elle aimait et qu'elle avait si ardemment désiré.

Avec un grondement rauque, il s'empara de ses hanches et les souleva pour la pénétrer plus profondément. Rosamund se sentait à la fois reine et esclave, puissante et totalement exposée puisqu'elle s'offrait à lui, à ses regards, sans pouvoir le regarder en retour.

— Viens ma douce, supplia-t-il.

Et c'est ce qu'elle fit. Prenant appui sur ses genoux, elle se redressa avant de redescendre le long de son membre. Il la récompensa en saisissant dans ses paumes les rondeurs de ses seins, en pinçant doucement les pointes tandis qu'elle le chevauchait. Le plaisir était si intense qu'elle rejeta la tête en arrière, la laissant prendre appui sur l'épaule de Warrick tandis que ses lourds cheveux cascadaient dans son dos.

Seigneur, jamais elle n'avait ressenti un tel plaisir de sa vie entière, pas même lorsqu'il l'avait prise par le passé. Comme elle accélérait le rythme de ses hanches, il saisit sa taille pour accentuer la puissance de ses coups de reins et sa main descendit entre ses cuisses pour caresser sa chair intime. Il ne faisait qu'effleurer sa féminité, pourtant son corps tout entier se mit à trembler. Elle sentit qu'une nouvelle jouissance, tout au fond d'elle, tentait de l'emporter et elle le supplia dans un souffle :

— Warrick, plus fort, j'ai besoin de toi… Plus vite.

Alors il lui donna ce qu'elle demandait. Un bras passé autour de sa taille, il la pénétra de plus en plus vite, de plus en plus fort, jusqu'à ce qu'elle s'effondre entre ses bras, terrassée par la jouissance, en criant son nom.

Comme elle gisait alanguie entre ses bras, il se retira et la porta pour l'allonger sur le dos. Il plongea son regard dans le sien, trouble de plaisir, et dit avec une intensité délicieuse :

— Tu es à moi. Maintenant et pour toujours.

— Je suis à toi, acquiesça-t-elle faiblement.

Alors, il amena encore une fois son sexe à l'orée de sa féminité et elle croisa les jambes autour de ses hanches pour l'attirer en elle. D'abord doux et lent, il ne put bientôt plus retenir la puissance de ses coups de reins et elle attrapa ses cheveux pour accompagner chacun de ses va-et-vient, jusqu'à ce qu'elle le sente se raidir brusquement au-dessus d'elle.

Rosamund laissa rouler sa tête sur l'oreiller, le corps toujours frémissant d'extase. Ils étaient désormais mari et femme aux yeux de la loi comme de Dieu. Warrick resta en elle tout en la serrant contre son grand corps. Ils demeurèrent ainsi un long moment avant qu'il ne prenne la parole.

— Peu importe ce qu'il advient de Pevensham, je garde l'espoir qu'un jour nous aurons un enfant à nous.

Ces mots provoquèrent chez Rosamund un chagrin inattendu et les larmes emplirent ses yeux au souvenir de sa petite fille. Elle avait enfoui ce secret en elle puisqu'elle avait décidé de ne jamais lui en parler. Cependant, il méritait de connaître la vérité et, à présent qu'ils étaient mariés, elle ne pouvait le lui cacher plus longtemps.

Elle prit une profonde inspiration et rassembla son courage.

— Nous avons déjà conçu un enfant, commença-t-elle d'une voix si basse qu'elle en était presque inaudible.

Elle frissonna de peur, inquiète de sa réaction. Il la fit glisser sur le côté pour se mettre face à elle.

— Il est encore trop tôt pour le savoir, ma douce. Nous n'en serons pas sûrs avant plusieurs semaines.

Malgré la boule qui lui obstruait la gorge, elle se força à expliquer :

— Tu ne comprends pas. Nous avons conçu un enfant… autrefois. Notre… notre fille aurait eu trois ans si elle avait vécu.

Soudain, son corps tout entier se raidit et elle perçut la tension qui l'habitait tandis qu'il prenait conscience de sa révélation. Pendant quelques secondes qui lui semblèrent s'étirer à l'infini, il plongea son regard bleu dans le sien et elle sentit la colère enfler en lui.

— Tu veux dire que tu portais mon enfant lorsque tu as épousé Alan ?

Elle hésita, le cœur glacé d'appréhension avant d'acquiescer.

— Oui, souffla-t-elle.

Il garda le silence un instant avant de s'asseoir au bord du lit. Privée de sa chaleur, elle sentit un froid immense lui glacer le corps. Elle chercha quoi dire pour combler le fossé qui venait de se creuser entre eux, ne trouva rien. Elle s'était attendue à sa colère bien sûr, pas à cette réaction froide.

— Le savais-tu le jour de ton mariage ?

— J'avais quelques jours de retard sur mon cycle, mais je n'en ai été certaine que plus tard.

Comme son silence se prolongeait, elle tenta de s'expliquer.

— Mon père avait compris que je n'étais plus vierge, il a soupçonné que j'attendais un enfant. Il l'a dit à Alan avant le mariage, et ce dernier a accepté de m'épouser malgré le risque de grossesse.

— Il voulait le faire passer pour son héritier, gronda-t-il avec fureur.

— Je suppose que oui.

— Pourquoi ne me l'as-tu jamais dit ? Me croyais-tu incapable de prendre soin de toi et de notre enfant ? Avais-tu tellement honte de ma position et de ma pauvreté que tu as préféré épouser un homme riche ?

— Arrête ! Je t'ai déjà tout expliqué ! s'écria-t-elle, blessée par ses accusations. J'avais peur. Je voulais seulement que tu vives et j'ai fait les choix qui s'imposaient parce que je ne pouvais pas supporter de t'imaginer mort ! J'aurais épousé n'importe quel homme si cela t'avait protégé.

— Pourtant, tu ne m'as jamais rien dit de cet enfant. Tu ne m'as envoyé aucun message. Pourquoi me l'as-tu caché ?

Sa voix claquait avec colère et elle avala avec difficulté avant d'admettre la vérité.

— Parce que tu ne serais pas resté à l'écart. Tu serais venu pour m'emmener loin de Pevensham.

— Bien sûr que je l'aurais fait ! s'emporta-t-il.

Avec des gestes pleins de rage, il enfila ses chausses. En dépit de sa peine, elle reconnut qu'elle méritait son ressentiment.

— Je ne peux rien faire pour changer le passé, dit-elle avec douceur. J'ai eu tort de ne pas t'en parler.

Il resta immobile, lui tournant le dos, la tête baissée. Le cœur lourd, elle aurait voulu n'avoir jamais avoué la vérité. Cela avait assombri de peine et de désespoir une nuit qui n'aurait dû être faite que d'amour et de plaisir. Cependant, elle ne regrettait pas qu'il n'y ait plus de secret entre eux.

— J'ai perdu l'enfant. J'ai… j'ai pensé que c'était le châtiment de Dieu pour ce que nous avions fait.

— Le châtiment de Dieu ? répéta-t-il en se tournant brusquement vers elle. Nous avons échangé nos vœux et consommé notre union ! En quoi cela aurait-il mérité un châtiment ? Dieu ne punit pas les enfants, Rosamund ! C'est plutôt Berta qui a dû t'empoisonner pour te faire perdre l'enfant.

Rosamund blêmit brutalement et sentit son sang se changer en glace. Dieu du ciel ! Jamais elle n'avait soupçonné une telle chose. La servante avait assuré avoir commencé à empoisonner Alan l'année dernière. Était-il possible qu'Owen l'ait forcée à empêcher l'arrivée de son enfant ? Elle revint en esprit au jour terrible où elle avait perdu sa fille. Avant la délivrance, elle avait eu de terribles crampes et avait saigné. Rosamund gémit en se pliant en deux sous le coup de la douleur, la pensée que son enfant avait été tuée lui était intolérable.

— Tu as peut-être raison, murmura-t-elle, défaite. Quelle qu'en soit la raison, notre fille n'est plus. Et, pour te dire la vérité, je ne suis pas impatiente de porter un autre enfant. Cela me terrorise.

Elle tira sur son corps nu une fourrure, frissonnant à l'idée qu'ils avaient peut-être déjà conçu un bébé. Warrick ne dit rien mais marcha jusqu'au coin opposé de la pièce, les épaules rigides de colère.

— Tu aurais dû me parler de notre fille. J'avais le droit de savoir.

— C'est vrai, admit-elle en lui adressant un regard suppliant. Je suis désolée, Warrick.

Comme il restait distant et impassible, elle comprit qu'il était profondément furieux après elle. Elle se serra dans les fourrures, en regrettant de ne pouvoir retrouver leur complicité d'avant. Elle savait qu'il lui faudrait du temps pour lui faire à nouveau confiance.

— Dors maintenant. Nous partirons à l'aube, dit-il en enfilant sa tunique.

Puis il quitta la petite chambre, la laissant seule. Apparemment, il ne supportait pas l'idée de passer la nuit auprès d'elle.

Après son départ, Rosamund se roula en boule et laissa ses larmes couler. Elle pria le ciel avec ferveur pour que Warrick lui pardonne.

Chapitre 12

Comme il le lui avait annoncé, il emmena Rosamund loin de Kingsmere à l'aube. Ses hommes chevauchaient un peu en arrière. Même s'ils n'avaient remarqué aucun signe trahissant la présence d'Owen, ils restaient tous trois sur leurs gardes.

Warrick avançait au rythme de Rosamund. Toutefois, il avait bien du mal à regarder sa femme. La révélation de la veille l'avait profondément ébranlé. Son imagination lui représentait la jeune femme enceinte, terrifiée et mariée à un autre. Cette image le hantait. Plus douloureux encore était la pensée de sa petite fille morte avant d'avoir vécu, son propre sang, un petit être qu'il ne connaîtrait jamais.

Cette perte le blessait plus violemment qu'il ne l'aurait cru. Il avait la sensation que, bien qu'il n'ait jamais connu son enfant, une partie de lui-même était désormais enterrée à son côté. Il imaginait le visage de sa fille, une enfant rieuse avec les yeux de Rosamund, qui courait vers lui. Il l'aurait emportée dans ses bras et l'aurait jetée en l'air pour la faire rire. Hélas, cette enfant était partie, remplacée par un poids sur son cœur. Il avait beau tenter d'écarter cette noirceur, elle revenait l'assaillir. Comment Rosamund avait-elle pu garder ce secret pendant trois ans ? À cause de son silence, un mur invisible semblait s'être dressé entre eux.

— As-tu toujours l'intention de m'emmener chez mon père ? demanda-t-elle finalement.

— Oui.

Harold était le seul homme assez puissant pour protéger Rosamund pendant que lui affronterait Owen. Il ne voyait aucune autre solution.

À son côté, Rosamund marqua le pas.

— Je préférerais ne plus le revoir. C'est lui qui m'a forcée à épouser Alan. C'est lui qui est responsable de nos malheurs, dit-elle d'une voix pleine de rancœur.

Elle approcha son cheval du sien.

— Tu as l'intention de me laisser là-bas, n'est-ce pas ?

Il inclina la tête en détournant le regard. Après la nuit passée, un peu de distance entre eux leur ferait du bien. Cela l'ennuyait profondément qu'elle ait peur de porter un autre enfant et ne le croie pas capable de prendre soin d'eux. Elle avait déjà abandonné l'idée de revoir Pevensham et, pour sa part, il n'avait ni terres ni domaine à lui offrir. Il était exactement l'homme que son père méprisait. Or, il savait que Harold de Beaufort offrirait un asile à sa fille… Mais pas à lui.

Il finit par arrêter son cheval et plongea son regard dans le sien.

— Je vais te laisser sous la protection de ton père jusqu'à ce que j'aie réglé le problème de Pevensham. Pour cela, je dois aller voir le roi.

D'un geste, il fit signe à Godfrey et à Bennett de s'arrêter pour les laisser discuter en toute intimité.

— Pourquoi ne m'emmènes-tu pas avec toi ? Maintenant plus que jamais ?

— Ton père saura te protéger, répéta-t-il d'un ton buté.

Elle lui jeta un regard incrédule.

— Je déteste mon père depuis le jour où il m'a donnée à Alan. Il a essayé de te tuer, pour l'amour du ciel !

— C'est mon propre père qui a donné l'ordre de me battre. Et je n'oublie pas ce que m'a fait Harold.

Les cicatrices qui marquaient son dos étaient là pour le lui rappeler.

Elle pâlit et ferma les yeux.

— J'ai cru que ce serait différent, cette fois. J'ai cru que tu te battrais pour nous.

— C'est précisément ce que je fais, répliqua-t-il avec colère. Ne comprends-tu pas ? Je n'ai aucun abri sûr à t'offrir. Je ne peux pas t'emmener sur les terres de mon père et, si nous voyageons jusqu'au domaine de mon frère en Écosse, les hommes d'Owen nous rattraperont.

— Mon père se moque bien de moi.

Ses grands yeux verts étaient humides de larmes et il eut mal pour elle. Seulement, il était incapable de la consoler tant son ressentiment était profond.

— Il se préoccupera de l'enfant que tu pourrais porter, contra-t-il. Je refuse de prendre le risque de te mettre en danger.

— As-tu si peu d'estime pour toi-même que tu refuses que nous restions ensemble ? Pourquoi te détournes-tu de moi ?

— Bon sang, Rosamund ! Je n'ai que deux hommes ! Owen a une armée derrière lui. Si tu crois que je mettrais ta vie et celle de notre enfant en danger, tu te trompes !

Il voulait la savoir bien à l'abri derrière des murailles de pierre infranchissables, protégée par des douzaines de gardes.

— Ce n'est pas seulement pour ma protection, n'est-ce pas ? C'est à propos de notre fille. Tu es en colère après moi.

Il ne prit pas la peine de le nier.

— Tu n'aurais pas dû me le cacher, dit-il sans chercher à masquer sa rancune.

— Warrick, je ne peux pas changer les erreurs que j'ai commises. Je peux seulement tenter de m'amender.

Il lut la peine et la tristesse sur son visage. Il ne doutait pas qu'elle regrettait sincèrement ce qu'elle avait fait. Cependant, il avait besoin de temps pour lui pardonner.

— Reste auprès de ton père le temps que je revienne te chercher, dit-il avec plus de douceur.

Rosamund saisit sa main, la caressant du pouce, avant d'enlacer ses doigts aux siens. Warrick se durcit contre la chaleur que ce simple contact provoquait en lui.

— Je suis ta femme, Warrick. Quoi qu'il arrive, nous allons construire une vie ensemble — cette vie que nous aurions dû avoir voilà trois ans.

Il acquiesça mais détourna le regard.

— Nous devrions atteindre les terres de ton père à la tombée de la nuit.

Rosamund ne savait pas comment alléger l'humeur de Warrick. Plus ils approchaient de leur destination, plus la tension entre eux s'accroissait. Bientôt, il lui ordonna de chevaucher entre ses hommes et partit en avant. Elle obéit à contrecœur.

— Pour un jeune marié, il semble tendu, fit remarquer Bennett. Je suppose qu'il est resté trop longtemps sans femme. La nuit dernière ne lui a pas suffi, ajouta-t-il avec un clin d'œil à son intention.

Elle lui sourit faiblement.

— Il est soucieux à cause de Pevensham. Il a l'intention de me laisser ici.

— Vous pourriez peut-être adoucir son humeur, proposa joyeusement Godfrey. Un homme est facile à manœuvrer par sa qu…

— Tais-toi ! l'interrompit Bennett. C'est une lady, pas l'une de tes servantes d'auberge !

Godfrey haussa les épaules en feignant l'innocence.

— Je disais seulement que quelques ébats ne peuvent pas nuire à un homme dans la force de l'âge.

En riant, Rosamund posa ses mains sur ses oreilles.

— Assez ! Je ne veux plus rien entendre !

Les hommes tentaient de l'aider, seulement elle n'avait

aucune envie d'aborder un tel sujet avec eux. Cela dit, elle comprenait où ils voulaient en venir et ils n'avaient sans doute pas tort. Warrick bouillait de colère même s'il affectait une expression froide. Elle devait le confronter pour qu'il évacue enfin sa fureur.

Tandis qu'ils le suivaient de loin, Rosamund observa les alentours. Bientôt, elle identifia le paysage et, tandis qu'elle entrait dans le village, elle reconnut de nombreux visages de son enfance. Elle avait aimé ces terres autrefois. Son endroit préféré était le jardin où sa mère avait planté des centaines de roses.

Aujourd'hui, les circonstances avaient bien changé. Ses parents accepteraient-ils Warrick comme gendre après tout ce qui s'était passé ? Elle avait envie de revoir sa mère, même si elle se moquait bien de ne plus jamais croiser son père. À présent qu'elle se rapprochait de lui, la haine qui n'avait jamais quitté son cœur reprenait vie avec une force redoublée. Jamais elle ne lui pardonnerait de l'avoir manipulée et séparée de l'homme qu'elle aimait.

Quand ils entrèrent dans la forteresse, Harold de Beaufort se tenait sur les marches de l'entrée, l'expression indéchiffrable. Il portait un habit de soie assorti d'une fourrure précieuse. Il ne prononça pas le moindre mot de bienvenue et ne lui adressa pas un sourire. Elle garda elle aussi un visage impassible afin de ne pas trahir ses émotions.

Bennett démonta pour venir l'aider à descendre de selle. Aussitôt, elle rejoignit Warrick et remarqua la crispation qui marquait la bouche de son père.

— J'ai entendu dire qu'Alan de Courcy était mort, et je viens également d'apprendre que tu as épousé cet homme à peine un jour plus tard, dit son père d'une voix dure.

— J'ai épousé votre fille sur l'ordre d'Alan de Courcy, répondit Warrick. Il craignait pour sa sécurité et m'a fait jurer sur son lit de mort de prendre soin d'elle.

— C'est ce que vous dites, dit-il avec dédain. Que voulez-vous de moi ?

— Rosamund porte l'enfant d'Alan et, si elle met au monde un fils, il deviendra l'héritier de Pevensham. Nous avons toutes les raisons de croire qu'Owen de Courcy a ordonné la mise à mort de son frère. Rosamund ne peut pas rester à Pevensham, pour le bien de son enfant à naître.

Rosamund fut impressionnée par la facilité avec laquelle il mentait sur sa grossesse. Peut-être l'avenir lui donnerait-il raison ?

L'expression de son père demeura de marbre.

— Maintenant que vous l'avez épousée, beaucoup croiront que l'enfant est de vous.

Nul besoin de préciser qu'il le croyait lui-même.

— Alan avait déjà parlé de cette grossesse autour de lui. Beaucoup pourront en témoigner, y compris son propre frère et le prêtre de Pevensham. Pour le moment, Rosamund a besoin d'un lieu protégé en attendant sa délivrance.

— Et qu'en est-il de votre domaine ? N'avez-vous donc aucun refuge à offrir à votre épouse ?

La remarque de son père était une blessure délibérée faite à la fierté de Warrick. Elle sentit clairement la tension de ce dernier avant qu'il ne réponde.

— Les terres de ma famille sont trop loin d'ici et j'ai l'intention d'affronter Owen pour rendre justice à Alan de Courcy. J'ai besoin que quelqu'un d'autre protège ma femme quand je serai au loin. Vos terres étaient les plus proches.

Bien qu'elle ait été au courant qu'il avait l'intention de partir, une sueur glacée coula dans son dos. Elle craignait qu'il ne lui arrive malheur. Elle ne voulait pas qu'il la quitte — du moins pas tant qu'elle n'aurait pas apaisé sa colère et obtenu son pardon.

— Pouvons-nous entrer, père ? demanda-t-elle d'une voix polie mais froide.

Harold s'écarta, leur livrant passage. En passant près de lui, elle remarqua les traces de l'âge dans les mèches grises de ses cheveux et les reflets argentés de sa barbe. Son regard était teinté de méfiance. Cela n'avait rien d'étonnant. Après tout, elle avait amené le danger sur ses terres, car il ne faisait aucun doute qu'Owen la poursuivrait.

— Vous n'avez pas mangé, je suppose ? demanda-t-il avant d'ordonner aux domestiques de ramener du pain et de l'ale.

— Seulement quelques provisions de voyage très tôt ce matin, répondit-elle. Je serais heureuse de pouvoir prendre un repas chaud.

Elle traversa la grande salle, à la recherche de sa mère. Elle n'était nulle part en vue. À sa place, elle vit sa sœur assise sous le dais. Les yeux de Cécilia s'élargirent de surprise, et elle vint aussitôt à sa rencontre, les bras ouverts en signe de bienvenue.

— Rosamund. Jamais je n'aurais cru te revoir ici.

— Je ne m'attendais pas à y revenir moi-même.

Le regard interrogateur de sa sœur passa sur Warrick et elle le présenta comme son nouvel époux. Cécilia le salua avec politesse, sans parvenir à masquer la réserve dans sa voix.

— Où est mère ? demanda-t-elle.

Elle avait hâte de la retrouver après une si longue absence. Bien sûr, elle était préparée à recevoir une leçon de morale concernant son mariage hâtif. Pourtant, la présence autoritaire d'Agnès lui manquait. Derrière sa sévérité, elle savait qu'elle tenait sincèrement à elle.

Cécilia adressa un regard gêné en direction de leur père avant d'admettre :

— Mère est morte l'hiver dernier.

Le cœur de Rosamund fut submergé par une vague de douleur et de stupéfaction à cette nouvelle. La colère suivit presque aussitôt.

— Personne n'a pensé à m'annoncer la nouvelle ? Tu aurais dû me le dire !

Malgré les défauts de sa mère qui avait passé sa vie à chercher la moindre faute dans tout ce qu'elle faisait, elle l'avait aimée. Elle aurait dû être présente à sa messe de funérailles.

— Père me l'avait interdit, chuchota Cécilia en baissant les yeux. Nous parlerons de cela plus tard, promit-elle en lui serrant gentiment la main.

Rosamund avait désormais la preuve que son père n'avait pas changé le moins du monde. Si elle restait ici, il trouverait un moyen de la retenir prisonnière et l'empêcherait de revoir Warrick. Elle s'efforça de maîtriser la panique qui montait en elle. Elle devait se montrer calme et forte.

Elle rejoignit son père et Warrick au bout de la longue table d'honneur. Comme Harold ignorait ostensiblement son époux, elle ne put retenir un mouvement d'humeur et décida de le confronter.

— J'aurais aimé que vous m'informiez du décès de ma mère.

— Pourquoi t'en serais-tu souciée ? rétorqua-t-il. Tu n'as pas pris la peine de nous rendre visite une seule fois depuis ton mariage. En trois ans, nous n'avons reçu aucune nouvelle.

Elle l'affronta du regard sans faiblir.

— Vous savez pourquoi, répondit-elle d'un ton parfaitement calme.

Voilà sa vengeance misérable pour le silence qu'elle lui avait imposé. Harold haussa les épaules et leva son gobelet.

— Agnès est tombée malade d'une toux et elle ne s'est pas remise.

Elle déchira un morceau de pain pour apaiser son esprit.

— Je serais venue si vous aviez envoyé un message.

— Mais je ne l'ai pas fait, répliqua-t-il d'un ton coupant. Et maintenant te voilà qui viens me demander mon aide.

Il se servit un nouveau verre d'ale. Une ligne dure

marquait le pourtour de sa bouche. Rosamund se sentit brusquement fatiguée par toute cette rancœur et cette amertume.

— Souhaitez-vous réellement que nous restions ennemis ? demanda-t-elle simplement. Après tout ce temps ?

Harold avala sa coupe sans daigner lui répondre. Eh bien, qu'il en soit ainsi ! Elle finit sa coupe et son repas avant de se tourner vers Warrick.

— Je vais rejoindre ma sœur à l'étage. Je te rejoins plus tard.

Elle se pencha pour déposer un baiser sur sa joue, afin de montrer à son père que ce mariage était un choix délibéré et heureux. Warrick lui tint la main un instant et elle la serra en une promesse muette.

À son approche, Cécilia se leva et la conduisit à l'étage. Lorsqu'elle entra dans la pièce commune, elle vit aussitôt le panier de broderie de sa mère, posé près d'une chaise. Le cœur serré, elle s'en approcha et prit le tambour de broderie qui dépassait, reconnaissant le travail de sa mère. C'était un motif simple de roses et Agnès avait à peine commencé à en broder les feuilles. La vue de son travail lui amena les larmes aux yeux. Elles avaient aimé toutes les deux s'installer ici pour broder côte à côte. Elle tenait entre ses mains un petit peu de sa mère et cela lui faisait terriblement mal.

Rosamund se tourna vers sa sœur.

— Puis-je le prendre ? Afin de finir son ouvrage ?

— Bien sûr. Elle en aurait été heureuse.

Cécilia avança jusqu'à une fenêtre.

— Qu'il l'admette ou non, tu as manqué à père. Tu nous as manqué à tous. Mère a tenté de le convaincre de te rendre visite, mais il a déclaré qu'il n'irait jamais à Pevensham à moins que tu ne l'y invites.

Ainsi, il avait compris à quel point elle l'avait haï. Son cœur se durcit sous le poids de l'amertume qui avait empoisonné son amour filial. Pour changer de sujet, elle demanda :

— J'aurais pensé que tu serais mariée à présent, que tu aurais ton propre foyer.

L'expression de sa sœur se durcit.

— Personne n'a demandé ma main.

— C'est impossible ! Tu es une femme magnifique, n'importe quel homme serait fier de t'avoir pour épouse.

Cécilia sourit avec tristesse.

— Vraiment ? Pourtant, tous m'ont traitée de souris et ont écrit des chansons à mon propos, après que j'ai refusé d'épouser l'homme que père avait choisi pour moi.

Interdite, Rosamund ne put que cligner des yeux, aussi Cécilia expliqua :

— C'était un horrible prétendant — un homme cruel qui affamait ses chiens et les battait. Jamais je n'aurais pu accepter de faire des enfants avec un tel monstre ! Père a juré que, si je n'épousais pas Gérard, je devrais rester à la maison et ne jamais me marier. J'aurais seulement l'autorisation d'entrer au couvent. Tu vois quelle était l'étendue de mes choix, conclut-elle avec une grimace comique.

— Aimerais-tu te marier ? demanda Rosamund en s'installant pour broder.

Elle choisit une nuance de vert clair et ajouta de la profondeur au motif de sa mère.

— Je pourrais l'envisager avec un homme bon. J'ai entendu dire que tu attendais l'enfant d'Alan. Quand dois-tu donner naissance à ton bébé ?

Rosamund baissa les yeux sur ses points, gênée.

— L'hiver prochain, répondit-elle évasivement.

Sa sœur acquiesça en prenant une chaise pour s'installer auprès d'elle.

— Je te souhaite bonne fortune pour cet enfant à naître.

Sa sœur garda le silence un moment avant d'oser poser la question qui lui brûlait visiblement les lèvres.

— Est-ce vraiment si terrible que cela de… d'être avec un homme ? Cette idée me terrorise.

Comme elle allait répondre, amusée par l'angoisse de sa sœur, le regard de Rosamund fut attiré par un léger mouvement et elle reconnut la silhouette de Warrick près de la porte. Elle aperçut son mince sourire, signe qu'il avait entendu la question de Cécilia.

— Rosamund ? Alors ? J'aimerais autant être prévenue.

Elle répondit à sa sœur avec un sourire serein.

— Non, cela n'a rien d'horrible, je t'assure. Quand tu es mariée à un homme que tu aimes, c'est même… absolument merveilleux.

Cécilia l'observa avec attention, toujours suspicieuse.

— Mais… est-ce que ce n'est pas douloureux ?

Rosamund leva le regard vers Warrick, derrière sa sœur.

— Fais-moi confiance. Il n'y a nulle part au monde où je souhaiterais être, sinon dans les bras de Warrick.

Il lui rendit son regard un instant avant de disparaître. Elle sentit son cœur se serrer. Si seulement il pouvait comprendre la sincérité de son amour et lui pardonner son secret.

Warrick attendit que Rosamund sorte de la pièce. À sa vue, ses joues rosirent et elle fit comme s'il n'avait rien entendu de sa conversation. Il la suivit jusqu'à la chambre qu'il partagerait avec elle. Tandis qu'ils marchaient à travers le château, il sentit son agitation et son malaise s'accroître. Il s'en voulait d'avoir été forcé de l'emmener jusqu'ici, de l'obliger à faire face à son père. Ils avaient besoin d'un foyer à eux, un endroit où il pourrait diriger ses propres hommes et son propre domaine.

Il avait dit à Rosamund qu'il irait parler au roi pour Pevensham, et il le ferait, pour le bien des habitants du domaine. Il ne laisserait pas de pauvres gens être gouvernés par un homme comme Owen. Cependant, les chances d'hériter de Rosamund étaient au mieux extrêmement faibles. Si elle n'était pas déjà enceinte d'un enfant, alors ils n'auraient aucun recours légal.

Néanmoins, même s'ils ne parvenaient pas à récupérer Pevensham, il avait l'intention d'en appeler au roi, afin de lui proposer tout ce qu'il voudrait en échange d'une parcelle de terre. Gagner une terre qui lui appartienne était un moyen de conjurer les fantômes du passé, de prouver sa valeur.

Rosamund — sa femme, songea-t-il avec délectation — interrompit ses pensées en lui prenant la main pour le conduire vers leur lit.

— Nous devons parler, Warrick.

En vérité, il n'y avait rien de plus à dire. Pourtant, il s'assit sur le lit et elle vint se placer entre ses jambes en saisissant son autre main. Ses mains étaient douces et chaudes, et elle le fixait de ses yeux émeraude.

— Je ne veux pas que tu fasses appel au roi. Qu'Owen prenne possession de Pevensham, au moins, nous n'entendrons plus jamais parler de lui. Nous pourrions aller en Irlande comme tu l'as suggéré. Je pense qu'Owen pourrait tenir parole et nous donner un domaine là-bas.

Apparemment, elle préférait emprunter la voie la plus sûre, celle qui impliquait d'abandonner la lutte. Toutefois, il ne croyait pas un seul instant qu'Owen se montrerait aussi généreux.

— Owen ne nous donnera rien du tout. Il va surtout vendre tout ce qu'il pourra afin de rembourser ses dettes.

Elle posa ses mains sur ses épaules et il se durcit contre le plaisir de sa proximité.

— Alors nous pourrions vivre auprès de ton frère Rhys en Écosse. Tout ce qui compte, c'est que nous soyons en sécurité.

— Et si tu portais réellement un enfant ?

— Nous savons tous deux qui sera son père. Notre fils n'aurait aucun droit légitime sur Pevensham. J'aimerais mieux que nos enfants portent ton nom, murmura-t-elle en posant son front contre le sien.

Malgré ses paroles, Warrick n'avait aucune envie de se comporter comme un lâche en abandonnant Pevensham et ses gens à l'avidité d'Owen. Il se leva, dominant Rosamund de toute sa taille.

— Ainsi, tu comptes abandonner les habitants de ton domaine et laisser Owen gagner ? Était-ce ce qu'Alan voulait ?

Elle pâlit brusquement.

— Les habitants n'étaient loyaux qu'au nom de de Courcy, ni à moi ni à Alan.

— À moins qu'ils n'aient été terrifiés par Owen.

Elle ne répondit pas. À la place, elle fit glisser ses mains sous sa tunique pour toucher son torse nu. Il comprit qu'elle tentait par cette distraction d'échapper à la vérité. Toutefois, l'odeur de sa peau éveilla ses sens et il ne put résister à l'envie de glisser ses doigts dans ses cheveux d'ébène.

— Nous étions tous terrifiés par Owen, admit-elle finalement. C'est pour cela que je veux partir. Je ne veux plus jamais croiser sa route.

Ses doigts remontèrent pour se poser sur son cœur.

— Tu ne dois plus avoir peur d'aucun homme.

Elle se raidit et inspira brusquement.

— Owen ne cessera pas de nous poursuivre tant qu'il soupçonnera la menace d'un héritier. Si tu pars, il viendra s'en prendre à moi jusqu'ici.

Elle attira son visage contre sa poitrine frémissante et il ressentit sa peur.

— Ton père te protégera, assura-t-il. Il a une véritable force armée et des douzaines de soldats. Owen ne peut pas t'atteindre tant que tu ne quitteras pas ces murs.

— Je n'ai aucune confiance en mon père, dit-elle d'un ton mélancolique. Je ne veux pas que tu me laisses derrière.

Il s'écarta de son étreinte pour la regarder dans les yeux.

— Owen doit être traduit en justice pour ce qu'il a fait.

Il lut sur son visage qu'elle ne le croyait pas entièrement. Visiblement elle soupçonnait qu'il y avait plus qu'Owen qui l'éloignait d'elle.

— Ce n'est pas la seule raison, n'est-ce pas ?

Warrick ne pouvait lui déclarer des mensonges rassurants, même si c'était exactement ce qu'elle lui demandait. À la place, il recula d'un pas.

— Tu dois être fatiguée. Repose-toi.

Sans l'écouter, elle tira sur les lacets de son corsage et dégagea ses épaules de la robe bleue. Celle-ci était tellement ajustée aux manches qu'elle avait du mal à les retirer.

— Peux-tu m'aider Warrick ? demanda-t-elle d'une voix douce et invitante.

Warrick ne put empêcher le désir de gronder en lui, quand bien même son esprit lui conseillait de ne pas la toucher.

Cependant, elle ne pouvait apparemment pas se débarrasser de cette robe sans son aide puisqu'il n'y avait aucune servante pour l'aider. Quand il posa ses mains sur ses épaules, il ne put s'empêcher de contempler les rondeurs tentatrices de ses seins sous la fine chemise de lin. Que Dieu lui pardonne, il rêvait de les prendre dans ses mains et de les taquiner jusqu'à ce que les pointes roses se dressent.

Une fois que sa robe fut tombée à ses pieds, il trouva néanmoins le courage de s'écarter. Son corps lui enjoignait violemment de s'unir à elle, de la faire vibrer de plaisir, mais il résista à la tentation. Elle le contempla avec un regard plein de chagrin.

— Tu ne m'as pas pardonné.

Ce n'était pas une question, simplement une constatation douloureuse. Il secoua lentement la tête.

— J'ai besoin de temps, Rosamund, expliqua-t-il plus durement qu'il ne l'aurait voulu, aussi s'efforça-t-il d'adoucir son ton. Je partirai au matin avec mes hommes. Owen nous suivra sûrement, ainsi il ne te trouvera pas.

— Et s'il te trouve toi ? Tu n'as que deux hommes.

— Nous pourrons nous défendre si cela devenait nécessaire.

Elle se rapprocha pour le prendre dans ses bras, vêtue de sa seule chemise.

— Ne pars pas en laissant de la colère entre nous, je t'en supplie, murmura-t-elle.

Elle fit courir ses doigts dans son dos, traçant avec légèreté les traces de ses cicatrices.

— J'aimerais tant pouvoir revenir en arrière, souffla-t-elle.

Il eut mal en voyant l'expression d'inquiétude et de regret sur son visage. Puis ses traits se crispèrent brusquement lorsque ses doigts passèrent sur la cicatrice qui ornait le bas de son dos. Il écarta sa main en tenant sa paume contre la sienne.

— Cette cicatrice n'a pas été causée par le fouet, dit-elle d'un ton définitif. C'est une ancienne brûlure.

— C'était il y a très longtemps, peu importe, déclara-t-il d'un ton indifférent.

Il serra sa main, en se rappelant qu'il était fermement décidé à la laisser dormir seule. Malheureusement, Rosamund ne se laissa pas distraire.

— Si cela n'avait aucune importance, tu me dirais d'où elle vient. Ce souvenir t'ennuie, je le sens.

Seigneur ! Elle n'allait pas abandonner et il le savait. Pourtant, il n'avait pas envie de rouvrir la porte aux vieux cauchemars d'autrefois. Elle libéra sa main pour tracer les contours de la brûlure.

— Quelqu'un t'a brûlé avec un tisonnier. Est-ce ton père qui t'a fait ça ?

Il se raidit violemment, incapable d'en parler.

— Laisse le passé reposer en paix, Rosamund.

Elle caressa doucement sa joue.

— Raconte-moi ce qui s'est passé, pria-t-elle.

Warrick n'avait aucune envie de réveiller les douleurs du passé. Néanmoins, il tenait là l'occasion de lui demander quelque chose en retour. Il posa ses mains autour de sa taille.

— Si je te le dis, alors tu dois en retour me parler de notre fille. Je veux savoir ce qui s'est passé quand tu as appris que tu l'attendais.

Sa femme hésita, l'observant avec indécision.

— Si j'accepte, me pardonneras-tu pour mon silence ?

Il ne pouvait lui faire une telle promesse, puisqu'il ne savait pas s'il en était capable.

— Je ne sais pas, Rosamund.

Elle soupira avant de s'asseoir sur le bord du lit.

— J'ai dit à mon père que j'accepterais d'épouser Alan et il a promis de te laisser en paix. Il m'a ramenée à la maison où le contrat de fiançailles m'attendait. Les premières semaines, j'avais l'impression de vivre l'existence d'une autre. Je faisais ce qu'on exigeait de moi sans réfléchir. Et chaque nuit, je pleurais en songeant à toi.

Il vint s'asseoir à son côté et elle traça le contour de son épaule.

— Puis j'ai commencé à être malade. Pas seulement le matin, comme c'est souvent le cas. J'étais malade la plupart du temps. Mon père a fini par me surprendre et il a compris ce qui se passait. Lorsqu'il m'a accusée de porter ton enfant, j'en ai moi-même pris conscience. Tu ne peux pas imaginer la joie que j'ai ressentie. Je pensais qu'ainsi Alan ne m'épouserait jamais. Je croyais que père t'enverrait un message et que nous nous marierions comme j'en rêvais chaque nuit. Au lieu de cela, il m'a obligée à épouser Alan avant la fin de la semaine.

— Je suis venu à ton mariage, lui rappela-t-il d'un ton de reproche. Tu ne m'as rien dit. Tu as obéi à ton père sans même essayer de prendre la fuite.

Rosamund ferma les yeux, visiblement submergée par l'angoisse de ses souvenirs.

— Mon père ne t'a invité que pour s'assurer que je reste obéissante. Il t'a utilisé pour me rendre impuissante. Il avait juré de te tuer sur place si je ne prononçais pas les vœux.

— Il n'aurait pas agi de la sorte. Cela aurait été un assassinat et il aurait dû affronter la justice du roi.

Elle secoua la tête.

— Il avait bien assez d'argent pour acheter n'importe quelle lame de mercenaire. Je n'ai aucun doute qu'il aurait tenu parole. Il voulait me contrôler, m'asservir à sa volonté. Et c'est exactement ce qu'il a fait en se servant de toi contre moi.

Elle semblait encore hantée par la peur et le désarroi qu'elle avait ressentis autrefois. Néanmoins, il devina sous cette fragilité apparente une détermination nouvelle, une âme de fer — elle n'accepterait plus jamais d'être le pion de Harold.

Elle leva le regard vers lui.

— Et maintenant, à ton tour. Dis-moi qui t'a fait cela et pourquoi. Ensuite, je te parlerai de notre fille.

Ses doigts sur sa blessure étaient doux. Pourtant, il n'avait jamais pu oublier l'atroce souffrance qu'avait causée le tisonnier chauffé à blanc. Il se laissa tomber sur le dos et fixa un moment le ciel de lit.

— J'ai été témoin d'une chose que je n'aurais pas dû voir. Après la mort de ma mère, mon père s'est remarié, et sa nouvelle femme, Analise, s'était promis de lui donner un fils. Edward s'en moquait bien puisqu'il avait déjà Rhys et moi. J'avais six ans seulement et je me rappelle parfaitement le jour où elle a donné naissance à une fille.

Une sueur glacée couvrit sa peau au souvenir de l'adorable nourrisson, de ses joues rouges et de ses grands yeux bleus posés sur lui. Malgré son cœur oppressé, il reprit :

— J'étais si fier d'être un grand frère, d'avoir enfin quelqu'un de plus petit que moi dont je pouvais m'occuper. Mary pleurait beaucoup et elle semblait toujours affamée. Analise avait refusé d'engager une nourrice et avait affirmé à mon père qu'elle la nourrirait elle-même. Seulement, je ne l'ai jamais vue le faire. Je crois qu'elle l'affamait volontairement.

Aujourd'hui, bien des années plus tard, il en était intimement convaincu. Analise n'avait jamais voulu de fille et elle avait tenté de faire croire que la petite était malade pour la faire disparaître.

— Une nuit, je l'ai entendue pleurer dans son berceau, alors je me suis glissé discrètement dans la chambre d'Analise avec un gobelet de lait de chèvre. Analise n'était pas là. J'étais persuadé que j'avais le devoir de prendre soin de ma petite sœur. Je l'ai prise dans mes bras mais elle ne cessait pas de pleurer. Alors… Alors j'ai mis un peu de lait sur mon doigt et elle a bu ainsi, à mes doigts. Ce n'est qu'une fois rassasiée qu'elle a cessé de pleurer.

Warrick sentit son corps trembler d'horreur en songeant à cette nuit funeste.

— Analise est rentrée à ce moment-là. Elle m'a vu nourrir sa fille et elle est entrée dans une rage indescriptible. Elle m'a violemment poussé et a pris sa fille de mes bras. Et puis… elle a jeté le bébé au sol. Elle l'a tuée sur le coup.

À son côté, Rosamund poussa un gémissement horrifié et se raidit.

— Je sais qu'elle essayait d'affamer la petite à mort. Elle ne voulait que des fils. Elle a ensuite déclaré à mon père que j'avais tué ma petite sœur.

— Dieu du ciel, souffla Rosamund, et ton père l'a crue ?

— Oui. En punition, il m'a infligé cette brûlure et m'a envoyé au loin. Avant que je ne quitte nos terres, Analise m'a menacé. Elle m'a assuré que, si je parlais à quiconque de ce qui s'était réellement passé, elle s'en prendrait à Rhys. Après cela, j'ai cessé de parler pendant plus de deux ans, parce que j'étais terrifié par elle.

Il se souvenait de ces années comme d'une nébuleuse de cauchemars. Il n'avait eu aucun mal à garder le silence.

Il n'y avait rien à dire — pas alors que son propre père avait refusé de voir la vérité.

— Mon père a continué de croire Analise lorsqu'elle a affirmé que j'étais simple d'esprit et que je ne méritais pas de porter son nom.

— Je n'arrive pas à croire qu'il n'ait pas vu qui était réellement cette femme — une menteuse et une meurtrière ! s'exclama Rosamund, révulsée.

Elle se serra fort contre lui et ce contact apaisa sa peine.

— Elle est morte plus tard, d'une chute de cheval qui lui a brisé la nuque. J'ai remercié Dieu ce jour-là, parce que j'étais terrifié à l'idée qu'elle s'en prenne à ses filles si elle en avait eu d'autres.

Warrick s'étonna de ressentir une sorte de soulagement l'envahir après sa confession, comme si parler à Rosamund avait allégé son fardeau.

Il passa sa main sous sa chemise pour caresser son ventre plat.

— Cela semble cruel d'avoir perdu une autre petite fille de mon sang, ajouta-t-il tout bas.

Elle couvrit sa main de la sienne et laissa leurs doigts enlacés reposer sur son ventre.

— Après mon mariage, j'ai attendu le plus possible pour annoncer ma grossesse à Alan, afin qu'il ne se doute de rien. La semaine dernière, il m'a avoué qu'il savait depuis le début. Mon père le lui avait dit et Alan a accepté de m'épouser malgré tout. Ou peut-être, justement, à cause de ce bébé. En effet, il était fou de joie, et j'ai compris bien plus tard que c'était parce qu'il se croyait incapable de concevoir un enfant. À l'époque, il a annoncé ma grossesse à tout le monde avec fierté.

Rosamund continua à parler longtemps, lui racontant les changements qui s'étaient opérés dans son corps au fil des mois.

— Un jour, je me reposais dans mon lit et j'ai senti un mouvement très léger, comme si on m'effleurait de l'intérieur. Ce bébé… C'était un tel trésor pour moi, dit-elle d'une voix enrouée d'émotion. J'avais l'impression qu'à travers lui une part de toi restait auprès de moi. Au cours des mois qui ont suivi, Alan m'a couverte de cadeaux pour le bébé. Un hochet en bois précieux, les plus belles soies pour ses vêtements… Peu à peu, nous sommes devenus amis et je n'ai pas pu conserver de colère contre lui.

Elle s'interrompit un bref instant et serra sa main plus fort.

— Quelques semaines après avoir reçu la visite d'Owen, j'ai perdu le bébé. J'ai commencé le travail et je lui ai donné naissance, mais elle n'a jamais respiré. Elle était si petite qu'elle pouvait tenir dans ma main.

Elle enfouit son visage contre son torse et Warrick sentit ses larmes chaudes couler sur sa peau. Son cœur se serra à l'étouffer sous le poids du chagrin.

— Je suis désolé, murmura-t-il.

Hélas, ses mots n'avaient aucun pouvoir face à une telle tragédie. Rien ne pourrait ramener son enfant à la vie.

Peu à peu, les pleurs de Rosamund s'apaisèrent.

— Pas un jour ne passe sans que je pense à elle. Je l'ai appelée Anne.

Warrick sentit des larmes de chagrin brûler ses paupières. Il regrettait tellement de n'avoir pas pu rencontrer ce petit être merveilleux. Il ressentait une forme de jalousie vis-à-vis de Rosamund. Elle avait pu la voir, la tenir dans ses bras, lui offrir un nom avant qu'elle ne soit mise en terre. Lui n'aurait jamais cette chance.

Rassemblant toutes ses forces, il parvint à mettre de côté ses émotions. Il essuya les larmes de Rosamund et l'installa entre les draps.

— Repose-toi à présent. Je viendrai te dire au revoir demain matin.

Elle agrippa sa main, ses grands yeux élargis d'angoisse.

— Ne veux-tu pas que nous partagions les dernières heures qui nous restent ensemble ?

Elle était si belle, si tentante. Hélas, il ne pouvait pas.

Pas maintenant, alors que le poids du chagrin pesait sur son âme. Mieux valait qu'il la laisse trouver un peu de paix dans le sommeil tandis qu'il se réfugierait dans sa propre solitude. Il ne dit rien et se contenta de déposer un baiser léger sur ses lèvres avant de partir.

Comme il refermait la porte, il la vit se rouler en boule dans le lit et perçut les soubresauts de ses épaules. La douleur de sa femme se répéta en écho dans son propre cœur. Pourtant, il ne la laisserait pas le voir.

Chapitre 13

Rosamund n'avait plus de nouvelles de son époux depuis maintenant quatre mois. Elle tremblait nuit et jour à l'idée qu'il était peut-être mort. Elle avait déjà envoyé trois messagers à travers le pays pour le joindre, sans succès. Tous étaient revenus de la cour du roi Henry sans l'avoir trouvé parmi les hommes du roi.

Elle posa les mains sur son ventre proéminent pour tenter de s'apaiser. Très vite après son départ, elle avait eu la confirmation qu'elle était enceinte. Le plus étonnant était la taille incroyable de son ventre après seulement quelques semaines de grossesse. Son état semblait bien antérieur à ce qu'il était réellement. Peut-être était-ce dû au fait qu'elle avait déjà porté un enfant.

Owen avait tenté de la voir à de nombreuses reprises. Heureusement, son père l'avait systématiquement éconduit, y compris lorsqu'il avait amené avec lui la moitié de ses forces. Pas une seule fois Harold n'avait laissé Owen passer ses portes. Elle était certes reconnaissante à son père pour sa protection, mais elle savait aussi que la situation ne pouvait durer plus longtemps. Et Warrick ne réapparaissait toujours pas.

Voilà pourquoi elle avait demandé à son père d'organiser pour elle une audience avec le roi Henry. Ils étaient à présent en chemin pour Canterbury, où la rumeur voulait que se trouve le roi.

Comme la litière s'arrêtait, elle se redressa en massant son dos douloureux. Le soleil de juillet était chaud et tous ses membres souffraient des heures de voyage. Son père était en train de discuter avec l'un de ses soldats. Elle s'approcha d'eux pour demander :

— Êtes-vous certain que le roi est ici ?

— J'ai entendu de source sûre qu'il est venu faire pénitence après la mort de l'archevêque.

Son père semblait confiant. Pourtant, elle ne l'était pas.

— Avez-vous eu des nouvelles de Warrick ?

Son absence créait un vide douloureux en elle qui ne lui laissait pas de repos. Son père sembla hésiter un bref instant.

— J'ai entendu dire qu'il était retenu prisonnier par les hommes du roi. Ils l'emmènent ici pour faire face à la justice de Henry, de même qu'Owen qui sera présenté au tribunal comme témoin. Il a accusé Warrick d'avoir assassiné Alan.

Son sang se glaça dans ses veines à la pensée que son mari était retenu en captivité.

— Quand est-ce arrivé ? demanda-t-elle dans un souffle.

— Il y a quelques semaines. Je ne l'ai appris que la nuit dernière. Tu es très pâle, Rosamund. Tu devrais t'asseoir.

— M'asseoir ? Mon époux est enfermé depuis des semaines ! M'asseoir est la dernière des choses à faire ! Je dois voir Warrick. J'ai besoin que vous le retrouviez.

Harold secoua la tête.

— C'est impossible. Lors de ton audience avec le roi, il constatera par lui-même que tu es enceinte. S'il croit le testament d'Alan selon lequel tu étais enceinte avant sa mort, tu pourras retourner à Pevensham. Ensuite, si tu donnes naissance à un fils, les terres lui reviendront.

Rosamund n'avait aucune envie de se battre pour obtenir Pevensham. En vérité, elle n'avait aucun droit de le réclamer, moins encore maintenant qu'elle portait l'enfant de Warrick.

— Père, je vous en prie, trouvez Warrick et arrangez une visite pour que je le voie.

Seigneur ! Il ne savait même pas qu'elle portait son bébé ! Elle devait à tout prix combler le fossé qui s'était creusé entre eux avant son départ, car son cœur saignait constamment à l'idée d'être séparée de l'homme qu'elle aimait.

Harold prit sa main dans la sienne.

— Une rébellion est en cours. Les fils du roi et sa propre épouse se soulèvent contre lui et nous ne pouvons pas savoir qui sortira vainqueur de cet affrontement. Les temps sont dangereux.

— Cela ne change rien au fait que mon époux a été accusé à tort et que je ne peux pas le laisser croupir en prison.

Il était toute sa vie et elle n'imaginait pas un instant l'abandonner derrière elle, fût-ce au péril de sa vie.

— Tu serais prête à mettre la vie de ton enfant en danger en te plaçant sur le chemin d'hommes prêts à tout pour renverser le roi ? Pour le moment, Warrick ne risque pas la mort puisque le roi n'a pas encore jugé l'affaire.

— Je n'ai aucune confiance en Owen de Courcy. Il fera tout ce qui est en son pouvoir pour faire peser le blâme sur Warrick.

— Je sais que tu es effrayée ; seulement, tu dois d'abord penser à l'héritier d'Alan, insista son père en la regardant d'un air soucieux.

La rancune de son père s'était grandement apaisée au cours des derniers mois, au fur et à mesure que son ventre grossissait. Bien sûr, il y avait toujours entre eux une barrière infranchissable, puisqu'il exigeait d'elle une obéissance aveugle, tandis qu'elle prenait désormais sa vie en mains et faisait ses propres choix. Néanmoins, il avait fait un effort pour se montrer plus conciliant et elle lui en était reconnaissante.

Elle posa ses mains sur sa taille épaissie et sentit un léger mouvement contre ses doigts.

— J'aime Warrick, rappela-t-elle d'un ton ferme, et, s'il court le moindre danger, je ferai tout ce qui est en mon pouvoir pour le sauver. Il importe plus à mes yeux que ma vie quand bien même ce n'est pas votre priorité. Je n'ai pas oublié comment vous l'avez puni et comment vous m'avez forcée à épouser Alan.

Son père s'assombrit à la mention de ces événements.

— J'étais furieux après lui parce qu'il avait volé ton innocence. Si tu portes une fille, tu comprendras peut-être un jour avec quelle facilité tu pourrais tuer quiconque oserait blesser ton enfant.

Ces mots l'apaisèrent quelque peu. Elle ressentait déjà un lien puissant avec son enfant à naître. Son père avait raison d'une certaine manière, elle se battrait jusqu'à son dernier souffle pour le protéger.

— Je comprends, admit-elle enfin. Cependant, la situation n'était pas ce que vous prétendez. Warrick et moi avons échangé nos vœux sur une terre consacrée avant de consommer notre union. Il ne m'a rien pris que je ne lui aie volontairement donné.

Son père pâlit brutalement.

— Ne dis pas de telles choses, Rosamund : si quelqu'un t'entendait…

Elle conserva une expression sereine.

— Vous craignez que je ne perde tout droit sur Pevensham. Comme j'étais réellement mariée à Warrick, mon mariage avec Alan n'a aucune valeur légale.

— Ne sois pas stupide, gronda son père. Ce qui est fait est fait. Toutefois, il y a un moyen pour que tu parviennes non seulement à sauver la vie de Warrick et à récupérer Pevensham si tu fais ce que je te dis.

Déçue par ses mensonges et ses menaces, elle ne prit pas la peine de répondre, alors il poursuivit :

— Je reconnais que j'ai fait des erreurs. J'étais en colère parce que je voulais que ma fille possède son propre domaine.

— Vous ne vous êtes pas une seule fois préoccupé de ce que, moi, je voulais, renchérit-elle avec dureté.

— Tu étais une toute jeune fille, soupira-t-il. Comment aurais-tu pu savoir avec quel mari tu voulais partager ta vie entière ?

Un sourire amer naquit sur ses lèvres. Elle avait su dès le premier instant que Warrick et elle étaient faits l'un pour l'autre.

— Inquiet ou pas, vous n'aviez aucun droit d'agir comme vous l'avez fait.

Il sembla vouloir argumenter, mais, au lieu de cela, il garda le silence.

— Que tu le crois ou non, je ne souhaite que ton bonheur, Rosamund. Ne t'ai-je pas aidé à traverser le pays ?

En vérité, elle ne savait plus que croire. Il avait manipulé sa vie, puni l'homme qu'elle aimait et l'avait contrainte par la force et la menace.

— J'irai parler au roi au nom de Warrick, je ne peux rien te promettre de plus.

Rosamund le fixa, stupéfaite, n'osant en croire ses oreilles. Était-il possible que le temps soit finalement venu à bout de la dureté de cet homme ? En dépit de son ressentiment, elle ne pouvait nier qu'il essayait d'arranger les choses entre eux.

— Je vous en serais infiniment reconnaissante. Si quoi que ce soit arrive à Warrick, je ne reculerai pas. Je me battrai pour sa vie jusqu'à mon dernier souffle.

Son père caressa sa joue de ses doigts.

— Exactement comme je me battrais pour toi, souffla-t-il.

*
* *

— Nous allons mourir, grommela Bennett.

Warrick jeta un regard indifférent à son ami. Ils avaient été emprisonnés par des soldats du roi Henry près d'Alnwick Castle pour découvrir peu après que la forteresse était assiégée par les forces du roi William d'Écosse et des milliers de mercenaires flamands. Les soldats avaient installé leur campement à quelques miles au sud, laissant un vaste espace entre eux et le château, le temps d'organiser leur stratégie.

— J'ai entendu dire qu'il y avait quatre-vingt mille soldats du côté des Écossais. Nous allons être massacrés au milieu de cette tuerie.

— Ils ne sont pas quatre-vingt mille, corrigea Warrick. Le roi d'Écosse veut seulement que les gens le croient pour les terrifier. Ce n'est pas vrai.

Warrick se demanda si son frère participait à cette bataille et pria pour que ce ne soit pas le cas. Une guerre inattendue pouvait être aussi bien une bénédiction qu'une malédiction. Depuis le début de leur captivité, il savait que Bennett et Godfrey auraient préféré s'enfuir pour retrouver la liberté ; hélas, il ne pouvait en faire autant. Pas tant qu'il n'avait pas amené Owen devant la justice. Ce maudit assassin l'avait accusé de meurtre. S'échapper à présent équivaudrait à admettre sa culpabilité.

Ils retombèrent tous trois dans le silence. Ses deux hommes avaient insisté pour l'accompagner jusque chez le roi, et leur loyauté les avait poussés à partager sa captivité.

Warrick ferma les paupières. Sa femme lui manquait atrocement. Il avait voulu s'éloigner d'elle, car il se sentait incapable d'oublier son ressentiment. Le temps l'avait finalement aidé à faire le deuil de sa petite fille et il avait compris que Rosamund n'avait agi que poussée par la peur.

Aujourd'hui, il n'était pas sûr de la revoir un jour et le poids du regret assombrissait son humeur. Si Dieu lui accordait le bonheur de poser à nouveau les yeux sur elle, il lui dirait à quel point elle lui était précieuse.

Bennett laissa échapper un lourd soupir.

— Peu importe le nombre d'hommes du côté des Écossais. Le problème, c'est que nous ne pouvons pas nous battre si nous sommes prisonniers.

— Je vais m'assurer que vous soyez tous deux libérés, jura Warrick. Vous n'avez rien à voir avec cette sombre histoire.

— Nous pourrions suggérer au roi Henry de nous battre pour lui afin de prouver notre loyauté vis-à-vis de l'Angleterre, suggéra Godfrey.

— Tu n'es qu'un idiot ! gronda Bennett. Jamais ils ne nous donneront d'armes !

Warrick n'en était pas aussi convaincu. Il s'était déjà battu au nom du roi en Normandie, et sa valeur au combat avait été remarquée. De même que celles de Bennett et de Godfrey.

— Je ne sais pas. Il se pourrait qu'ils aient bientôt besoin de tous les combattants disponibles… Surtout contre quatre-vingt mille hommes, ajouta-t-il avec un sourire moqueur à l'adresse de Bennett.

Il avait beau plaisanter et tenter de garder sa bonne humeur, Warrick sentait l'ombre de la mort planer autour de lui. À l'annonce de son procès, il avait réussi à faire parvenir un message au père Francis et ce dernier avait promis de parler en sa faveur au procès.

En milieu de matinée, l'un des commandants du roi vint lui rendre visite.

— Mes hommes vous ont vu vous battre par le passé. Vous avez rejoint nos forces en Normandie il y a un peu plus de deux ans, n'est-ce pas ?

— En effet, acquiesça Warrick.

Pendant ces années, il avait loué son épée à travers le pays, parfaitement indifférent à la mort. L'activité physique de l'entraînement et des combats lui avait permis d'endormir son esprit et de supporter la souffrance que la perte de Rosamund avait occasionnée.

— On vous appelle le Lord sanglant, parce que vous avez massacré bon nombre des ennemis de Henry, marmonna le commandant pour lui-même.

L'homme le détailla, se demandant visiblement si sa réputation était méritée. Warrick se contenta d'un petit signe de tête. La vérité, c'est qu'il avait été un guerrier exceptionnel parce qu'il se moquait bien de vivre ou de mourir. Il aurait même accueilli la mort avec soulagement à l'époque. Cette indifférence ajoutée à la rage qui brûlait dans ses veines avait fait de lui une véritable machine de guerre. Si le roi le voulait dans ses rangs, il se battrait, mais cette fois il le ferait pour Rosamund et pour leur avenir.

— Vous voulez que je combatte pour vous, dit-il avec calme.

— Vous avez été emprisonné parce qu'on vous a accusé du meurtre d'Alan de Courcy. Néanmoins, tout cela n'aura aucune importance si nous ne survivons pas à cette bataille, déclara le commandant en dégainant son épée pour trancher les liens qui lui entravaient les chevilles. Votre réputation de guerrier vous sauve. Battez-vous à nos côtés.

Les mains toujours liées, Warrick resta parfaitement immobile.

— Libérez mes hommes et ils se joindront à votre armée. Eux aussi sont de solides combattants.

Warrick savait qu'il prenait un grand risque en participant aux combats. Cependant, s'ils sortaient vainqueurs de la bataille, sa loyauté envers le roi Henry en sortirait renforcée. Or, c'était là sa seule chance de revoir Rosamund. Il ne lui restait qu'à survivre à la bataille sanglante qui s'annonçait.

*
* *

Deux semaines plus tard

— Ma lady, votre père vous fait dire que le roi n'a pas encore répondu à sa requête, déclara le jeune domestique en s'inclinant.

Il s'apprêtait à repartir lorsqu'elle l'arrêta.

— Un moment.

Elle n'était pas surprise que le roi ait ignoré sa demande d'audience, aussi avait-elle élaboré une autre tactique. La veille, elle avait découvert un visage familier parmi les chevaliers du roi.

— Trouvez Sir Adémar de Dolwyth et dites-lui que je souhaite lui parler. J'ai cru comprendre qu'il avait combattu aux côtés du roi et qu'il était ici.

— En effet, ma lady, néanmoins..., balbutia le garçon qui n'osait lui rappeler tout haut l'audace d'une telle demande.

— Faites ce que je vous dis, ordonna-t-elle d'un ton résolu. J'ai mes raisons. Dites-lui que Rosamund de Pevensham, épouse de Warrick de Laurent, a besoin de lui.

Le garçon se hâta et elle s'assit un moment. Adémar n'était encore qu'un tout jeune adolescent lorsqu'il les avait aidés à s'enfuir, Warrick et elle. Il avait ensuite été forcé de dévoiler leur refuge contre sa volonté. Aujourd'hui, il se pourrait qu'il souhaite faire amende honorable pour le mal involontaire qu'il leur avait causé. Or, ils avaient grand besoin d'un allié, aussi pria-t-elle avec ferveur pour qu'Adémar accepte de les aider.

Le bébé envoyait des coups énergiques dans son ventre et elle posa ses mains pour l'apaiser. Son dos lui faisait mal et elle tenta de se détendre malgré les soucis qui l'assaillaient de toutes parts. Pourvu que son père ait suffisamment de pouvoir auprès du roi.

Tandis qu'elle attendait nerveusement la réponse d'Adémar, elle reprit la broderie d'une petite chemise de nourrisson. Les petits points ouvragés lui apportèrent un répit temporaire.

Ce ne fut qu'en début d'après-midi que son domestique revint en compagnie du jeune chevalier. En dépit de son âge, peut-être seize ans, le roi en personne l'avait adoubé sur le champ de bataille. Il avait atteint sa taille adulte et arborait une cotte de maille. Il resta silencieux, attendant qu'elle prenne la parole, visiblement confus.

— Sir Adémar, est-ce vous qui nous avez trahis, Warrick et moi ? demanda-t-elle d'un ton parfaitement calme.

Sans hésiter, il acquiesça.

— Pas… pas vo… volontairement, ma lady.

Il serra nerveusement ses lèvres, comme s'il tentait de ravaler son bégaiement.

— Je le comprends. Je ne vous rends nullement responsable. Aujourd'hui, nous avons à nouveau besoin de votre aide. Warrick est le prisonnier du roi et Henry refuse de m'accorder une audience. Aussi, j'aimerais que vous plaidiez sa cause afin de le faire libérer. Warrick n'a rien fait de mal.

Sir Adémar la regarda avec une pitié et un regret sincères.

— Je… je dois rester p… prêt à combattre p… pour le roi. Mais j… je ferai mon p… possible.

Il lui promettait de faire de son mieux et c'était tout ce qu'elle pouvait attendre de lui.

— Je vous remercie, dit-elle en lui adressant un sourire reconnaissant. Lorsque vous verrez Warrick, s'il vous plaît, dites-lui que mon père et moi-même sommes ici.

À ces mots, l'expression d'Adémar s'assombrit.

— Ma lady… Vous ne savez p… pas… Il a combattu p… pour le roi à Alnwick. Nous n'avons t… toujours pas de nouvelles.

Rosamund sentit un froid glacial la pétrifier tandis qu'elle prenait conscience de ce que ces paroles impliquaient. Warrick avait de toute évidence voulu prouver sa loyauté au roi en combattant en son nom, et personne ne savait pour l'heure s'il avait survécu. Son cœur se mit à battre la chamade sous l'effet de la panique.

— Qu'en est-il d'Owen de Courcy ? souffla-t-elle. L'avez-vous vu ?

— N… non, ma lady.

Sir Adémar la regardait comme s'il avait compris quelle menace pesait sur elle. Hélas, il n'y avait rien qu'il puisse faire pour lui venir en aide. Un bruit soudain à la porte la fit sursauter. Elle indiqua d'un geste à Adémar de bien vouloir aller voir ce qu'on lui voulait. Deux soldats de la garde royale attendaient derrière la porte.

— Nous sommes ici pour vous escorter auprès du roi, ma lady.

Le cœur de Rosamund s'emballa. Elle avait tant espéré cette entrevue ! Pourtant, elle sentait ses nerfs à vif. Tout allait se jouer lors de cette audience. Les mains tremblantes, elle saisit son manteau et sortit, suivie d'Adémar. Pourvu que le roi souhaite la protéger. Elle murmura entre ses lèvres :

— Adémar, faites ce que je vous ai demandé, je vous en prie, trouvez mon époux.

Il inclina la tête brièvement pour lui montrer qu'il avait compris.

— Est-ce… est-ce que ça va aller, m… ma lady ?

— Oui, j'ai seulement besoin de votre aide.

Elle referma le manteau autour de son cou à l'aide d'une broche. Sur un dernier salut, Adémar partit, la laissant seule au milieu des deux soldats. En traversant le camp, elle s'efforça d'adopter leur allure, mais le bébé pesait lourd et elle était obligée de soutenir son ventre.

— Hâtez-vous, ordonna l'un des deux gardes.

Agacée, elle s'arrêta pour l'affronter du regard.

— Je porte un enfant, lui rappela-t-elle, je ne peux pas me hâter.

Elle reprit sa pénible avancée, tandis que l'un des hommes se plaçait derrière elle. Ils la conduisirent à l'extérieur du camp pour rejoindre un groupe de chevaux sellés.

— Le roi a installé sa cour à quelques miles de Canterbury, dit un garde. Nous devrons le rejoindre à cheval.

Elle hésita, soudain sur ses gardes. L'homme disait-il la vérité ?

— Peut-être devrions-nous attendre qu'il revienne dans la ville.

— Nous devons partir maintenant, insista le soldat en ouvrant ses mains pour qu'elle y pose le pied et monte en selle.

L'instinct de Rosamund lui souffla qu'elle était en danger. Quelque chose n'allait pas.

— Je veux que mon père m'accompagne pour voir le roi. J'attendrai ici jusqu'à ce qu'il nous rejoigne.

Pour toute réponse, l'homme derrière elle tira sa lame et la pointa sur son ventre tout en la maintenant rudement par les côtes.

— Je vous suggère de monter immédiatement en selle, Lady Pevensham. Cette lame pourrait glisser.

Elle resta immobile, incapable d'esquisser le moindre geste tandis que la peur s'insinuait jusque dans ses os. Les deux hommes l'obligèrent à monter sur le cheval. Comme la pression de l'épée appuyait toujours contre son ventre, elle sentit une rage folle se déchaîner en elle. Elle ne laisserait personne faire du mal à son enfant.

— Vous êtes les hommes d'Owen, comprit-elle.

Leur silence le lui confirma. Son âme entière se rebella à l'idée d'être à nouveau soumise au bon vouloir des hommes. Elle avait eu assez de patience et d'obéissance par le passé, le temps de la passivité était révolu. Il ne faisait aucun doute que ces hommes la tueraient, elle et son bébé, si elle les suivait. Alors, poussée par l'instinct, elle planta ses talons dans le flanc du cheval et hurla de toutes ses forces. Le cheval se cabra et elle sentit la lame glisser sur sa peau. Elle ignora l'éclair de douleur et s'accrocha de toutes ses forces à la crinière tandis que le cheval se lançait au galop. Elle le poussa encore, galopant plus vite que le vent.

Sa vie et celle de son enfant en dépendaient.

Chapitre 14

Warrick ne dormit qu'à peine au cours du voyage vers le sud. Deux semaines plus tôt, il s'était battu aux côtés des soldats du roi pour reconquérir Alnwick. William d'Écosse avait dispersé des hommes à lui sur des centaines de kilomètres. Il n'y avait peut-être pas quatre-vingt mille guerriers, mais ils étaient tout de même des milliers. Il avait marché avec Ranulf de Glancill, le shérif de Westmorland, et quatre cents hommes. Dieu merci, ils avaient fini par vaincre les forces ennemies. Et ils disposaient à présent d'un prisonnier politique de grande valeur.

Un brouillard épais lui masquait le soleil, et il estima qu'il était encore à une journée du camp du roi. Tandis qu'il chevauchait, il laissa ses pensées le ramener à Rosamund. Elle lui manquait chaque jour davantage. Il ne savait rien d'elle depuis si longtemps… Était-elle enceinte ? Était-elle protégée ? Chaque nuit, il rêvait de retrouver la chaleur de son corps, la douceur de sa peau contre la sienne.

Elle avait tenté de le détourner de sa quête de justice auprès du roi. En réalité, il s'agissait de bien plus que de justice. Il voulait lui prouver qu'il était un mari de valeur, un homme respecté et estimé. Un homme qui la méritait.

Dans son dos, il entendit un léger bruit, le pas d'un cheval qui se détachait du rythme tranquille des autres. Warrick se retourna pour ordonner au soldat de ralentir et de rejoindre la cohorte, lorsqu'il reconnut Adémar qui galopait à vive allure dans sa direction. Ses yeux s'élargirent de surprise, il ne savait pas que le jeune chevalier se trouvait parmi les combattants. Puis, presque en même temps, la peur se fraya un chemin jusqu'à son cœur. Il ne pouvait y avoir qu'une seule raison à cette arrivée précipitée.

— Je crois que les hommes d'Owen ont p… pris Rosamund, lui confirma le jeune homme. Elle était v… venue demander une audience au r… roi.

Le premier réflexe de Warrick fut la stupéfaction. Rosamund était ici ! Puis la rage emporta tout le reste et il serra les doigts sur les rênes, faisant blanchir ses articulations.

— Où est-elle ?

Adémar fit un signe de tête en direction du campement royal.

— Les hommes d'O… Owen l'ont emmenée il y a un jour. J'ai chevauché aussi vite q… que j'ai pu pour te retrouver.

— Pourquoi ne l'as-tu pas suivie ? gronda Warrick.

— Des soldats du r… roi étaient impliqués. J'ai p… préféré venir te prévenir, répondit-il sur la défensive.

Warrick s'exhorta au calme. Un chevalier ne pouvait pas se battre contre des soldats du roi.

— Tu as raison, excuse-moi. Sais-tu si ma femme va bien ? Est-elle blessée ?

— J… je ne sais pas. Je crois qu'elle et le bébé v… vont bien.

Les paroles d'Adémar lui firent l'effet d'un coup de poing. Un bébé ? Peu à peu, l'information prit sens. Rosamund attendait un enfant. Tout aussi vite, les questions se multiplièrent dans son esprit et un étrange engourdissement tomba sur lui. Elle ne pouvait être enceinte que de quatre mois, alors pourquoi Adémar était-il au courant ? Surtout, pourquoi Rosamund ne l'avait-elle pas fait prévenir ? S'il l'avait su plus tôt, il aurait tout fait pour s'échapper et rentrer au plus vite.

Malgré le chaos de son esprit, une résolution se fit jour en lui. Il n'avait pas été présent pour la première grossesse de sa femme, il ne la laisserait pas seule à nouveau. Cette fois, il serait là pour elle et la protégerait jusqu'à ce qu'elle mette au monde leur enfant en toute sécurité.

Pour l'heure, il devait contrôler ses nerfs et sa fureur à l'idée de la savoir aux mains d'Owen. C'était le seul moyen de la sauver. Mais l'attente le mettait à la torture. En effet, il n'avait d'autre choix que de suivre l'allure imposée par le commandant pour rejoindre le camp du roi. Étant donné sa situation, il ne pouvait pas abandonner ses devoirs, même s'il souffrait comme un damné de ne pouvoir se jeter immédiatement à la poursuite de Rosamund.

Le meilleur moyen de la protéger était d'accomplir son devoir en ramenant au roi son prisonnier, afin d'obtenir ses faveurs. Ensuite seulement, il pourrait gagner sa liberté et retrouver sa femme.

Rosamund maudissait sa faiblesse. La grossesse lui prenait toute son énergie et les hommes d'Owen n'avaient eu aucun mal à la rattraper. Son corps était endolori et elle avait prié de toutes ses forces pour demander à Dieu que son enfant n'ait pas souffert de sa course effrénée et de sa capture. Heureusement, elle avait senti les mouvements recommencer en elle et le soulagement avait amené des larmes à ses paupières.

Les hommes d'Owen l'avaient conduite à une tente à l'orée du campement. Elle n'était pas attachée, mais les gardes qui restaient constamment postés devant l'entrée décourageaient toute tentative de fuite. Elle n'avait plus aucun espoir d'échapper seule à cette situation.

Seule une aide extérieure pouvait encore la sauver. Si Adémar avait mesuré le danger qui pesait sur elle, il s'était peut-être hâté de trouver du renfort pour la libérer. Ou peut-être était-il parvenu à prévenir Warrick.

Elle s'installa dans un fauteuil pour apaiser le rythme frénétique de son cœur. Elle gardait les doigts pressés sur l'entaille de son ventre et tenta de toutes ses forces de rassurer son enfant. Très vite, elle perdit la notion du temps, lorsque tout à coup les pans de la tente se soulevèrent pour livrer passage à Owen. Il amenait avec lui une miche de pain et une bouteille de vin, et son corps affamé et assoiffé réagit aussitôt.

— Je vois que tu essaies de faire passer le bâtard de Warrick de Laurent pour le fils de mon frère, Rosamund.

— Je vois que vous essayez toujours de faire de moi votre prisonnière, répondit-elle sur le même ton sans se laisser impressionner. Par ailleurs, je n'ai aucun doute sur votre culpabilité, vous avez ordonné à Fitzwarren de tuer votre propre frère.

Owen haussa les épaules.

— Fitzwarren a agi de son propre chef.

— Mensonges ! Nous savons l'un et l'autre ce qu'il s'est réellement passé.

— Ce ne sont pas mes mains qui ont porté le coup fatal, rétorqua-t-il avec nonchalance.

— En effet, ce sont celles de l'une des nombreuses personnes que vous avez menacées ou achetées pour faire le travail à votre place, grinça-t-elle entre ses dents.

Elle se mit debout avec difficulté et se sentit irritée lorsqu'il lui tendit son bras pour l'aider. Ses yeux démentaient sa feinte sollicitude, ils étaient avides et impitoyables.

— Retournez à Northleigh, Owen, lança-t-elle, exaspérée.

— Pevensham est à moi. Je me moque de ce qu'Alan a prétendu avant de mourir, je refuse de laisser mon domaine tomber entre les mains d'un bâtard.

Elle affronta son regard sans trembler. Légalement, il avait raison, l'enfant de Warrick n'avait aucun droit sur Pevensham. Seulement, la loi et la justice ne faisaient pas toujours bon ménage. Or, elle refusait que les gens qui vivaient sur ses terres subissent la férule d'Owen. Il avait déjà terrorisé suffisamment de monde. Elle ne pouvait pas détourner le regard et le laisser s'emparer de tout ce qu'Alan avait tant voulu protéger.

Il empoigna rudement son poignet.

— Le roi doit m'entendre demain dans la matinée, et je compte bien l'informer de mes droits sur Pevensham. Si tu affirmes que l'enfant que tu portes est le fruit de ton nouveau mariage avec de Laurent, je te laisserai en paix. En revanche, si tu essaies de mettre la main sur ce qui me revient, je te ferai brûler pour adultère. Et Warrick sera exécuté pour le meurtre de mon frère.

Il la lâcha, mais elle garda sur sa peau la marque de ses doigts. Son cœur pesait atrocement lourd dans sa poitrine. Elle savait que, quel que soit ce qu'elle dirait, Owen demanderait sa tête au roi. Cet homme fourbe et cupide n'avait aucune parole.

Il traversa la tente et, une fois le pan de tissu retombé derrière lui, Rosamund se laissa tomber dans le fauteuil, au bord de l'évanouissement. Seigneur ! Que devait-elle faire ? Impossible de fuir. Elle n'avait aucune idée de l'endroit où se trouvait Warrick. Il était tout aussi prisonnier qu'elle, et avait dû en outre affronter une bataille dont personne ne connaissait l'issue. Sa gorge se serra à la pensée qu'aucun homme ne pouvait survivre à un combat en étant attaché.

Elle resta prostrée un long moment, laissant les larmes couler librement sur ses joues. Peu à peu, elle parvint à s'apaiser en priant de toute son âme pour Warrick et leur enfant.

Légèrement calmée, elle se leva et s'approcha du plateau qu'Owen avait apporté. Elle mourait de faim et de soif. Elle venait tout juste d'avaler une gorgée de vin lorsqu'elle entendit un bruit dans son dos. Elle se retourna vivement pour découvrir Berta.

— Ne mangez ni ne buvez rien de ce que vous apporte Owen, ma lady ! Il veut vous faire du mal.

Rosamund reposa précipitamment la coupe.

— Pourquoi es-tu là ? demanda-t-elle, interdite.

— J'ai réussi à éloigner mon fils d'Owen. Il est en sécurité auprès de ma mère, grâce à vous. À présent, j'ai l'intention de sauver votre vie, comme vous avez sauvé la mienne.

En désignant d'un coup de menton la coupe de vin, elle ajouta :

— Cela ne m'étonnerait pas qu'il ait fait infuser ce vin avec des herbes pouvant causer une fausse couche. Mangez cela à la place, acheva-t-elle en lui tendant un pain emballé dans un linge.

Rosamund se sentait perdue. À qui pouvait-elle se fier ? Mieux valait se montrer prudente.

— Je n'ai pas faim pour le moment, affirma-t-elle.

La servante déposa la nourriture dans un coin de la tente. Son visage semblait troublé.

— Je comprends que vous n'ayez pas confiance en moi, ma lady. Je vous conjure de comprendre. Je n'ai jamais eu l'intention d'empoisonner votre époux ; seulement, lorsque la vie de son enfant est en jeu, une femme est prête à tout. Je paierai pour mes erreurs, ma lady, je vous le promets.

Sur ces mots, elle se retira, laissant Rosamund toujours aussi perplexe et impuissante. Elle délaissa la nourriture et la boisson, et se pelotonna à même le sol pour se reposer. Hélas, le sommeil la fuyait. Elle avait terriblement mal au dos et ne parvenait pas à trouver une position confortable avec son ventre proéminent. Elle tenta de s'installer autrement, mais son anxiété croissait de minute en minute.

Tout au fond d'elle, une petite voix lui susurrait qu'elle serait bientôt condamnée à mort. Owen demanderait à la faire brûler vive pour adultère. Envahie par la terreur, elle ne parvint pas à fermer l'œil de la nuit. Son corps douloureux ne trouvait aucun repos, épuisant un peu plus ses forces déclinantes. Elle se torturait un peu plus en se demandant quel effet la gorgée de vin aurait sur elle.

Au petit matin, elle sentit un liquide couler entre ses jambes et se mit à pleurer en voyant le sang qui tachait ses cuisses.

Le ciel de l'aube était teinté de rose et parfaitement dégagé, si bien que Warrick discerna aussitôt les colonnes de fumée qui indiquaient la proximité du camp royal. Il arrivait enfin ! Pour autant, il ne serait pas au bout de ses peines. Son instinct le poussait à se ruer dans le campement en hurlant le nom de sa femme. Heureusement, sa raison lui représentait la folie d'une telle entreprise. Il y avait tant de monde qu'il n'avait aucun moyen de savoir où la trouver.

Le shérif de Westmorland conduisit son cheval près du sien.

— Je parlerai au roi en votre nom, de Laurent. Vous et vos hommes avez gagné votre liberté par vos actes de bravoure.

Il ne dit rien mais acquiesça à l'adresse de Ranulf. Pour le moment, sa liberté lui importait peu. Il ne songeait qu'à retrouver Rosamund. Le temps n'était guère son allié car, à chaque moment passé, sa vie était un peu plus en danger.

— Je veux que vous restiez ici pour garder notre prisonnier, reprit Ranulf. Je ne peux laisser William d'Écosse fuir notre hospitalité.

Warrick n'hésita qu'un instant avant de parler.

— Avec votre accord, j'aimerais d'abord rechercher ma femme. Elle est venue ici aux côtés de son père.

Ranulf fronça les sourcils.

— Protéger notre otage est bien plus important ! Votre épouse peut attendre.

— En fait, non. Elle attend un enfant et je crains pour

sa sécurité. Je ne l'ai pas vue depuis des mois, aussi je veux m'assurer qu'elle n'est pas en danger.

Ranulf l'étudia un moment.

— Vous vous êtes bien battu et nous n'aurions pu remporter la victoire sans vous. Si vous souhaitez la voir un moment, je vous le permets. Cependant, je vous attends de retour parmi nos hommes dans trois heures.

— Je serai là, jura-t-il.

Il lança un regard entendu à Godfrey et à Bennett pour leur intimer l'ordre de le suivre. Comme ils le rejoignaient, il expliqua :

— Nous devons trouver Rosamund.

— Alors il nous suffit de chercher les gardes d'Owen, prédit Godfrey. Elle sera sous leur surveillance.

Entrés dans le camp, ils se mirent en devoir d'étudier chaque rangée de tentes, jusqu'à ce qu'ils en découvrent une gardée par deux soldats.

— C'est ici, déclara Bennett. Je reconnais l'un des deux hommes. Il était à Pevensham.

Warrick descendit de cheval et lui tendit les rênes avant d'approcher les gardes, Godfrey dans son sillage.

— Lady Pevensham est-elle ici ?

— Personne n'a l'autorisation de la voir, répondit l'un des soldats, la main sur la garde de son épée.

— Personne, sauf moi, répondit calmement Warrick.

Puis, d'un mouvement vif, il envoya son poing dans la mâchoire du soldat, le désarmant la seconde d'après. L'homme s'écroula au sol et, déjà, Godfrey pointait son épée sur l'autre.

— Ne bouge pas, gronda-t-il.

Warrick ouvrit la tente et pénétra à l'intérieur. La vue de Rosamund lui créa un choc émotionnel indescriptible. La beauté resplendissante de son visage, la rondeur adorable de son ventre… Un ventre qui semblait proéminent pour une grossesse de seulement quelques mois.

— Warrick ! s'exclama-t-elle dès qu'elle le vit en se jetant dans ses bras. Je te pensais prisonnier.

Il la serra dans ses bras, fou de bonheur de la revoir enfin. Il l'embrassa furieusement, comme un homme qui reprend son souffle après avoir manqué se noyer. Plus rien n'importait en cet instant que la chaleur de son corps contre le sien. Elle était la femme qu'il aimait, celle pour qui il serait prêt à donner sa vie, son honneur. De la langue, il effaça le goût des larmes de ses joues.

— T'ont-ils libéré ? demanda-t-elle enfin, haletante, sans cesser de s'accrocher à lui.

— On m'a accordé quelques heures pour te retrouver, mais je dois ensuite rejoindre le commandant.

Il n'avait que peu de temps et il comptait bien la mettre en sécurité avant de se rendre. Elle passa les bras autour de son cou et il parcourut son corps de ses doigts, s'assurant qu'elle n'était pas blessée. Comme il hésitait à poser les paumes sur son ventre rebondi, elle interrompit leur baiser pour plonger son regard dans le sien. Elle guida ses mains sur leur enfant et il se sentit envahi d'une émotion vibrante.

— J'ai essayé de te faire prévenir pour le bébé plusieurs fois, Warrick. Seulement, les messagers n'ont pas réussi à te trouver.

Ses doigts tracèrent des lignes sur sa peau chaude et tendue, tandis qu'une intense émotion l'envahissait. Mais, quand il releva les yeux sur elle, c'est la peur et non la joie qu'il lut sur son visage.

— Tout va bien ? s'alarma-t-il.

À son visage défait, il craignait qu'il ne soit arrivé quelque chose au bébé. De fait, elle pâlit.

— Je… J'ai saigné ce matin.

Warrick ressentit sa terreur au plus profond de lui. Elle avait déjà perdu un enfant et elle craignait que le même malheur se reproduise. Le cœur serré, il adressa au ciel une prière pour que son enfant soit sain et sauf. Il détestait se sentir aussi impuissant. Il ne pouvait rien faire pour mener cette bataille, si ce n'est protéger sa femme contre toute menace ; comme celle que représentait Owen de Courcy.

— Assieds-toi, et raconte-moi ce qui s'est passé.

Elle lui obéit sans résistance et se mit en devoir de lui expliquer comment les hommes d'Owen avaient mis la main sur elle. À son récit, il frémit de rage et de haine.

— Cela ne peut plus durer, gronda-t-il. Ce monstre doit être amené devant la justice.

— Je suis d'accord ; seulement, toi aussi tu devras affronter le roi et lutter face à ses mensonges.

— J'ai l'intention de régler le problème par un combat de justice. Viendras-tu avec moi lorsque j'irai parler au roi ?

Elle se mordit les lèvres nerveusement.

— Je crains, si je marche, de perdre le bébé.

Warrick comprenait son inquiétude ; néanmoins, il était hors de question de la laisser dans cette tente.

— Je vais envoyer Godfrey et Bennett chercher une litière, nous trouverons un lieu sûr pour toi. Tu ne peux pas rester ici, c'est trop dangereux, Rosamund.

Après un dernier baiser passionné, il s'écarta pour donner ses ordres à ses hommes.

— Attends ! s'exclama Rosamund en luttant pour se redresser tandis qu'il la rejoignait en deux enjambées. Si tu dois faire un choix entre ta vie et Pevensham, je te supplie d'abandonner le domaine. Cela n'a plus aucune importance à mes yeux. Tu es la seule chose qui compte. Je t'aime, Warrick, et je suis tellement désolée de t'avoir caché l'existence de notre fille toutes ces années.

Sa voix était chargée d'émotion et elle se serra dans ses bras. Ses mots lui firent l'effet d'un baume apaisant sur les plaies à vif de son cœur. Il la serra contre lui et déposa un baiser sur ses cheveux.

— J'étais en colère après toi pour me l'avoir cachée, mais c'est du passé désormais. Je ne laisserai rien arriver à toi ou à notre enfant, jura-t-il en posant son front contre le sien. Je t'aime, Rosamund.

Elle lui adressa un pauvre sourire tremblant.

Un bruit soudain à l'extérieur interrompit leur échange. Aussitôt, Warrick tira son épée. Une seconde plus tard, des soldats envahissaient la tente. Il se plaça devant Rosamund pour la protéger, inquiet de ne voir aucun signe de Bennett ou de Godfrey.

— Je vous ordonne de venir avec nous, Warrick de Laurent. Sur ordre du roi.

Trois autres hommes tentèrent d'encercler Rosamund et il les tint à distance respectueuse.

— Laissez ma femme tranquille. Elle porte un enfant.

— Nous avons ordre de l'amener, elle aussi. Elle est accusée d'adultère.

Warrick sentit la fureur enflammer ses sens. Qu'Owen soit maudit ! Ses forces décuplées par la rage, il engagea le combat avec les soldats qui essayaient de saisir Rosamund. Hélas, l'espace était bien trop restreint pour qu'il puisse jouer de son épée sans risquer de blesser la jeune femme. Alors, il envoya son poing dans les visages alentour. Malheureusement, ils étaient toujours plus nombreux, les encerclant de toutes parts.

Brusquement, un violent coup le frappa sur le crâne et il tomba à genoux. Avant que tout disparaisse autour de lui.

Chapitre 15

Lorsque les soldats la conduisirent jusqu'au roi, Rosamund sentit la douleur transpercer son ventre. La terreur l'empêchait presque de respirer, tant elle craignait de perdre encore une fois son enfant. Alors, elle priait sans relâche, demandant à Dieu d'épargner son enfant et son époux.

Heureusement, elle avait vu Warrick reprendre conscience au moment où les hommes le traînaient au sol. Il saignait de la tête et elle avait également remarqué une autre plaie sur ses côtes.

Lorsqu'ils atteignirent leur destination, elle ne fut guère surprise de voir Owen de Courcy parmi les hommes assemblés. Elle nota également avec soulagement la présence du père Francis. Au centre de la tente d'apparat, Henry Plantagenêt se tenait debout, les bras croisés. Le roi était un homme imposant aux cheveux roux et au regard impitoyable. Un homme vint lui parler à l'oreille, qu'il écarta d'un geste impatient.

— Nous n'avons que peu de temps pour cette histoire. Cependant, il nous a été demandé de dispenser notre justice pour punir l'homme qui s'est rendu coupable du meurtre d'Alan de Courcy. Par ailleurs, il nous faut également déterminer si Lady Pevensham attendait déjà un enfant avant la mort de son mari, ce qui signifie que la question du domaine de Pevensham ne pourra être définitivement réglée qu'à la naissance de l'enfant. Owen de Courcy affirme que celui-ci a été conçu dans l'adultère et qu'il n'a donc aucun droit sur le domaine. Nous comptons faire la lumière sur cette histoire aujourd'hui.

Le roi posa ses yeux durs et autoritaires sur elle, et elle ressentit sa colère froide au plus profond de son être. La peur d'être brûlée vive pour adultère l'empêchait de respirer. Elle n'avait qu'une envie, fuir le plus loin possible de ce lieu. Peu importait qu'elle doive abandonner tout espoir sur Pevensham, elle devait protéger son enfant.

Comment agir dans le meilleur intérêt de cet enfant à naître ? À nouveau, un homme prétendait la manipuler. Owen menaçait tous les gens dont elle était responsable.

Pour l'heure, il affichait un air suffisant, apparemment persuadé qu'il verrait Warrick et elle-même mourir avant la fin du jour.

Non ! Elle ne laisserait pas le destin la diriger une fois de plus. Elle devait se battre pour ceux qu'elle aimait, pour la vie qu'elle voulait. Les gens de Pevensham avaient besoin d'elle — après tout, ils ne pourraient connaître pire seigneur qu'Owen. Alan avait fait d'immenses sacrifices pour sauver son bien et ses gens. Il avait été jusqu'à faire chercher l'homme que sa femme avait aimé, il s'était assuré qu'elle l'épouserait après sa mort. Elle lui devait bien de protéger à son tour Pevensham.

Le roi tourna son regard vers Warrick.

— Vous avez été accusé d'avoir étranglé Alan de Courcy. Qu'avez-vous à dire pour votre défense ?

— Owen de Courcy est le seul responsable du meurtre de son propre frère, rétorqua Warrick d'une voix forte. Il a acheté le commandant de Pevensham, Aldred Fitzwarren, pour l'assassiner. Il n'a aucun droit de prendre possession de Pevensham les mains pleines de sang.

— Il ment, Monseigneur ! interrompit Owen.

— Nous ne vous avons pas autorisé à parler, coupa

sèchement le roi. Nous allons régler ce problème rapidement en écoutant les témoins. Si vous ne savez pas tenir votre langue, vous serez fouetté.

Rosamund savait que le roi tiendrait parole. Néanmoins, elle n'était pas pour autant convaincue que la justice serait faite, en raison notamment de la violence avec laquelle Warrick avait été traîné jusqu'ici.

Malgré son vertige, elle se força à rester droite.

— Nous écouterons la parole du prêtre en premier, déclara Henry en faisant signe au père Francis d'approcher.

Celui-ci s'avança lentement, sans jeter un regard dans sa direction. Rosamund sentit la pièce tourner autour d'elle. Elle dut s'appuyer contre le soldat qui la tenait par le bras. Les voix lui semblaient venir de très loin.

Elle ne parvenait pas à discerner les paroles du prêtre, mais elle le vit sortir un document qu'il tendit au roi.

— Je ne suis pas convaincu que ce document soit vrai, répondit le roi d'une voix plus forte qu'elle discerna sans peine. Même si Lady Pevensham attendait déjà un enfant alors, je ne vois pas pourquoi Alan de Courcy aurait voulu que sa femme épouse Warrick de Laurent après sa mort. De plus, rien ne prouve que cet enfant soit bien de lui.

Après que le prêtre eut été remercié, une vieille femme, que Rosamund n'avait jamais vue, vint s'agenouiller aux pieds de Henry. Elle arborait une expression qui lui semblait étrangement familière.

— Votre Majesté, je suis venue proposer mon témoignage.

Le roi la regarda comme si elle n'était qu'un vulgaire insecte.

— Qui êtes-vous ?

— Je suis la sage-femme de la reine. J'ai assisté votre épouse à chaque naissance.

À ces mots, l'expression du roi s'adoucit.

— Nous vous écoutons.

— Je peux examiner cette femme et vous dire combien

de temps il lui reste avant son terme. J'ai assisté des centaines de femmes dans les mêmes conditions.

— Comment pourriez-vous en être certaine ? demanda Henry, pensif.

— Si elle n'a conçu l'enfant que pendant son second mariage, je ne pourrai pas sentir les mouvements de l'enfant. Si elle était déjà enceinte d'Alan de Courcy, les mouvements seront évidents.

— Ce n'est pas celui de mon frère, éructa Owen, il ne pouvait…

La gifle retentissante que lui administra Henry le fit brusquement taire.

— Le prochain qui osera interrompre le travail de son roi aura la langue tranchée, gronda Henry avec fureur. Examinez Lady Pevensham et dites-nous si son enfant est bien légitime, reprit-il à l'intention de la sage-femme. Si c'est le cas, elle retournera en toute légitimité à Pevensham pour y attendre sa délivrance.

La femme fit la révérence et allait se relever lorsque Rosamund se jeta à son tour aux pieds du monarque. Elle garda les yeux baissés, n'osant parler sans permission. Enfin, le roi posa sa main sur son épaule.

— Eh bien, voilà une dame qui sait saluer son roi. Qu'avez-vous à dire, ma lady ?

Rosamund inspira brièvement.

— Mon premier époux a été très malade pendant de longs mois et nous avons fini par découvrir qu'il était empoisonné par une servante. Elle a confessé qu'elle avait agi sous la menace d'Owen de Courcy. Plus tard, la nuit où mon époux a été tué, nous avons appris qu'Owen de Courcy avait engagé Fitzwarren pour l'étrangler.

Les deux mains posées sur son ventre, elle trouva la force de continuer :

— Je me moque de l'héritage de mon enfant. En revanche je conjure Votre Majesté de ne pas laisser la mort de mon premier époux impunie. Si Owen retourne à Northleigh, il continuera à menacer mon enfant.

Le roi la regarda un moment. Hélas, elle ne lut aucune pitié dans son regard.

— Nous allons réfléchir à tous ces éléments pendant que la sage-femme vous examine, ma lady.

Elle baissa humblement la tête et la vieille femme vint l'aider à se relever. Elle n'avait aucun moyen de savoir si le roi l'avait crue, elle voulait simplement qu'il ressente sa peur.

La femme l'emmena vers une petite pièce qu'elle ferma derrière elle. Rosamund resta debout, dans l'expectative.

— Allongez-vous sur la couche juste là, ma lady, lui demanda-t-elle d'une voix aimable.

La femme prit un petit tabouret et vint s'asseoir à côté d'elle. Elle posa ses mains sur son ventre et le pressa doucement avant de parler avec calme.

— Nous savons toutes deux que cet enfant ne peut pas être celui d'Alan de Courcy. Il était incapable de procréer.

— Comment pouvez-vous le savoir ? demanda Rosamund, trop stupéfaite pour s'inquiéter.

La femme garda les yeux fixés sur elle sans répondre à sa question.

— Je vais dire au roi que cet enfant devrait arriver à la Toussaint.

Rosamund secoua la tête.

— Je ne pense pas…

La sage-femme posa un doigt sur sa bouche.

— Vous avez sauvé la vie de ma fille, ma lady. En retour, je vous sauverai la vie.

Rosamund écarquilla les yeux en comprenant qui était la femme.

— Vous êtes la mère de Berta.

— Oui. C'est elle qui m'envoie. Je vais vous donner une concoction pour faire cesser ces saignements. Vous ne devez pas vous inquiéter — vos enfants sont en parfaite santé.

— Mes enfants ? répéta Rosamund, interdite.

— Ne vous en êtes-vous pas douté en voyant la taille de votre ventre ? Vous avez été bénie, Dieu vous a donné deux enfants. Néanmoins, il faut vous montrer prudente car les jumeaux naissent souvent en avance. Si vous le désirez, je pourrai venir à Pevensham pour vous assister pendant la délivrance.

Rosamund ne put pas répondre tout de suite tant l'émotion l'étouffait. Dire qu'elle avait douté du bien-fondé de sa décision concernant Berta ! Grâce à son choix, cette femme allait sauver la vie des siens en témoignant en sa faveur.

— Oui, souffla-t-elle enfin. Je vous remercie infiniment.

Quand la sage-femme revint en tenant Rosamund par le bras, Warrick fut soulagé de constater que le rose était revenu aux joues de sa femme.

— Lady Pevensham est de toute évidence enceinte depuis de nombreux mois de son précédent époux, Alan de Courcy. Elle donnera naissance aux environs de la Toussaint.

Henry jeta un regard dur sur Rosamund puis sur Owen.

— Et quand Warrick de Laurent est-il arrivé à Pevensham ?

— Il y a un peu plus de quatre mois, admit Owen à voix basse.

Avec un haussement d'épaules, le roi prit la parole.

— Étant donné qu'Alan de Courcy a reconnu la légitimité de cet enfant avant sa mort, que la sage-femme a certifié qu'il est bien son héritier, alors, Owen de Courcy, vous aurez le droit de diriger le domaine de votre frère aîné jusqu'à la naissance de l'enfant. Si c'est une fille, vous deviendrez l'unique héritier ; si c'est un mâle, vous serez son gardien jusqu'à ce qu'il atteigne sa majorité.

Warrick se raidit à l'annonce de ce jugement. Il ne

pouvait laisser Owen approcher de Pevensham, il devait protéger sa femme et son enfant.

Avec une expression triomphante, Owen s'avança pour demander la permission de parler.

— Il reste encore le problème du meurtre de mon frère qui reste impuni.

Le roi garda un moment le silence avant de déclarer :

— Vous affirmez tous deux que l'autre est coupable de son meurtre. Aussi, nous allons laisser Dieu nous désigner le véritable coupable.

Warrick se détendit aussitôt car il savait pouvoir vaincre Owen au combat et ainsi obtenir justice.

— Le vrai meurtrier est sous vos yeux ! s'écria Owen. Warrick de Laurent et Lady Pevensham sont les premiers à avoir vu le corps de mon frère et mes gens peuvent en témoigner.

Le roi posa sur lui un regard froid.

— Dieu est le plus grand témoin qui soit. Si vous êtes innocent comme vous le prétendez, alors vous sortirez vainqueur. J'ai fait pénitence pour mes péchés et Dieu m'a accordé la victoire à Alnwick. Si l'un de vous souhaite confesser ses fautes et offrir pénitence, ensuite nous pourrons lever ce tribunal.

Warrick garda le silence. Après tout, il n'avait aucun crime sur la conscience. Le visage d'Owen était rouge de colère mais il refusa de se confesser.

— Qu'il en soit ainsi, déclara le roi en les dévisageant l'un après l'autre. Ce litige ne sera pas tranché par le combat.

À ces mots, Warrick sentit le malaise l'envahir. Il n'aimait pas du tout le regard du roi, le regard d'un homme qui se croyait au-dessus de tout. En vérité, il semblait déjà savoir qui l'emporterait.

Warrick croisa le regard de Rosamund et il lut sur ses traits sa peur et son angoisse. Elle tenta de s'approcher de lui et cette fois les soldats la laissèrent aller. Ses doigts étaient glacés lorsqu'elle les entremêla aux siens.

— Je t'aime, souffla-t-elle.

En réponse, il serra sa paume avec force. Cette femme était sa raison de vivre. Alors, s'il était forcé de choisir entre la protéger et accepter un faux jugement, il n'hésiterait pas.

Le roi ne s'était pas déparé de son sourire sournois.

— Puisque le meurtrier d'Alan est également responsable de l'empoisonnement qu'il a subi, nous considérons que le meilleur moyen d'y voir clair est de découvrir lequel a commis cet empoisonnement. Voilà pourquoi vous boirez tous deux une coupe de vin préalablement empoisonné. Celui qui est innocent sera épargné par la grâce de Dieu.

L'air hagard, Owen hoqueta :

— Nous mourrons tous deux si nous avalons le poison. C'est impossible !

Warrick ne dit rien. Sans doute était-ce là l'objectif de Henry. Un homme aussi puissant que lui se préoccupait bien peu de deux vies. Il serra la main de son épouse dans la sienne et la vit secouer la tête avec horreur. Elle ne parvenait pas même à donner voix au « non » qui se formait sur ses lèvres. Les larmes jaillirent de ses yeux et elle enfouit son visage contre sa poitrine. Warrick sentit toute son âme se révolter à l'idée de la quitter. La pensée d'être séparé d'elle lui broyait le cœur. Il passa une main tremblante dans sa chevelure de soie avant de relever doucement son visage vers le sien.

— Je t'aime, Rosamund.

Il effleura ses lèvres d'un doux baiser avant de faire face au roi. Les yeux dans les siens, il comprit enfin ce dont il s'agissait — d'un véritable test de caractère.

Il avança d'un pas et prit la parole d'une voix ferme.

— Je ne crains pas d'affronter la justice de Dieu. Je connais mon innocence.

Malgré son calme apparent, son cœur battait à coups

redoublés, car il y avait un risque sérieux que Henry les empoisonne tous les deux.

— Et qu'en est-il si la volonté de Dieu est que vous mouriez ? Boirez-vous quand même à cette coupe ?

— Je sais que je ne suis pas coupable de la mort d'Alan de Courcy. Aussi, si Dieu prend ma vie, je sais que vous veillerez à ce que ma femme puisse regagner Pevensham sans être menacée par Owen de Courcy et ses hommes. Elle donnera naissance à l'héritier d'Alan et bénéficiera ainsi de la protection de ses gens.

Il s'agenouilla devant Henry en signe d'humilité.

— Je vous ai montré ma loyauté en combattant parmi vos hommes. Quel que soit le contenu de la coupe que vous me donnerez, je la boirai jusqu'à la lie.

Il baissa le regard pour ne pas voir dans les yeux de Henry la décision qu'il avait prise. De toute façon, l'obéissance absolue et aveugle était son unique chance de survie. Et, même si cela lui coûtait sa vie, sa soumission protégerait sans doute Rosamund.

Au fond de lui-même, il avait toujours eu l'intuition que sa vie se terminerait ainsi, par une mort prématurée, avant même d'avoir obtenu des terres. Néanmoins, il n'était pas à plaindre. Il avait obtenu bien plus que ce qu'il aurait cru possible — à travers les yeux de Rosamund, il voyait en lui un homme de valeur, un homme qui méritait son amour immense et sa confiance tranquille. En retour, il l'aimait assez pour lui donner sa vie sans regret.

— Et vous ? Boirez-vous à la coupe en vous remettant entre les mains de Dieu ? demanda le roi à Owen.

Owen pâlit plus encore et recula d'un pas.

— Je… Monseigneur… Je n'ai rien fait de mal, je vous le promets.

— Pourtant, vous craignez le jugement de Dieu.

— N'importe quel homme aurait peur de boire du poison, Votre Majesté. Il n'est pas nécessaire d'en arriver là. Je peux produire nombre de témoins pour jurer de mon innocence.

L'expression du roi resta parfaitement stoïque.

— Un homme se soumet au jugement de Dieu, l'autre non, annonça-t-il avant de faire signe à ses soldats. Emparez-vous d'Owen de Courcy et ne lui laissez rien à boire ou manger que la coupe de poison que nous lui donnons.

Il se tourna ensuite vers Warrick.

— Quant à vous, de Laurent, vous avez prouvé votre innocence devant tous. Tout homme désireux de boire du poison, sans craindre le jugement de Dieu, ne peut qu'être innocent.

À ces mots, un poids immense allégea ses épaules. Rosamund vint aussitôt s'agenouiller auprès de lui et prit sa main dans la sienne avant de s'incliner respectueusement devant le roi.

— Vous êtes un souverain d'une sagesse infinie, mon roi. Pevensham et ses habitants vous seront toujours loyaux, comme le sera également mon enfant, fille ou garçon.

Elle releva un visage éclatant de joie vers le monarque qui garda une main posée sur son front en signe de bénédiction. Soudain, il semblait de fait plus sage, comme s'il était conscient d'avoir accompli un véritable devoir de justice.

— Allez en paix, dit-il avec douceur. Et, si nous avons besoin de votre soutien, nous ferons appel aux soldats de Pevensham.

— Ils sont à vos ordres, Votre Majesté, répondit Rosamund.

Alors, le roi l'aida à se relever et Warrick la prit dans ses bras pour l'embrasser avec passion sous les hourras enthousiastes des hommes rassemblés.

Il savoura avec délectation la douceur de sa bouche, doux nectar qui lui ouvrait l'espoir d'un avenir radieux ensemble.

Comme elle le tenait serré contre elle, il lui murmura à l'oreille :

— Je t'aime mon amour. Je te l'avais bien dit, nous étions faits l'un pour l'autre dès le premier jour.

Elle caressa sa joue et dans son regard il lut l'infinité de son amour.

Épilogue

Warrick la rejoignit alors que la lune venait tout juste de se lever dans le ciel. Elle nourrissait leur fils lorsqu'elle entendit la porte s'ouvrir. À ce bruit, leur fille se mit à hurler dans son berceau. Warrick la prit dans ses bras pour apaiser ses cris.

— Mary a faim ? demanda-t-il. Elle essaie de manger mon épaule.

— La pauvre fait ses dents, comme son frère.

Stephen s'endormait justement contre son sein, un filet de lait coulant sur sa joue rebondie. Avec douceur, elle le déposa dans son berceau avant de prendre Mary des bras de Warrick pour la nourrir à son tour. En réalité, la petite avait plus besoin de réconfort que de lait et elle s'endormit rapidement. Warrick vint s'asseoir derrière elle, et elle en profita pour s'appuyer contre son torse solide. Il posa les lèvres dans son cou, déclenchant de délicieux frissons sur tout son corps. Elle était toujours aussi émerveillée par le pouvoir incandescent qu'il détenait sur elle.

— Appelle la nourrice pour qu'elle garde les enfants, murmura-t-il à son oreille, je voudrais te montrer quelque chose.

— Laisse-moi poser Mary.

Elle déposa le bébé assoupi dans son berceau et ouvrit la porte pour appeler la jeune femme qui veillait sur leurs enfants quand elle ne le pouvait pas. Quand elle revint dans la chambre, Warrick lui tendit un manteau avant de lui offrir son bras.

— Où allons-nous ? demanda-t-elle, intriguée.

— Patience, tu verras.

Il la conduisit à l'extérieur, où elle découvrit un cheval sellé. Warrick l'aida à s'installer avant de monter derrière elle. En regardant autour d'elle, Rosamund nota les sourires entendus et les airs conspirateurs de ses gens.

— Serons-nous partis longtemps ?

— Pas plus de quelques heures, promit-il en mettant la monture au pas.

Ils passèrent les portes et se retrouvèrent dans le calme de la nuit, largement éclairée par la lune. Le temps était plus chaud qu'elle ne l'aurait cru pour un mois de mai. Au loin, elle distingua des lueurs qui éclairaient la forêt.

Ce n'est que lorsqu'ils parvinrent à l'orée du bois qu'elle retint son souffle, subjuguée par la beauté du spectacle. Des pétales de fleurs et des herbes avaient été dispersés sur le chemin et, quand ils pénétrèrent sous le couvert des arbres, elle découvrit d'épaisses bougies plantées dans le sol.

— Cela me rappelle le jour de notre mariage, murmura-t-elle avec émotion.

Il serra ses doigts autour de sa taille et enfouit le visage dans son cou.

— C'est ce que j'espérais. Ce jour-là, et aussi le jour où nous nous sommes retrouvés dans la forêt pour la première fois.

Le chemin de chandelles les conduisit jusqu'à une petite chaumière de pierre flanquée d'une porte de bois. De la fumée s'échappait d'une petite cheminée. Rosamund ouvrit de grands yeux, jamais elle n'avait vu cet endroit.

— Qu'est-ce que cet endroit, Warrick ?

Il démonta et la prit dans ses bras avant de répondre.

— J'ai demandé à nos hommes de la construire pour te l'offrir.

— Mon Dieu, cela a dû te coûter une fortune ! Tu n'aurais pas dû !

Pourtant, elle ne put réprimer son excitation en poussant la porte. À l'intérieur, un feu joyeux flambait dans l'âtre et de nombreuses chandelles étaient accrochées aux murs. Sur l'un des murs, elle vit la broderie de sa mère qu'elle avait achevée et son cœur se serra d'émotion. Dans un coin, Warrick avait fait installer une table sur laquelle étaient disposés un panier rempli de fils multicolores et un autre avec tout le matériel à broderie nécessaire.

— Warrick, c'est merveilleux ! s'exclama-t-elle en se serrant contre lui.

De l'autre côté de la pièce, elle découvrit un lit étroit et un baquet empli d'eau fumante, dont la surface était couverte de pétales. Elle comprit alors ce que son mari lui offrait — une retraite pour eux deux, loin de l'effervescence et des devoirs du château.

— Le bain est-il pour toi ou pour moi ? demanda-t-elle avec un sourire en coin. Ou pour nous deux ?

— Ce soir, je ne veux m'occuper que de toi, mon amour.

Dans sa voix rauque, elle reconnut le voile du désir et son corps y répondit avec intensité. Elle laissa son manteau tomber de ses épaules tandis qu'il refermait la porte sur eux. Dans l'espace clos de la maisonnette, elle pouvait sentir le parfum enivrant des pétales. Lentement, elle délaça le corsage de sa robe en sentant peser sur elle le regard sensuel de Warrick. Centimètre après centimètre, elle révéla son corps à ses yeux affamés.

Il l'aida à s'installer dans l'eau et elle soupira d'aise en sentant la chaleur dénouer ses muscles. Elle posa ses pieds sur le bord opposé du baquet afin de révéler ses jambes joliment ornées de pétales de fleurs à son époux. Debout près d'elle, il s'empara d'un morceau de savon parfumé qu'il fit mousser entre ses doigts.

— Dois-je vous laver, ma lady ?

De bonne grâce, elle se pencha en avant tandis qu'il passait les mains le long de son dos. Ses seins étaient tendus et lourds, quémandant ses caresses et, quand enfin il passa les doigts sur les pointes érigées, elle rejeta la tête en arrière, secouée par un spasme de plaisir.

— Enlève tes habits, ordonna-t-elle.

Il obéit et elle contempla son érection tandis qu'il ôtait ses chausses et sa chemise. Impatiente, elle la toucha de sa main mouillée et il répondit en prenant un sein dans sa bouche. Elle gémit sous l'afflux de volupté que sa langue faisait naître jusqu'au creux de ses reins. De sa main libre, elle l'attira à sa bouche et l'embrassa avec passion. Leurs langues s'embrasèrent au contact l'une de l'autre, annonciatrices des plaisirs à venir.

Warrick fit passer ses mains le long de ses jambes, remontant avec une lenteur sensuelle entre ses cuisses. Puis sa paume vint se frotter à l'orée de sa féminité et elle écarta les jambes, les yeux clos, savourant le rythme doux qu'il imprimait à son corps.

Cet homme, son époux, son amant, son amour, savait exactement comment l'amener au plaisir, comment lui faire perdre toute raison. En cet instant, elle sentit son corps tout entier secoué de frissons et fut stupéfaite par la violence de la vague qui l'emporta dans l'extase. Elle s'agrippa aux rebords du bassin, les hanches arquées tandis qu'il insérait ses doigts en elle.

— Warrick, je t'en supplie, j'ai besoin de toi, supplia-t-elle, haletante.

Alors, il lui apporta des linges secs et elle se redressa, les genoux encore tremblants.

Avec douceur, il sécha les gouttes d'eau qui parsemaient sa peau et elle inspira brusquement lorsqu'il fit passer le linge entre ses jambes. Ensuite, il la prit dans ses bras pour l'emporter jusqu'au lit. Elle roula sur le ventre pour s'approcher de la chaleur bienfaisante du feu et fit passer ses cheveux sur une épaule pour couler un regard séducteur vers Warrick. De ses mains chaudes, il massa ses épaules et descendit le long de sa colonne vertébrale jusqu'à ses fesses. Puis sa bouche remplaça ses mains.

— Je me souviens de la première fois où j'ai pu toucher ta peau nue, souffla-t-il tout contre sa peau. Je n'arrivais pas à croire que tu étais mienne.

Elle entrouvrit ses jambes en une invite explicite, se délectant de ses baisers et de ses caresses.

— Je suis à toi, mon amour, touche-moi encore.

Il s'exécuta en suivant la courbe de ses fesses. Elle ondula des hanches, imaginant avec un plaisir anticipé le moment magique où son corps s'unirait au sien. Ses doigts glissèrent le long de sa féminité et elle retint un cri de volupté. Elle avait tellement envie de lui qu'elle le voulait maintenant. Elle voulait qu'il la prenne avec violence pour assouvir la soif dévorante qu'il avait éveillée en elle. Mais il garda des mouvements lents et maîtrisés, la torturant délicieusement en pressant son sexe dressé contre sa chair gorgée de désir. Elle avait la sensation à la fois insupportable et merveilleuse qu'un velours brûlant frôlait son intimité, la faisant trembler d'excitation. Elle cambra le dos, les ongles et le visage enfouis entre les draps pour ne pas crier son impatience.

— Je te veux en moi, Warrick, gémit-elle.

— Comme cela ? gronda-t-il en la pénétrant de ses doigts tandis que son pouce taquinait la chair entre ses cuisses.

Un besoin impérieux tendit tout son corps et, la main dans le dos, elle saisit son sexe dans sa paume. Il gémit sourdement lorsqu'elle fit glisser sa main sur toute la longueur. Alors, elle profita de sa faiblesse pour guider sa virilité en elle. Il la pénétra d'un seul coup, leur arrachant à tous deux un cri d'extase. Pendant un moment, il resta parfaitement immobile, les laissant savourer la délicieuse sensation de possession.

Puis il se redressa et parcourut son dos de sa main pour saisir sa nuque et la forcer à relever la tête afin d'atteindre ses seins tendus de plaisir. Lorsqu'il en pinça les pointes sensibles, ses hanches s'arquèrent contre les siennes. Alors il commença à aller et venir lentement en elle, la laissant ressentir chaque centimètre de son sexe qui pénétrait le sien. Il variait l'intensité et la profondeur de ses va-et-vient pour faire monter en elle la jouissance.

Leurs souffles haletants se mêlèrent et il accéléra le mouvement, jusqu'à ce que ses muscles intimes se contractent en cadence autour de son sexe dur.

— Je t'aime, Rosamund, souffla-t-il.

Ses mots étaient une caresse supplémentaire à l'intérieur de son corps tendu à l'extrême et elle essaya désespérément de retenir l'extase pour l'attendre et s'abandonner avec lui.

— Viens, mon amour, viens avec moi, supplia-t-elle.

Mais il n'obéit pas. Au lieu de cela, il se retira et la fit rouler sur le dos. Aussitôt, elle enroula ses jambes autour de ses hanches. Le regard brûlant, il embrassa ses lèvres sans revenir en elle.

— Tu sais ce que je veux, Rosamund, pria-t-il.

Oui, elle le savait. Les yeux dans les siens, elle le laissa revenir en elle et serra ses jambes étendues contre les siennes, exerçant ainsi une pression délicieuse sur son membre. Il replongea en elle, la pénétration peu profonde le rendant fou de frustration et de plaisir. Rosamund vit ses yeux se voiler peu à peu d'un désir puissant, et sentit ses doigts s'enfoncer dans le matelas tandis qu'il s'abandonnait enfin en elle. Alors il saisit ses jambes et les plaça sur ses hanches pour s'enfouir profondément en elle. Le mouvement déclencha aussitôt une puissante vague d'extase qui l'emporta avec lui.

Ils laissèrent le plaisir refluer doucement. Puis il l'embrassa avec tendresse.

— Si tu continues à me faire cela, je crains de te faire encore beaucoup d'enfants, ma douce.

— Je l'espère bien, ronronna-t-elle en l'attirant contre elle tandis qu'il tirait une couverture sur leurs corps enlacés.

— Rhys voudrait que nous allions en Écosse. Lianna nous réclame.

En dépit de son ton dégagé, elle sentit aussitôt la tension qui l'habitait.

— Quelque chose te perturbe, devina-t-elle.

Il caressa la peau de son flanc avant de répondre.

— Mon père sera là. Apparemment, il souhaite faire la paix avec moi.

— Et cela ne te fait pas plaisir ?

— Je ne suis pas le véritable Lord Pevensham, seulement le tuteur de ses héritiers… Ce n'est pas la même chose.

— Tu es le gardien de ce château et de tous ceux qui en dépendent, corrigea-t-elle. Plus d'une centaine de personnes dépendent de toi pour les protéger et leur assurer la prospérité. Tu es Lord Pevensham, que tu le croies ou non.

De fait, elle ne mentait pas. Même les plus reculés des habitants lui donnaient le titre et personne ne songeait un instant à ignorer leur serment de féodalité.

— Rien de tout cela ne me revient de droit, contra-t-il.

— Je suis à toi ! Par amour et par droit !

Elle prit son visage entre ses mains et l'embrassa.

— Et Pevensham est aussi à toi, répéta-t-elle. Ne doute jamais que tu mérites cette terre. Le roi lui-même l'a proclamé, alors qu'il brûle les châteaux de ses ennemis.

Il garda le silence mais répondit avec passion à son baiser.

— Je le protégerai toute ma vie, ma douce, pour nos enfants.

— Je sais que tu le feras, confirma-t-elle en s'installant confortablement près de son corps.

Dans le petit lit étroit qu'il avait préparé pour eux, elle resta allongée auprès de l'homme qu'elle chérissait de toute son âme. Dans la paix de ces instants, il continuait à caresser son corps, comme s'il apprenait chacune de ses courbes à la lumière des chandelles.

Elle sourit en songeant qu'en effet il se passerait plusieurs heures avant qu'ils ne parviennent à s'extraire de leur cocon enchanté. Elle n'avait aucun regret. Leurs enfants dormaient dans leurs berceaux, apaisés par l'amour que leur portaient leurs parents. Leurs terres étaient en paix et prospères, délivrées de toute menace.

Tout était comme elle l'avait imaginé, ce premier jour où elle l'avait rencontré et où elle avait su qu'il lui était destiné.

Vous avez aimé ce roman ?

Ne manquez pas le prochain tome de la série
« Coeur de guerrier »

à paraître en octobre dans votre collection
Les Historiques.

Retrouvez en août 2018,
dans votre collection

LES HISTORIQUES

L'honneur de Lucy, d'Elisabeth Hobbes - N°799

Angleterre, XVIe siècle

Quand un inconnu, gravement blessé, se présente à la porte de son auberge, Lucy n'hésite pas à lui offrir l'hospitalité. Comment pourrait-elle refuser un abri à un homme qui en a de toute évidence fort besoin ? Mais, quand l'inconnu – qui prétend être chevalier et répondre au nom de Roger Danby – refuse de lui révéler les raisons de sa présence dans la région et les conditions qui ont conduit à sa blessure, Lucy se prend à douter. Et s'il était un bandit de grand chemin prêt à la dévaliser ? Ou pire : un traître susceptible de jeter le déshonneur sur sa maison ? La peur au ventre, Lucy présente à son troublant hôte un ultimatum : s'il refuse de lui révéler ses intentions, elle le dénoncera aux autorités…

Un chevalier pour ennemi, de Jenni Fletcher - N°800

Angleterre, 1147

En embrassant du regard son château de Danville, assiégé depuis de longs mois, Lady Juliana sait qu'elle n'a plus le choix : elle va devoir capituler. Bien sûr, elle répugne à se soumettre à l'ennemi, mais sa priorité est de secourir ses gens, exsangues et affamés par les privations. Pourtant, face à la flamme de désir qu'elle surprend dans le regard de Lothar le Franc, le noble chevalier qui a mené le siège et vient aujourd'hui recevoir sa capitulation, Lady Juliana se prend à espérer. Serait-elle capable d'user de ses charmes pour gagner du temps jusqu'à ce que les renforts arrivent ?

Fascinée par le lord, d'Helen Dickson - N°801

Londres, 1745

Henrietta doit fuir Londres, seule et sans un sou. Une situation peu convenable pour une lady, mais sa survie est à ce prix. Car elle vient d'échapper à une tentative d'assassinat et sait que l'homme déterminé à mettre la main sur sa fortune est prêt à tout pour la retrouver. Aussi se résout-elle à partager, sous une fausse identité, le convoi de Lord Simon Tremain, un fervent jacobin dont le regard la trouble au plus haut point. Une situation d'autant plus insupportable qu'elle nourrit une profonde aversion pour cette cause à laquelle ses parents ont sacrifié leur vie…

Captive d'un Viking, d'Harper St. George - N°802

LES GUERRIERS DU NORD - TOME 4

Angleterre, 871

Gwendolyn enrage à l'idée de suivre Vidar, le chef du clan ennemi à qui son père l'a promise pour assurer la paix. Non seulement cet odieux Viking la traite sans aucun égard, mais il entend qu'elle lui obéisse en toute chose. Comment se satisfaire d'un rôle d'épouse passive, elle qui est une archère hors pair et une guerrière respectée de tous ? S'il persiste à vouloir faire d'elle une femme docile, Gwendolyn compte bien lui prouver qu'elle ne cède jamais... et encore moins face à un rival.

Épouse par devoir, de Liz Tyner - N°803

LA SAISON DES GOUVERNANTES - TOME 3

Londres, XIXe siècle

En renonçant à un poste de gouvernante pour suivre Wren, l'homme qui lui faisait miroiter une carrière de chanteuse, Isabel était loin de s'imaginer qu'elle tombait dans les filets d'un tenancier de maison close. Convaincue que sa vie est gâchée, elle reprend espoir lorsqu'un visiteur inespéré, le séduisant William Balfour, la sauve de ce lieu de débauche. Mais il y a un prix à payer car, pour les protéger l'un et l'autre d'un déshonneur certain, William lui propose de l'épouser, brisant ainsi ses rêves de mariage d'amour...

Les feux de la passion, de Denise Lynn - N°804

Poitiers, 1169

Mariée adolescente à un tout jeune homme qui s'est enfui sitôt après les noces, Adrienna est devenue femme sans jamais connaître ni rechercher le feu de la passion. Jusqu'au jour où, à la cour d'Aliénor d'Aquitaine, l'arrivée d'un chevalier diaboliquement beau fait très vive sensation. Un seul regard de l'étranger... et Adrienna se sent consumée, animée d'une faim nouvelle qui, désormais, ne va plus lui laisser de repos. Et, tandis qu'elle rêve en secret de se donner à lui, voilà qu'elle fait une stupéfiante découverte : le prétendu étranger n'est pas, en fait, un inconnu pour elle. Il s'agit... de son époux, Hugh de Ryebourne, plus viril, plus impressionnant qu'autrefois, et qu'elle croyait ne plus jamais revoir !

L'insoumise et l'Irlandais, de Michelle Willingham - N°805

Angleterre, 1180

Frémissante, Honora s'abandonne dans les bras de MacEgan. Plus rien n'existe pour elle sinon le contact brûlant des lèvres de son ténébreux guerrier. Qui aurait dit qu'Ewan MacEgan, avec lequel elle a grandi, deviendrait ce conquérant si séduisant ? Ewan dont elle était follement éprise et qui n'avait déjà d'yeux que pour sa sœur, la douce et fragile Katherine, si différente d'elle... À cette pensée, Honora est brusquement ramenée à la réalité et repousse le guerrier avec colère. Comment ose-t-il l'embrasser alors qu'il est de retour pour prétendre à la main de Katherine ? Alors qu'il convoite une autre femme ? N'a-t-il donc aucun honneur ? Bouleversée, Honora s'enfuit, déterminée à tout faire, désormais, pour résister à la scandaleuse attirance que le bel Irlandais exerce sur elle...

Réveillez la lady qui est en vous !

HARLEQUIN
www.harlequin.fr

OFFRE DÉCOUVERTE !

Vous souhaitez découvrir nos collections ? Recevez **votre 1er colis gratuit* avec 2 cadeaux surprise !** Une fois votre colis de bienvenue reçu, si vous souhaitez continuer à recevoir nos livres, cela se fera automatiquement. Vous recevrez alors vos livres inédits** en avant première.

Vous n'avez aucune obligation d'achat et cette offre est sans engagement de durée !

*1 livre offert + 2 cadeaux / 2 livres offerts pour la collection Azur + 2 cadeaux.
**Les livres Ispahan, Sagas, Hors-Série et Allegria sont des réédités.

☛ COCHEZ la collection choisie et renvoyez cette page au
Service Lectrices Harlequin – CS 20008 – 59718 Lille Cedex 9 – France

Collections	Références	Prix colis France* / Belgique*
❑ **AZUR**	Z8ZFA6/Z8ZF6B	6 livres par mois 28,19€ / 30,19€
❑ **BLANCHE**	B8ZFA3/B8ZF3B	3 livres par mois 23,20€ / 25,20€
❑ **LES HISTORIQUES**	H8ZFA2/H8ZF2B	2 livres par mois 16,29€ / 18,29€
❑ **ISPAHAN**	Y8ZFA3/Y8ZF3B	3 livres tous les deux mois 23,02€ / 25,02€
❑ **HORS-SÉRIE**	C8ZFA4/C8ZF4B	4 livres tous les deux mois 31,65€ / 33,65€
❑ **PASSIONS**	R8ZFA3/R8ZF3B	3 livres par mois 24,49€ / 26,49€
❑ **SAGAS**	N8ZFA4/N8ZF4B	4 livres tous les deux mois 33,69€ / 35,69€
❑ **BLACK ROSE**	I8ZFA3/I8ZF3B	3 livres par mois 24,49€ / 26,49€
❑ **VICTORIA**	V8ZFA3/V8ZF3B	3 livres tous les deux mois 25,69€ / 27,69€
❑ **ALLEGRIA**	A8ZFA2/A8ZF2B	2 livres tous les mois 16,37€ / 18,37€

N° d'abonnée Harlequin (si vous en avez un) ______

Mme ❑ Mlle ❑ Nom : ______

Prénom : ______ Adresse : ______

Code Postal : ______ Ville : ______

Pays : ______ Tél. : ______

E-mail : ______

Date de naissance : ______

❑ Oui, je souhaite recevoir par e-mail les offres promotionnelles des éditions Harlequin.
❑ Oui, je souhaite recevoir par e-mail les offres promotionnelles des partenaires des éditions Harlequin.

Date limite : 31 décembre 2018. Vous recevrez votre colis environ 20 jours après réception de ce bon. Offre soumise à acceptation et réservée aux personnes majeures, résidant en France métropolitaine et Belgique, dans la limite des stocks disponibles. Prix susceptibles de modification en cours d'année.Conformément à la loi Informatique et libertés du 6 janvier 1978, vous disposez d'un droit d'accès et de rectification aux données personnelles vous concernant. Par notre intermédiaire, vous pouvez être amenée à recevoir des propositions d'autres entreprises. Si vous ne le souhaitez pas, il vous suffit de nous écrire en nous indiquant vos nom, prénom et adresse à : Service Lectrices Harlequin CS 20008 59718 LILLE Cedex 9. Service Lectrices disponible du lundi au vendredi de 8h à 17h : 01 45 82 47 47 ou 33 1 45 82 47 47 pour la Belgique.

Composé et édité par HarperCollins France.

Achevé d'imprimer en mai 2018.

CPI
BLACK PRINT

Barcelone

Dépôt légal : juin 2018.

Pour limiter l'empreinte environnementale de ses livres, HarperCollins France s'engage à n'utiliser que du papier fabriqué à partir de bois provenant de forêts gérées durablement et de manière responsable.

Imprimé en Espagne.